1219

끝이 시작이다

문재인

1219 끝이 시작이다

바다출판사

차례

서문

다시 희망을 세우며

이 책을 꼭 써야 할까?

많은 생각을 했습니다.

"패장은 말이 없다."

변명은 패배를 더 구차하게 만듭니다. 남 탓이나 상황 탓을 하는 것은 장수답지 못합니다. 이 책이 변명이 될까, 두려웠습니다. 그러나 한편으로는 패배에 대한 보고서를 제출하는 것이 패장에게 남은 의무라고 생각했습니다. 패배를 되풀이하지 않으려면 패배를 거울삼아야 하기 때문입니다.

무엇보다도, 인사드리고 싶었습니다. 국민들께, 그리고 함께 해 주신 모든 분들께…. 과분했던 사랑에 대해 감사드리고, 사과드리고, 위로드리고 싶었습니다.

아픈 마음들을 이제 모두 털어 버리고, 다시 시작하자는 말씀도 드리고 싶었습니다.

민주당 자체 평가보고서를 비롯해서 지난 대선에 대해 많은 평가들이 있었습니다. 지금도 단편적인 평가들이 이어지고 있습니다. 사적인 모임이나 만남에서도 나름의 평가를 말씀해 주시는 분들이 많았습니다. 같은 생각뿐 아니라 다른 생각들도 참고가 많이 됐습니다. 거기에 후보였던 저의 생각, 말하자면 선수 자신의 평가를 보태고 싶었습니다.

'훈수 9단'이라는 말이 있습니다. 옆에서 보면 더 잘 볼 수 있는 경우가 많습니다. 프로기사들의 중요 대국 때 검토실이 바둑의 해설을 돕습니다. 대국자보다 폭넓은 검토로 실착과 패착을 분석합니다. 그런데 대국이 끝난 후 복기해 보면, 대국자가 더 많은 생각과 더 깊은 수읽기를 했다는 사실을 알게 될 때가 적지 않습니다. 대국자만이 느끼는 승부의 호흡 때문일 것입니다.

그래서 검토실의 검토와 대국자의 복기가 더해지면 한판의 바둑을 제대로 평가할 수 있게 됩니다.

이 책은 18대 대통령 선거에 대한, 후보였던 저의 대선 평가입니다. 객관적이지 않을 수 있습니다. 저의 주관적인 생각입니다.

일반적인 생각에 따르려고 하지 않았습니다. 그냥 제 생각에 솔직하고자 했습니다. 물론 마음껏 솔직한 것은 아닙니다. 솔직해야 한다는 제 내면의 목소리와 그러기 어려운 현실 사이에서 고민하지 않을 수 없었습니다. 뿐만 아니라, 종합적이지도 않습니다. 제가 중요하게 생각하는 부분만 다뤘습니다. 종합적인 평가는 저의 몫이 아니라고 생각했습니다. 제가 모르는 부분이 많기 때문에 어쩔 수 없는 일이기도 했습니다.

후보 역할에 충실하다 보면 오히려 선거 과정에서 있었던 일들을 세세히 알지 못합니다. 선대위의 결정조차 모르고 지나간 것이 적지 않을 정도입니다. 그런 까닭에, 종합적으로 알지 못하는 오류가 있을 수도 있습니다. 읽는 분의 생각과 다르더라도 '후보였던 당사자는 저렇게 생각하는구나' 정도로 봐 주시면 고맙겠습니다.

지난 대선의 패배는 참 아픕니다. 많은 국민들이 예감했듯이, 대선 당시 우리는 역사의 진보와 퇴행 사이의 기로에 서 있었습니다. 이명박 정부의 국정 파탄에 대한 국민들의 분노가 하늘을 찔렀습니다. 신자유주의 경제성장 정책으로 초래된 극심한 양극화와 소득불평등에 대한 반성으로 경제민주화와 복지 확대의 요구가 국민들 사이에 드높았습니다. 이명박 정부의 역사 퇴행을 바로잡고, 경제민주화와 복지국가 시대로 대전환을 이룰 아주 좋은 기회였습니다. 그 기회를 놓쳤습니다.

지금 돌아보면, 국민들이 1987년 6월항쟁으로 대통령 직선제를 쟁취한 첫 대선에서 민주화 세력이 승리하지 못한 것이 저는 무척 통탄스러웠습니다. 그때 민주화 세력이 승리했으면, 유신독재와 군부독재의 잔재를 청산해서 대한민국의 역사가 크게 달라졌을 것입니다.

지난 대선의 패배는 그때의 통탄만큼이나 아픕니다. 지금 박근혜 정부가 출범한 지 1년도 되지 않은 시점이지만, 이명박 정부의 퇴행보다 더 절망적인 퇴행을 국민들이 목도하고 있기 때문입니다.

지난 대선이 광범위한 관권 선거부정으로 얼룩진 것은 매우 분노스러운 일입니다. 그러나 그보다 더 분노스러운 것은 박근혜 정부가 사실 규명을 방해하면서 진실을 은폐하는 것입니다.

새누리당 정권에서 새누리당의 집권 연장을 위해 자행한 일이고 박근혜 대통령이 그 수혜자인데도, 박근혜 정부와 새누리당은 도대체 반성이 없습니다. 박근혜 대통령은 일말의 미안함도 표시하지 않습니다. 그저 자신과 '상관없는 일', '모르는 일'로 책임을 회피하고 문제를 덮으려만 할 뿐입니다.

저는 박근혜 대통령의 그런 태도를 이해할 수 없습니다. 이미 드러난 엄연한 사실을 정직하게 인정하고 국민들에게 미안해하는 겸허한 자세를 가지면 쉽게 해결할 수 있는 문제를 자꾸만 키우고 있습니다.

지난 대선 때 행해진 국가기관들의 선거 개입이 심각한 일이지만, 그 사실의 규명을 막기 위해 검찰총장 '찍어내기'부터 수사팀장과 부팀장의 교체와 징계에 이르기까지, 박근혜 정부가 공공연하게 저지르고 있는 사법 방해 행위들도 심각한 일입니다. 과거 독재정권들도 하지 못했던 사상 초유의 일입니다.

바야흐로 지난 정권의 잘못이 현 정권의 더 큰 잘못으로 확대되고 있는 것입니다. 지금 박근혜 대통령은, 지난 대선 때 저와 경쟁했던 박근혜 후보와 다른 분 같습니다. 그때 박근혜 후보는 국민들의 뜻에 자신을 맞추려는 자세를 가지고 있었습니다. 대통령이 된 지금은 전혀 다른 면모를 보이고 있습니다. 공안정치를 이끄는 무서운 대통령이 됐습니다. 박 대통령이 후보 시절 강조했던 국민 통합과 상생도 오히려 더 멀어졌습니다. 편 가르기와 정치 보복이 횡행합니다. 정치에서 품격이 사라졌습니다. 저는 지금 박근혜 정부의 행태에서 때 이른 권력의 폭주를 느낍니다. 제 생각이 잘못이었으면 좋겠습니다.

지금 제가 박근혜 정부에 대해 가지고 있는 부정적 전망이 성급한 오판이 되기를 바랍니다. 임기가 아직도 4년 넘게 긴 시간 남아 있기 때문입니다. 박근혜 대통령이 대선후보 시절의 초심으로 되돌아가기를 간절히 바랍니다.

국민들께는 참으로 죄송스럽습니다. 제게 베풀어 주신 과분한 사랑에 보답해 드리지 못했습니다. 보람을 느끼게 해 드리기는커녕 큰 아픔을 드렸습니다.

하지만 지난 대선을 통해 우리는 많은 걸 배울 수 있었습니다. 국민들과 함께하는 법을 배웠고, 부족한 점들을 알게 됐습니다. 다음을 어떻게 준비해 가야 하는지도 알게 됐다고 생각합니다. 우리에게 필요한 것은 낙담을 떨치고 다시 희망을 세우는 일입니다.

끝은 언제나 새로운 시작입니다.

고맙습니다.

사랑합니다.

2013년 12월 문재인

1
부

폐허에서 피어나는 희망

지금 우리는 어디에 서 있는가

레미제라블

봉기는 실패로 끝납니다. 결말은 비극입니다. 그러나 비극으로 끝나지 않습니다. 비극을 맞는 주인공들은 아름답습니다. 그들은 모두 희망을 믿습니다. 바리케이드 앞에서 시민 수천 명이 웅장한 노래(Do you hear the people sing)를 합창합니다. 그 노래는, 다가올 희망을 상징하는 북소리처럼 심장을 울립니다.

"그대가 가진 것을 모두 내어놓을 수 있는가?
우리의 전진을 위해.
누군가는 죽을 것이고, 누군가는 살아남을 것.
…
심장 고동이 북의 소리로 울려 퍼지고,
내일이 밝으면 새로운 삶이 있으리라."

영화에서나마 '그래도 역사는 진보한다', '우리에게 내일은 꼭 온다'는 희망을 발견하고 싶은 사람들의 마음이 짠하게 와 닿았습니다.

대선이 끝난 어느 날 찾았던 영화관. 〈레미제라블〉은 감동이었습니다. 런던 뮤지컬 25주년 실황 공연을 시청한 지 얼마 안 돼, 같은 영화를 두 번 보는 느낌이었는데도 감동이 줄지 않았습니다. 영화만이 보여 줄 수 있는 스펙터클이 감동을 더 크게 해 줬습니다.

하지만 한편으로 보는 내내 아팠습니다. 관객 500만 명을 넘은 흥행의 성공이, 대선 패배의 '멘붕'을 위로해 주기 때문이라는 세간의 얘기가 마음을 무겁게 했습니다. 영화 속 상황을 우리 시대에 오버랩시켜서 봤을 사람들의 심정이 느껴졌습니다.

민주주의 역사의 금자탑인 프랑스 시민혁명도 일직선의 탄탄대로를 걸으며 성공에 이른 건 아닙니다. 영화의 배경인 파리봉기는, 시민들의 호응을 얻지 못하고 처절하게 꺾였습니다. 그리고 다시 긴 반동과 퇴행의 기간이 이어졌습니다. 혁명의 배반도 겪었습니다.

그렇다고 혁명의 도도한 흐름이 반동의 세월에 꺾이고 말았던 건 아닙니다. 더 크게 앞으로 나아갈 힘을 축적합니다. 마침내 혁명이 성공할 수 있는 토대가 됩니다. 하지만 그 과정은 고통스럽습니다.

수많은 사람들의 좌절과 희생….

오늘의 시민민주주의가 거쳐야 했던 역사적 과정이었습니다.

좌절과 실패 속에서도 역사는 발전한다는 위로와 믿음이, 대선 패배로 상처받은 사람들에게 아픈 동질감이나 공감으로 다가왔을 것입니다.

저도 같은 위로를 받았습니다. 저 역시, 역사는 진보한다고 믿습니다. 한결같이 흐르는 역사의 도도한 흐름을 굳게 믿습니다. 한 시기의 좌절과 실패도 결국에는 세상을 바꾸는 더 큰 힘으로 거듭나게 된다는 믿음을 버리지 않습니다. 인류의 역사가 그랬듯이 말입니다.

하지만 그런 믿음과는 별개로, 실패한 현실은 아프고 힘이 듭니다. 이미 이명박 정부 5년 동안 충분히 힘들었던 국민들께 참으로 면목이 없습니다.

이길 수도 있었던 선거

지난 대선 때 저와 민주당은 많이 부족했습니다. 평소 지지도부터 박근혜 후보와 새누리당에 크게 뒤졌습니다. 준비도 충분히 돼 있지 않았습니다. 압도적으로 보수적인 정치 지형과 강고한 지역주의 정치 구도는 여전했습니다. 종편까지 가세한 편파적인 언론 환경은 과거 어느 때보다 심했습니다. 정보기관이 댓글공작과 NLL공작으로 선거에 개입하고, 경찰이 타이밍을 맞춰서 조작된 수사 결과를 발표하기도 했습니다.

솔직히 저와 민주당의 힘만으로는 역부족이었습니다. 그러나 우리에게는 시민들이 있었습니다. 이명박 정부의 국정 파탄에 분노하는 시민들, 역사의 퇴행을 걱정하는 시민들, 원칙과 상식이 통하는 사회를 염원하는 시민들, 민주주의를 지키려는 많은 시민들이 우리와 함께했습니다. 시민들이 우리의 부족을 메워줬습니다. 시민들이 나서서 선거운동을 이끌어 줬습니다.

정치에 들어선 지 불과 몇 달 안 된 제가 민주당의 후보가 된 것도 순전히 그 힘 덕분이었습니다.

그 힘으로 야권 후보단일화를 이룰 수 있었습니다. 그리고 박근혜 후보와 지지도 격차를 좁혀서 박빙 승부를 이끌어 냈습니다. 우리가 좀 더 잘했더라면 이길 수도 있는 선거가 됐습니다.

우리의 상승세를 유세장 분위기에서도 느낄 수 있었습니다. 10만 명 넘는 시민이 운집해서 '광화문대첩'으로 불렸던 12월 15일의 광화문 유세와, 선거 전날 서울 · 천안 · 대전 · 대구 · 부산으로 이어진 마지막 유세는, 투표율만 높으면 이길 수 있다는 확신을 줬습니다.

12월 15~16일 무렵에는 선거전에 돌입한 이후 여론 조사에서 제가 처음으로 박근혜 후보에게 앞서는 지지율의 역전, 이른바 '골든크로스'를 기록하기도 했습니다. 선거 당일 투표율이 75퍼센트를 넘는 것으로 조사됐을 때 승리의 기대는 최고조에 달했습니다.

하지만 결과는 108만 표 차이의 뼈아픈 패배였습니다. 2030세대가 결집했지만, 5060세대는 더 결집했습니다. 호남이 결집했지만, 영남은 더 결집했습니다. 우리 지지층이 유례없이 결집했지만, 상대 지지층은 더 무섭게 결집했습니다. 득표 수 1,470만 표. 기적 같은 득표를 했지만 득표율은 48퍼센트에 그쳤습니다.

그리고 이어진 지지자들의 낙담과 상실감, 분노와 슬픔, 언론보도를 외면하고 대화조차 피하는 침묵의 시간들…. 광범위한 '집단 멘붕'이었습니다. 지난 대선 때 처음으로 나타난 특이한 현상이라고 했습니다.

여러 해 동안 해고와 비정규직의 질곡 속에서 고통을 당해 온 노동자 여러 명이 더 이상 기대할 것이 없다며 귀한 목숨을 내던지는 비극도 곳곳에서 벌어졌습니다.

그들의 낙담과 절망이 너무나 미안했습니다. 그 앞에서 저는 죄인이었습니다. 패배로 인한 저의 아픔은 아무것도 아니었습니다.

1,470만 표를 모은 것은 변화를 열망하는 시민들의 힘이었습니다. 50퍼센트를 넘지 못한 것은 저의 부족함 때문이었습니다. 마치 자신들의 선거인 양, 자신들이 후보인 양 나서서, 이길 수도 있었던 선거를 만들어 준 시민들의 간절함을 제가 이뤄 드리지 못했다는 죄책감이 저를 짓눌렀습니다.

더 멀어진 국민 통합

자신을 지지하지 않은 국민들까지도 모두 껴안는 것. 선거의 승자가 제일 먼저 해야 할 일입니다. 선거 과정에서 분열된 국민의 일체감을 회복해 국민 통합을 이루지 못하면, 성공적인 국정 수행이 어렵기 때문입니다.

2002년 대선 때 노무현 후보는 '개혁과 통합'을 선거 구호로 내세웠습니다. 또 대통령직인수위에서 확정한 국정 과제 12개 중 3개가 국민 통합과 사회 통합에 관한 것일 만큼, 통합을 가장 중요한 국정 목표의 하나로 삼았습니다.

노 대통령은 야당과 소통하기 위해 끊임없이 노력했습니다. 당선자 시절 그는 선거에서 패배한 야당 당사를 방문했습니다. 취임 후 야당 지도부를 당시 대통령 별장인 청남대로 초청하기도 했습니다. 취임 후 한 달여 만에 국회를 방문해서 시정연설을 했습니다.

수시로 '국민과의 대화' 행사를 하면서 역대 어느 대통령보다 국민과의 소통에 많은 노력을 기울였습니다. 심지어는 국민 통합을 위해 야당에 대연정을 제안했다가, 특히 지지층으로부터 호된 비판을 받기도 했습니다.

하지만 당시 한나라당은 그런 노 대통령의 노력을 시종일관 외면하고, 거부하고, 비웃었습니다. 선거 결과에 불복하고 대통령 당선무효소송까지 제기했습니다. "대통령직을 도둑맞았다"고 했습니다. 2003년 4월 2일 노 대통령이 시정연설을 위해 국회 본회의장에 입장할 때 한나라당 의원들은 자리에서 일어나 맞이하는, 대통령에 대한 최소한의 예의조차 거부했습니다.

또 취임 초부터 걸핏하면 '탄핵'이니 '하야'니 '정권 퇴진'이니 하는 말을 공공연하게 쏟아 냈습니다.

"노무현이를 대통령으로 지금까지 인정하지 않고 있다."

2003년 9월 3일 한나라당 의원총회에서 김무성 의원이 한 발언입니다. 결국 한나라당은 불과 취임 1년여 만에 노 대통령에 대한 탄핵소추의결을 강행했습니다.

그랬던 새누리당이 지금, 국정원 대선 개입의 진상을 규명하고 국정원을 개혁하자는 민주당의 요구를 '대선 불복'이라며 윽박지르는 것을 보면 실소를 금할 수 없습니다.

경위가 어찌 됐든 참여정부는 국민 통합에 성공하지 못했습니다. 국민들의 지지를 얻는 데도 기대에 미치지 못했습니다. 결국 많은 개혁을 추진했음에도 불구하고 정권 재창출에 실패했습니다. 참여정부에 몸담았던 사람으로서 참으로 뼈아픈 일이었습니다.

이명박 정부는 출범 초부터 참여정부와 정반대의 길을 걸었습니다. 선거의 패배자들을 포용하지 않고 짓밟았습니다.

참여정부 출신 인사들을 마구 보복하고 핍박하는 '대결과 증오의 정치'를 했습니다. 대선에서 큰 표차로 압도적 승리를 거뒀는데도 패자를 포용하는 여유가 왜 그리도 없었는지, 지금도 이해가 잘 안 됩니다.

국민 통합과 정반대의 길을 걸었던 이명박 정부가 사상 최악의 국정 파탄을 초래한 것은 어쩌면 당연한 귀결이었습니다.

박근혜 대통령은 지난 대선 때 국민 통합을 많이 강조했습니다. 그 약속이 아니더라도 자신을 지지하지 않은 48퍼센트의 국민을 끌어안는 것은 한 나라의 대통령으로서 당연한 책무입니다. 그건 이명박 정부의 실패가 가르쳐 주는 교훈이기도 합니다.

'종북좌파'. 지난 대선을 지배한 프레임이었습니다. 박근혜 후보 진영과 국정원이 함께 만들어 내고 증폭시킨 '종북' 프레임은 박근혜 후보의 당선에 톡톡히 기여했습니다.

하지만 그건 국민을 색깔론으로 분열시키고 편을 가르고 공존을 거부하는 사악한 프레임이었습니다. 그로 인한 상처를 치유하자면 국민 통합에 더 많은 노력을 기울여야 합니다.

그런데 현실은 반대로 가고 있습니다. 박근혜 대통령은 국민 통합을 외면하고 있습니다. '종북' 공세는 더욱 위세를 떨칩니다. 인사에서부터 철저한 편 가르기가 횡행합니다. 최소한의 지역 안배조차 실종됐습니다. 분열이 더욱 심화되고 있습니다. 대선 때는 국민 통합을 그토록 소리 높여 외치더니, 막상 당선되자 국민 통합이란 말이 사라졌습니다. 오히려 국민들과 야당의 목소리에 귀를 닫는 불통의 정치로 일관하고 있습니다. 국민 통합은 더 멀어졌습니다.

국정원 대선 개입 사건에 대한 대응도 국민 통합과는 거리가 멉니다. 국정원 대선 개입의 진상을 규명하고 국정원을 바로 세우자는 국민들과 야당의 요구를 대선 불복으로 규정하는 것은, 48퍼센트의 국민을 끌어안는 자세가 아닙니다.

아직 박근혜 정부의 실패를 말하기는 이를지 모릅니다. 그러나 국민 통합에 실패한다면 성공하기 어렵습니다. 지금처럼 국민 통합을 외면한다면 이명박 정부와 같은 실패를 피할 수 없을 것입니다.

잘못 끼운 첫 단추

국정원 대선 개입 사건에 대한 박근혜 대통령과 새누리당의 태도는 정말 이해하기 힘듭니다. 왜 문제를 해결하려고 하지 않고, 덮으려고만 하는지 모르겠습니다. 엄연히 발생한 사실을 부정하려 드니, 문제를 푸는 것이 아니라 더 키우는 꼴입니다.

설령 이런저런 국면 전환 카드로 덮고 넘어가는 데 성공한다고 해도 그건 해결이 아닙니다. 고름을 짜지 않고 남겨 두는 것과 같습니다. 박근혜 정부의 성공에 결코 도움이 되지 않습니다.

국정원의 대선 개입은 민주국가에서 있을 수 없는 일입니다. 여론을 조작하고 안보를 선거공작에 악용해서, 그들이 원하는 선거 결과를 만들어 내려고 했습니다. 그 사실이 드러나자 경찰을 동원해서 조작된 수사 결과를 발표했습니다. 그래 놓고는 민주당이 '선거 승리에 혈안이 돼 사건을 조작하고 국정원 여직원의 인권을 침해'한 양 뒤집어씌웠습니다.

국정원의 대선 개입이야말로 대선 승리와 집권 연장을 위해 국가기관을 동원하고 권력을 사유화한 일입니다. 그것이 실제로 선거 결과에 얼마나 영향을 미쳤느냐에 상관없이, 그 자체로 선거의 공정성과 정당성이 무너졌습니다. 민주주의의 규칙이 깨어진 것입니다.

이미 드러난 사실에 대해 박 대통령은 솔직하고 담백하게 대응하면 그만이었습니다. 진상을 철저히 규명해서 관련자들을 엄정하게 문책하면 됩니다. 국민들이 납득할 수 있도록 국정원을 바로 세우면 되는 일입니다.

"지난 정부에서 있었던 일이며, 자신은 지시한 바 없고 몰랐다"니, 그러지 못할 이유가 없습니다. 그렇게 원칙대로 대응했으면, 선거의 공정성과 정당성에 대한 논란도 저절로 해소됐을 것입니다.

또 국정원이 다시는 국내 정치에 개입하지 못하도록 제대로 개혁한다면, 우리나라의 민주주의 역사에 또 하나의 큰 진전을 이루는 업적이 됐을 것입니다.

국정원 대선 개입 문제는 박 대통령의 멍에가 아니라 오히려 성과가 될 수 있었습니다. 잘못된 과거와 단절하고 미래로 나아가는 길이었습니다. 그건 전적으로 박 대통령 자신의 결단에 달린 일이었습니다. 부디 그렇게 하도록 진심 어린 충고를 했습니다.

하지만 박 대통령은 반대로 갔습니다. 책임자를 문책하기는 커녕 오히려 비호하기에 급급했습니다. 자신과 상관없는 일이라며 선을 그었습니다.

설령 그 자신은 몰랐다 해도 새누리당 정권하에서 자신을 당선시키기 위해 자행된 일이었습니다. 박 대통령이 그 수혜자였습니다. 박근혜 후보 본인과 선대위가 직접 선거운동에 악용하기도 했습니다. 그런데도 자신과 상관없는 일이라는 박 대통령의 태도는 참으로 이해하기 어렵습니다.

사실 국가기관들의 대선 개입 사건은 지난 대선 과정의 문제여서, 정권 출범 초기에 가급적 빨리 털고 가는 것이 바람직했습니다. 그런데도 지나치게 오랫동안 시간을 허비하고 있습니다.

경제와 민생을 살리려면 할 일이 산적해 있는데 그 문제가 이토록 오랫동안 발목을 잡고 있으니, 박 대통령 자신도 답답할 것입니다. 국가적으로도 엄청난 국력 손실이고 낭비입니다. 박 대통령이 첫 단추를 잘못 채우고 있는 것입니다.

박 대통령과 새누리당은 이 문제를 풀려 하지 않고, 끊임없이 다른 카드로 국면을 전환시켜 나가는 방법으로 대응해 왔습니다. 대통령 주변에 정치공학적 정국 운영에 유능한 사람들이 있는 것 같습니다. 그런 정국 운영 방식이 성공하고 있는 것으로 믿고 있을지 모르겠습니다. 국민들이 국정을 관대하게 봐 주는 집권 초기이고, 압도적인 언론의 지원이 있으니 당분간은 그 방법이 어느 정도는 통할지 모릅니다.

그러나 분명한 것은, 그렇게 해서는 문제를 해결하는 것이 아니라 덮어 나가는 데 지나지 않는다는 것입니다. 당장은 성공으로 보일지 모르지만 착시일 뿐입니다. 그렇게 덮어진 문제는 국민들 마음속에 차곡차곡 쌓였다가 언젠가 한꺼번에 대가를 치르게 돼 있습니다.

선거는 끝났지만 선거 과정에서 발생한 잘못 때문에 우리 정치는 지금 한 발짝도 나아가지 못하고 있습니다. 비극입니다. 박 대통령이 문제를 직시하지 못하는 것 같아 안타깝습니다. 이 문제를 풀 수 있는 사람은 박 대통령밖에 없습니다. 박 대통령이 너무 늦지 않기를 바랄 뿐입니다.

부디 성공을 기원했건만

저는 박근혜 정부의 성공을 기원합니다. 박근혜 후보의 당선이 확정됐을 때 저는, "나라를 잘 이끌어 주시길 부탁드린다. 국민들께서도 박 당선인을 많이 성원해 주시길 바란다."라고 축하 인사를 했습니다. 의례적인 인사말이 아니었습니다. 저의 진심을 담은 말이었습니다. 함께 경쟁한 사람으로서, 대한민국을 위해 잘해 주기를 바라는 간절한 마음이었습니다.

이명박 정부의 국정 실패가 박근혜 정부에서도 이어진다면 정말 국민들에게 면목 없는 일입니다. 박근혜 정부가 못하면 못할수록, 저는 지난 대선의 패배를 더 죄스러워 할 수밖에 없는 처지입니다.

박근혜 정부가 실패하면 다음 선거에서 정권 교체 가능성이 더 높아질 것이라는 일반적인 생각에 저는 동의하지 않습니다.

미국의 클린턴 대통령은 성공한 대통령으로 평가받았습니다. 국민의 지지도 매우 높았습니다. 하지만 다음 정권은 공화당의 부시 대통령에게 넘어갔습니다.

박근혜 대통령은 이명박 정부의 국정 파탄으로 정권 교체를 바라는 여론이 높은 상황에서도 집권에 성공했습니다. 정권에 대한 평가와 선거 결과가 꼭 함께 가지는 않는 것입니다.

미국과 유럽의 정권 변동 추이를 분석해 보면 평균 6년 내지 7년을 주기로 정권 교체가 이뤄짐을 알 수 있습니다. 국민들이 그 정도의 기간마다 집권 세력을 교체함으로써 보수, 진보의 균형 있는 발전을 기하는 것입니다.

박근혜 정부는 저나 민주당보다 나은 점도 있다고 생각합니다. 역설적이긴 하지만 대북정책이 그러합니다. 박근혜 정부는 보수 세력의 동의를 이끌어 낼 수 있는 지지 기반을 갖고 있습니다. 그러니 의지만 가진다면 대북정책을 더 과감하고 더 전향적으로 추진해 나갈 수 있는 장점이 있습니다.

참여정부 첫 조각(組閣) 때 일입니다. 노무현 대통령은 야당 소속인 박근혜 의원을 통일부 장관으로 발탁할 것을 적극 검토했습니다. 남북관계의 발전을 초당적으로 추진해 보자는 대담한 발상이었습니다.

당시 박근혜 의원은 그 얼마 전에 북한을 방문해, 보수 인사로는 드물게 남북관계에서 전향적인 태도와 의지를 보인 적이 있었습니다.

노 대통령의 구상이 실현에 이르지는 못했습니다. 우리에게는 연합정치의 경험이 없는 데다, 당시 한나라당이 대선 결과에 승복하지 않는 적대적인 태도를 보이고 있었기 때문입니다. 노 대통령의 제안이 진정성 있게 받아들여지지 않고, 오히려 '야당 파괴 공작' 등으로 왜곡돼 버릴 가능성이 컸습니다.

경제민주화나 복지정책도 박근혜 정부가 의지를 가진다면 더 강한 추진력을 가질 수 있습니다. 적어도 '좌파 정부'라는 공격은 받지 않을 것이기 때문입니다.

저는 솔직히 대선 때, 저와 치열한 경쟁을 벌였던 박근혜 후보의 경제민주화와 복지 공약에 진정성이 담겨 있다고 보지 않았습니다. 하지만 우리의 의제를 선점했다는 평가를 들을 정도로 경제민주화와 복지 공약에 역점을 뒀고, 워낙 파격적인 공약까지 내놓았기 때문에, 그 절반만 실천해도 큰 발전이 될 것이라고 기대했습니다.

그러나 대선이 끝난 지 10개월, 박근혜 후보가 대선 때 국민 앞에 내놓았던 핵심 비전이나 공약들은 뿌리째 흔들리고 있습니다. 저와 선명성 경쟁을 하는 것처럼 보였던 복지 공약의 핵심은 이미 파기됐습니다.

파격적인 복지 공약으로 표심을 흔들었지만, 이제 와선 하나하나 말이 달라졌습니다. "당장 내년부터 소득에 관계없이 모든 노인에게 월 20만 원을 지급하겠다"는 매력적 구호로 장년과 노년층의 전폭적인 지지를 얻었습니다. 하지만 그 공약은 이미 인수위 때 가장 먼저 파기됐습니다.

장애인 연금도 마찬가집니다. 4대 중증질환의 전액 국가 보장 공약도 허구로 드러났습니다. 의료비 부담의 핵심인 3대 비급여 문제는 아예 외면했습니다. '맞춤형 복지'라는 핑크빛 공약도 예산 확보와 복지 인력 확충이 전제되지 않는 상태입니다.

오히려 최저생계비로 지탱하고 있는 절대빈곤층을 더 어렵게 만들 조짐마저 보이고 있습니다. 무상보육과 고등학교 무상교육 등 '무상 시리즈'는, 지자체와 예산 갈등을 빚어 위기를 맞고 있습니다.

복지 공약의 신기루 같은 허상은 모두 부족한 재원 때문입니다. 재원 마련에 대한 진지한 고민이나 현실적 대안 없이 대선에서 그저 표를 모으기 위해 무책임하게 쏟아 낸 '복지 바겐세일'이었습니다. 게다가 '증세 없는 복지'를 고집하면서, 지난 대선의 간판상품들이 허위과장 광고가 돼 버렸습니다.

'경제민주화' 역시 박 대통령의 당선을 이끈 핵심 공약이었습니다. 하지만 본질적인 내용에 접근조차 하지 못한 채 입법의 조기 종결을 선언했습니다. 총수 일가가 소수의 지분으로 거대한 재벌 집단을 황제처럼 지배하는 방식을 개선하기 위한 상법 개정안도, 물 건너가는 분위기입니다.

경제 발전에 따라 경제민주화 과제도 끊임없이 새로워지는 것인데, 몇 개 입법으로 경제민주화가 마무리됐다는 식의 당치 않은 말을 하고 있습니다. 물론 정부 운영의 핵심에 참여해 본 사람으로서, 한편으로는 이해가 갑니다. 지금처럼 경제가 어려울 때 경제의 체질을 바꾸는 개혁은 뒷전이 되기 십상입니다.

당장의 성장률에 매달리기 쉽습니다. 경제민주화나 복지는 경제가 좋아지고 난 후에 할 일이라는 사고가 정부 안에 팽배하게 됩니다. 그러나 지금 우리 경제가 어려운 것은 지금까지 해 왔던 성장 방안이 더 이상 통하지 않게 됐기 때문입니다. 특히 이명박 정부의 시장만능주의적 경제정책이 경제와 민생을 크게 망쳐 놓았습니다.

따라서 경제가 어려울수록 오히려 경제의 체질을 개혁해야만 경제를 살릴 수 있습니다. 더 많은 일자리를 창출하고, 경제민주화를 실현해서, 복지를 확대해야만 경제도 살리고 정의로운 성장도 이룰 수 있다는 것이 지난 대선 시기의 사회적 합의였습니다. 박근혜 정부는 단기 실적의 유혹에서 벗어나 지난 대선 때의 초심으로 되돌아가야 합니다. 그것이 경제와 민생을 살리는 길입니다.

남북관계는 역대 정부가 이룬 성과와 남북 간 합의를 존중하고 그걸 이행해 나가는 것에서부터 출발해야 합니다.

역대 정부는 남북 간에 의미 있는 합의를 이끌어 냈습니다. 박정희 정부의 7·4 공동성명, 노태우 정부의 남북기본합의서, 김대중 정부의 6·15 공동선언, 노무현 정부의 10·4 정상선언 등이 그것입니다.

그렇게 한 걸음 한 걸음 남북관계를 발전시켜 왔습니다. 유일하게 이명박 정부 때만 남북관계가 단절되고 거꾸로 갔습니다. 국가에 대한 기본 전략이나 개념조차 없는 정부였습니다.

역대 정부의 합의는 모두 소중합니다. 과거의 남북 간 합의가 국회 비준 절차를 거치지 않았기 때문에 이행 의무가 있는 조약이 아니라는 법적 해석도 있습니다. 그러나 조약이라는 법적 형식을 뛰어넘는, 남북 간 최고지도자들의 국가적 결단으로서 존중돼야 합니다. 남북관계는 그런 과정을 통해 발전해 왔습니다. 앞으로도 같은 방법으로 발전해 나가야 합니다.

박근혜 대통령은 그런 점을 누구보다 잘 알 만한 분입니다. 박근혜 대통령이 단편적으로 밝히고 있는 남북관계의 구상도 역대 정부가 이룬 합의의 연장선상에 있습니다.

박 대통령은 얼마 전 러시아 G20 회의에 가서, '부산에서 출발한 열차가 러시아를 거쳐 유럽까지 가는 꿈'을 말했습니다. 이른바 '실크로드 익스프레스(Silkroad Express)'의 꿈입니다.

그런데 그 꿈을 이룰 수 있는 구체적 방안을 합의한 것이 10·4 정상선언입니다. 참여정부는 그 꿈을 실현하기 위해 러시아, 북한과 3국간 철도 회담도 했습니다.

비무장지대(DMZ)상의 세계평화공원도 10·4 정상회담 때 이미 우리가 제안했던 내용입니다. 그에 앞서 먼저 합의한 것이 서해상의 공동어로구역과 평화수역입니다. 그 합의가 실현될 경우 같은 방식을 육지의 DMZ에 적용하면, 바로 박 대통령이 말한 세계평화공원이 되는 것입니다.

가스관이나 송유관을 러시아에서 우리나라까지 연결하는 구상도 북한을 빼고는 불가능한 일입니다.

그렇게 세계를 향해서는 전향적인 구상을 말하는 박 대통령이 안으로는 10·4 정상선언을 부정하고 폄훼하고 있습니다. 대단히 이중적이고 위선적인 행태입니다.

지금 박근혜 정부가 대북정책에서 국민들의 지지를 웬만큼 받고 있는 것은 다행스런 일입니다. 그러나 국민들은 이명박 정부가 늘 북한에게 당하던 모습에서 벗어나, 북한에게 끌려다니지 않고 남북관계를 주도해 나가는 듯한 모습에 지지를 보내는 것입니다.

하지만 길게 보면, 결국 성과가 말해 주는 법입니다. 아직 평가하기 이를지 모르지만, 지금까지 박근혜 정부가 이룬 성과는 개성공단 재가동과 이산가족 상봉의 재개 합의뿐입니다.

개성공단 재가동은, 박근혜 정부에서 중단돼 파탄 날 뻔했던 개성공단을 가까스로 되살린 것에 지나지 않습니다. 김대중 정부와 노무현 정부에서 합의했던, 3단계 2,000만 평 규모 수준으로 확대 발전시켜 나가자면 여전히 갈 길이 멉니다.

이산가족 상봉 합의도, 김대중 정부와 노무현 정부에서는 정례적으로 해 오다가 이명박 정부에서 중단된 것을 되살리는 단초를 마련한 것에 지나지 않습니다. 노무현 정부 때 남북이 합의해서 금강산에 건설한 이산가족 상설면회소를 다시 가동하는 데까지 가려면, 아직도 갈 길이 멉니다.

상황이 그러한데도 박근혜 정부와 새누리당은 노무현 대통령이 NLL을 포기했다거나 공동어로구역 합의로 NLL을 무력화시켰다는 정략적인 주장으로 10·4 정상선언을 부정하고 있습니다.

또 반대 정파는 모조리 '종북'으로 모는 극단적인 이념적 편향성을 드러내고 있습니다. 이런 태도를 바꾸지 않는다면 이명박 정부에 이어 박근혜 정부의 대북정책도 성공을 거두기가 어렵습니다.

사실 10·4 정상선언 이전의 남북 합의들은 모두 추상적인 원칙을 천명하는 내용에 그쳤습니다. 그에 비해 10·4 정상선언은 과거의 토대에서 구체적인 경제 협력 사업과 실천 방안들을 합의했다는 데 특별한 의미가 있습니다. 그 선언에서 합의한 경제 협력 사업들은 북한의 경제 발전을 돕고, 북한을 개혁·개방으로 이끄는 데만 그치지 않습니다.

더 크게는 우리 경제에 새로운 기회와 성장 동력을 제공할 수 있습니다. 나아가 우리 경제의 무대를 대륙으로 확장시켜 한 차원 높은 도약으로 이끌 수 있는 내용들입니다. 우리 경제의 위기를 타개할 수 있는 해법이 10·4 정상선언에 모두 들어 있습니다. 박근혜 정부가 남북관계를 발전시키려면 지금이라도 10·4 정상선언 정신으로 되돌아가야 합니다. 그 선언을 인정하고, 존중해야 합니다. 남북이 함께 협력해서 정상선언을 이행하는 데서 다시 출발하지 않으면 안 됩니다.

지금 북한은 변화를 적극적으로 모색하고 있는 것으로 보입니다. 아주 좋은 기회입니다. 박근혜 정부가 부디 이 기회를 놓치지 말기를 간절히 바랍니다.

다시 정국 한가운데로

선거 패자도 국민에 대한 책무가 있습니다. 경쟁했던 후보로서, 새 정부의 국정 운영이 성공할 수 있도록 돕는 일입니다. 특히 선거 과정에서 생긴 국론 분열을 치유하고 국민 통합을 이루는데 함께 협력할 책임이 있습니다.

그것이 대통령이 되고자 경쟁하여, 적지 않은 지지를 받았던 사람의 도리일 것입니다. 평소 늘 그리 생각해 왔고, 그렇게 처신하고자 했습니다. 대선 이후 엄청난 사건의 소용돌이가 휘몰아쳤지만 제 생각은 지금도 변하지 않았습니다.

대선 후 전자개표기에 의한 개표 부정 의혹을 제기하는 지지자들이 제 집과 사무실을 찾아왔습니다. 심지어 집과 사무실 앞에서 촛불모임과 단식농성을 벌이기도 했습니다. 그때마다 저는 그분들 뜻에 함께할 수 없다고 분명히 밝혔습니다.

의혹이 많이 있다 하더라도, 그것이 선거 결과를 뒤집었다는 확실한 증거와 전 국민적 공감이 없는 한, 제가 선거 불복에 나서서 분열과 혼란을 야기하는 것은 국민들에 대한 도리가 아니라고 말씀드렸습니다. 그분들의 섭섭함을 무릅쓰고, 저의 그런 뜻을 공개적으로 밝히기도 했습니다.

하지만 국민 통합을 위한 패자의 협력도 승자의 노력이 선행돼야만 가능한 일입니다. 국정원 대선 개입 문제에 대한 박근혜 정부와 새누리당의 성의 있는 노력이 그 출발점입니다.

그렇게 해서 선거 후유증을 씻고 국민 모두가 다시 하나가 되기를 바라는 것, 그것이야말로 저를 지지했던 분들의 한결같은 바람일 것입니다.

그 마음을 끌어안는 것도 승자인 박 대통령이 해야 할 일입니다. 박 대통령을 지지했던 국민들도 아마 같은 바람을 갖고 있을 거라고 생각합니다.

사실 대선 후 국정원 선거 개입 사건이 정치 쟁점으로 부각됐을 때, 처신하기가 무척 조심스러웠습니다. 박 대통령의 해결 거부로 촛불집회와 민주당의 장외집회로 번졌을 때는 그 자리에 참석해야 할까 하지 말아야 할까, 솔직히 난처했습니다.

제가 공격받는 것은 두렵지 않았습니다. 저들의 대선 불복 프레임에 힘을 실어 주는 빌미를 제공하지 않을까, 저의 참여가 집회의 순수성을 훼손하여 오히려 부담을 주지 않을까 하는 그것이 염려스러웠습니다.

민주주의를 지키기 위한 시민들의 정당한 요구가 자칫 정쟁으로 폄훼될까 두려웠습니다. 함께해 주기를 바랐던 많은 시민들과 민주당 당원들에게는 정말 미안한 일이었습니다.

하지만 NLL 포기 발언 논란에는 도저히 침묵할 수가 없었습니다. 돌아가신 노무현 전 대통령이 직접 해명할 수도 없는 노릇이니, 그건 내용을 아는 참여정부 출신 인사들이 적극 나서서 해명할 수밖에 없는 문제였습니다. 당시 정상회담추진위원장이었던 제가 전면에 나서서 대응하지 않을 수 없었습니다.

물론 제가 직접 나서는 걸 마땅찮아 하는 의견도 있었습니다. NLL 포기 논란으로 국정원 대선 개입 문제를 덮고 국면 전환을 꾀하려는 저들의 의도에 말려들지도 모른다는 것이었습니다.

저를 걱정해서 말리는 의견들도 있었습니다. 안보 이슈는 언제나 우리에게 불리하기 때문에 제가 상처받게 된다는 것이었습니다.

제가 '친노'와 '비서실장' 이미지에 갇히게 된다는 정무적인 염려도 있었습니다.

하지만 제 생각은 좀 달랐습니다. 국면 전환이야 우리가 대응하고 않고에 달린 문제가 아니었습니다. 우리가 제대로 대응하지 않으면 않는 대로 그것이 또 약점이 되는 법입니다. 뿐만 아니라 그건 대단히 중차대한 문제여서, 유불리를 재거나 남에게 미룰 일이 아니라고 생각했습니다.

지난 대선 때 시작된 NLL 포기 논란의 본질은 한마디로 '빨갱이'라는 것입니다. 요즘 말로 업그레이드시켜서 '종북좌파'입니다.

물론 이미 고인이 된 노 전 대통령만을 겨냥한 것이 아닙니다. 참여정부만의 문제도 아닙니다. 저들의 의도는 저와 민주당을 싸잡아서 소위 빨갱이 세력으로 몰고 가려는 데 있었습니다. 후보인 저를 비롯한 모든 민주 · 평화 · 진보세력은 나라를 맡기기에는 위험한 집단이라는 것이었습니다.

NLL 포기 논란은, 눈앞의 대선에서 어떻게든 이기고 보자는 계산으로 새누리당이 악의적으로 제조해서 유포시킨 흑색선전이었습니다. 안보를 선거공작에 악용하고 '종북좌파'라는 새로운 색깔론으로 선거 결과를 좌우하려는 것이었습니다.

그 목적을 위해 국정원은 새누리당에게 정상회담 회의록을 불법 제공했습니다. 새누리당은 그것을 쥐고 흔들며 마치 증거가 있는 사실인 양 흑색선전을 했습니다. 그리고 국정원은 다시 댓글공작과 트위터공작으로 그 흑색선전을 전국적으로 확산시켰습니다.

"빨갱이들이 정권 잡으면 큰일 난다."라는 말이 특히 노년층, 영남, 농촌 지역을 휩쓸었습니다. 새누리당은 실제로 큰 성과를 봤습니다.

증오와 적의(敵意)의 끝은

지난 대선에서 국정원의 대선 개입은 두 축으로 자행됐습니다. 트위터와 댓글 등 SNS공작과 NLL공작입니다. 이 둘은 동전의 양면과 같습니다. 따라서 NLL공작을 규명하는 것이 SNS공작을 규명하는 일 못지않게 중요합니다.

뿐만 아니라 SNS공작은 과거의 일일 수 있지만, NLL 포기 논란은 지난 대선 때 구사된 흑색선전으로만 종결되는 것이 아닙니다.

국정원 대선 개입 문제를 덮기 위한 국면 전환 카드 정도로 그 역할을 다한 게 결코 아닙니다. '종북' 프레임은 대선이 끝난지 1년이 다 돼 가는 지금도 위력을 떨치고 있습니다. 앞으로도 이어질 문제입니다.

NLL 포기 논란은 '종북' 프레임을 강화시켜 주는 역할을 합니다. 새누리당은 내년의 지방선거는 물론 다음 총선과 대선까지도 '종북' 프레임을 앞세워서 치르려고 할 것입니다.

이런 사악한 프레임을 깨는 것은 국가의 장래를 위해서도 대단히 중차대한 일입니다. NLL 포기가 사실이 아님을 국민 앞에 명명백백하게 밝혀야 합니다. 적어도 '종북' 프레임을 더 이상 악용할 수 없게 만들어야 합니다.

또 NLL 포기 논란은 대선 때 있었던 국정원과 새누리당의 정상회담 회의록 불법 유출과 불법 활용을 정당화하는 역할을 합니다. 이 이유 때문에도 NLL 포기가 사실이 아님을 밝히는 것은 매우 중요한 일입니다.

여론 조사 결과를 보면 저들이 주장하는 NLL 포기 발언이 사실이 아니라고 생각하는 국민이 다수를 차지합니다. 다행스럽고 고마운 일입니다. 다수 국민이 새누리당, 국정원, 보수언론의 그 엄청난 집중포화를 이겨 낸 것입니다. 민주당과 참여정부 출신들이 방어를 잘 해낸 결과이기도 합니다.

결국 김장수 현 청와대 국가안보실장은, "남북정상회담 당시 국방장관으로서 NLL 문제와 관련하여 노 대통령과 이견이 없었고, 정상회담 후에 열린 남북국방회담 때도 마찬가지였다"고 국회에서 밝혔습니다.

또한 국방부도 국정감사 답변서에서 남북정상회담 후속으로 열린 남북국방장관회담과 관련해, "국방부가 회담 계획을 보고하면서 'NLL 존중 · 준수 원칙하 NLL을 기준으로 '등면적' 원칙으로 공동어로구역을 설정한다'는 입장에 따라 회담 대책과 협상 방향을 수립해 노 대통령에게 보고했고, 노 대통령이 이를 승인했다"라고 밝혔습니다. 이로써 '노 대통령의 NLL 포기'는 전혀 사실이 아님이 더욱 분명해졌습니다.

하지만 아직 끝난 일이 아닙니다. 새누리당과 보수언론은 여전히 NLL 포기 논란을 멈추지 않고 있습니다. 남재준 국정원장은, 국민 다수가 포기가 아니라는 여론 조사 결과가 있은 후에도, 국회에 출석해서 "회의록의 내용이 NLL을 포기한 것"이라고 강변했습니다. 박근혜 대통령의 뜻으로 보입니다.

새누리당을 지지하는 적지 않은 국민들도 여전히 새누리당의 주장을 믿고 있습니다. 심지어 '노 대통령이 포기한 NLL을 당시 김장수 국방장관이 지켜 냈다'는 어처구니없는 궤변도 이어지고 있습니다.

새누리당과 그 주변 세력들은 앞으로도 NLL 포기 논란을 종북 프레임의 중요 메뉴로 계속 활용해 나갈 것입니다. 우리끼리 사실상 끝난 문제라고 자위하고 넘어가서는 문제가 해결되지 않습니다.

노 대통령이 NLL을 포기했다고 대선 때 터무니없는 흑색선전을 한 사람들의 사과가 없는 한 그들의 정치적 책임을 묻는 것은 꼭 필요한 일입니다.

또한 새누리당이 NLL 포기를 여전히 주장한다면, 국회가 국가기록원으로부터 넘겨받은 정상회담 전후 기록을 열람해서 그 논란을 확실하게 매듭지어야 할 것입니다. 그런 기록들에는 NLL에 대한 사전 준비와 사후 대책 논의, 특히 정상회담 후 열린 국방장관회담에서 NLL에 관해 논의된 내용까지 모두 들어 있으므로, 이미 공개된 정상회담 회의록에 담긴 노 대통령의 발언 취지들을 더욱 분명하게 확인할 수 있을 것입니다.

국회의 열람 의결에 따라 국가기록원에서 기록사본을 넘겨받고도 열람을 가로막은 새누리당의 횡포, 그래도 속수무책인 우리 정치의 비상식적인 모습이 개탄스럽습니다.

저는 NLL 포기 논란에 대해 개인적으로 남다른 소회를 갖고 있습니다. 그 논란을 둘러싸고 새누리당과 보수언론이 노 전 대통령에게 퍼붓는 공격과 비난을 보면서, 저는 그를 죽음으로 몰아갔던 무서운 악의가 되풀이되는 것을 느꼈습니다.

그의 죽음을 겪은 지 얼마나 됐다고 또다시 그럴까 싶습니다. 그가 생전에 받았던 그 지독했던 악의가 사후에까지 이어지고 있는 현실이 저는 참으로 가슴 아픕니다.

제가 특히 더 아픈 것은, 만약 제가 대선후보로 나서지 않았더라면 그가 다시 그렇게까지 심한 표적이 되지는 않았을 거라는 생각 때문입니다. 제가 후보가 아니었으면, 노 대통령이 그토록 처참하게 정치적 공격과 시비의 대상이 됐을까 싶습니다. 이미 고인이 된 분을 부관참시하는 듯한 모독도, 제가 대선후보였기 때문에 더 혹독하게 자행된 건 아니었을까 생각합니다. 제가 그의 한을 풀어 주기는커녕 오히려 한을 더 키웠다는 회한이 제게 있습니다.

아직도 그를 적대시하는 사람들에게 간절히 호소합니다. 이제는 제발 그를 놓아주십시오. 악의에서 놓아주시고, 있는 그대로 그를 봐 주십시오.

또다시 퇴행과 역류…

지난 대선에서 새누리당은 노무현 대통령이 NLL을 포기했다고 대대적인 공세를 펼쳤습니다. 그것으로 안보를 선거에 악용하고, '종북' 프레임을 키웠습니다. 터무니없는 모함이었고, 엄청난 흑색선전이었습니다.

대선 후 국정원의 대선 개입이 문제되자, 새누리당은 NLL 포기 논란 카드를 다시 꺼내 국면 전환을 꾀했습니다. 국정원이 공개한 정상회담 회의록과 김장수 안보실장의 증언 등으로 NLL 포기가 사실이 아니라는 게 밝혀졌는데도, 아무도 책임지지 않습니다. 사과도 하지 않습니다. 지금도 노 대통령이 NLL을 포기했다고 우깁니다.

노 대통령이 NLL을 포기했다는 흑색선전을 위해, 박근혜 후보 선대위 총괄본부장이었던 김무성 의원은 유세장에서 정상회담 회의록 원문을 낭독했습니다. 정상회담 회의록은 국정원에만 있다는 것이니, 국정원으로부터 회의록을 제공받지 않았으면 불가능한 일이었습니다.

국정원은 참여정부가 남겨 놓은 국가비밀기록을 불법 유출하고, 새누리당은 그것을 불법으로 악용했습니다. 새누리당과 국정원의 결탁이 추정됩니다. 사실이 확인되면 엄청난 범죄 행위입니다. 그런데 민주당이 고발해도 철저한 수사를 하지 않습니다. 그래도 속수무책입니다.

정상회담 회의록은 참여정부가 국정원에 넘겨줘서, 다음 정부가 참고하도록 했습니다. 녹음 파일까지 함께 남겼습니다. 정상회담 후 이어질 후속 회담들을 위해 이명박 정부가 활용할 수 있도록 국정원에 남겨 두라는 노 대통령의 지시에 따른 것이었습니다. 그런데 무슨 '은폐'며 '사초 실종'입니까. 이명박 정부는 참여정부가 국정원에 남겨 놓은 회의록을 남북 대화를 위해 활용하지 않고, 대선 승리를 위해 악용했습니다.

사건의 본질은, 참여정부가 남겨 놓은 국가비밀기록인 정상회담 회의록을 새누리당이 불법 유출해서 대선에 악용한 것입니다. 회의록이 국정원에만 있고 국가기록원에는 없는 이유를 밝히는 것은 다른 차원의 문제입니다.

그러나 본질은 오간 데 없고, '전대미문의 사초 실종'이라는 왜곡만 남았습니다. 흑과 백을 맞바꾸는 마술 같은 힘이 아닐 수 없습니다.

국정원 등 국가기관들의 대선 개입은 더 말할 나위가 없습니다. 반성은커녕 드러난 사실조차 인정하지 않습니다. 정당한 업무이며, 대북심리전이란 우격다짐이 횡행합니다. 수사에 대한 비난과 방해 공작이 공공연하게 행해지고 있습니다.

여의도를 지배하고 있는 비상식의 정치, 그 적나라한 모습입니다. 비상식이 상식을 압도합니다. 비상식이 오히려 정치판에서 큰소리를 치고 있으니 참으로 기가 막힐 노릇입니다.

민주당의 전술 부재를 지적하는 이들도 있습니다. 변명하기 힘든 아픈 비판이긴 합니다. 그러나 민주당이 전술을 잘 세우면 그런 비상식의 정치를 바로잡을 수 있는 것일까요? 처지를 바꾸어 민주당이라면 그렇게 하는 것이 용납될 수 있을까요? 벌떼 같은 언론의 공격을 당해 낼 수 없을 것입니다.

아마도 대통령의 사과로는 만족하지 않고, 하야를 요구할지도 모릅니다. 새누리당이기에 말도 안 되는 억지를 부릴 수 있는 것입니다. 언론이 편들어 주기 때문입니다. 새누리당이 누리는 프레임의 우위도 편파적인 언론의 힘인 경우가 많습니다. 언론이 눈을 부릅뜬다면 비상식이 기세등등할 수 없을 것입니다. 언론이 공정한 심판자의 역할을 할 때만이 우리 정치가 정상화될 수 있습니다.

대통령기록물을 특별히 관리하고 보존해야 한다는 국정철학을 처음으로 가진 사람이 바로 노무현 대통령이었습니다. 그 이전의 새누리당 계통 정권들은 대통령기록물을 국가기록원에 거의 남겨 놓지 않았습니다. 아니, 그런 개념 자체가 없었습니다.

'대통령기록물 관리법'을 만들어서 자신에게 스스로 의무를 부과한 사람이 바로 노 대통령이었습니다. 그런데 그 선의가 엄청난 악의의 대상이 되어 되돌아왔으니, 이런 것이 세상사의 비정함인지 모르겠습니다. 무려 800만 건의 대통령기록물을 남겨 《조선왕조실록》의 기록 문화를 되살리려 했던 노 대통령에게 가해진 비난이 '전대미문의 사초 은폐·실종'이었습니다. 세상에 이런 아이러니는 없을 것입니다.

그날 이후

몸이 솜처럼 풀어졌습니다.

12월 19일, 선거 당일까지 허용되는 투표 독려를 마치고 오후 늦게 구기동 집으로 돌아왔을 때, 팽팽하게 당겨졌던 고무줄이 탁 풀어지는 느낌이었습니다.

욕심대로 다 하지 못했습니다. 아쉬움도 많았습니다. 그래도 마음은 후련했습니다. 진인사(盡人事)는 했고, 대천명(待天命)만 남았다고 생각하니 편안했습니다.

총선에서 시작해서 당내 경선, 후보단일화, 대선에 이르는 대장정이 드디어 끝났다는 안도감이 몰려왔습니다.

국회의원 예비후보자로 등록한 것이 전해 12월 하순이었으니 일 년 내내 후보였습니다. 정치는 저와 맞지 않는다고 생각하며 살았는데, 국회의원 후보 끝나니 대통령 후보로, 한 해 내내 선거를 치렀습니다.

사실 대선 막바지엔 체력이 고갈돼 그야말로 악전고투였습니다. TV토론 때는 감기까지 겹쳐 고생했습니다. 감기 증상이 심해져서 목소리가 안 나오는 바람에 TV연설 중 한 번은 못하기도 했습니다. 주사를 맞고 와서 다시 시도했는데도 목소리가 안 나와, 할 수 없이 지난번 방송연설을 다시 내보냈습니다.

그날 오후 광화문 유세 때는 걱정하며 단상에 올랐는데, 함께 해 준 시민들의 열기 덕택인지 힘껏 소리를 지르자 목이 풀려 다행이었습니다.

여러 악조건 속에서도 끝까지 최선을 다했습니다. 선거 전날, 새벽 6시 가락농수산물시장 방문인사를 시작으로, 아침 기자회견, 이어서 강남역·청량리역·서울역 광장 유세, 그리고 경부선을 따라 천안·대전역·동대구역·부산역 광장 유세, 마지막으로 밤늦게 부산 남포동 광복로 거리인사. 제게 주어진 모든 시간을 다 쓰며 마지막 선거운동 일정을 기적처럼 치러 냈습니다.

그리고 선거 당일에는 부산에서 아내와 함께 어머니를 모시고 투표 후 상경해서, 마지막 투표 독려 운동까지 득표에 도움이 될 만한 일은 뭐든 가리지 않고 다 했습니다. 체력의 마지막 한 방울까지 다 쏟아부었으니 '여한이 없다'는 생각, 그리고 '이제 해방이다'는 생각이 들었습니다.

해방감도 잠시뿐이었습니다. 여러 가지 출구 조사 예측 결과가 숨 가쁘게 올라왔습니다. 개표 이후 상황에 대해 준비를 해야 했습니다. 올라온 보고서들을 보면서 담담한 느낌이었습니다.

생각 밖으로, 결과에 크게 가슴 졸이지 않고 차분히 다가올 상황을 맞이할 수 있었습니다. 이길 경우와 질 경우 해야 할 일들을 검토하며, 혼자 마음의 준비를 했습니다.

우리 당과 선대위에서는 높은 투표율에 고무돼 승리를 낙관하는 분위기였습니다. 평소와 다르게 오후 늦게까지 장·노년층의 투표가 많아 심상찮다는 얘기도 일부 있었지만 낙관 속에 묻혔습니다.

물론 낙선 시나리오도 있었지만, 당선 상황을 가정한 보고가 대부분이었습니다. 당선 감사인사, 상대 후보 위로 메시지, 광화문에서의 축하행사 계획과 메시지, 당선인으로서 해야 할 첫날 일정, 주요 4개국 정상과의 통화 일정, 청와대 경호처와의 경호 계획 협의 결과에 이르기까지…. 올라온 보고들엔 승리의 자신감이 배어 있었습니다.

사실 저 자신은, 선거 기간 내내 당선을 낙관한 적이 한 번도 없었습니다. 선거일이 임박하면서 여론 조사에서 제가 드디어 상대 후보를 앞서는 '골든크로스'가 있었습니다. 막바지 유세 분위기에서 저의 가파른 상승세와 우세가 확연하게 느껴져서 내심 희망을 갖기는 했습니다.

하지만 이전에 치러진 총선이나 지방선거 경험으로 봤을 때, 여론 조사에 잡히지 않는 숨은 표까지 감안해야 했습니다. 바로 지난 총선 때만 해도 부산에서 우리 당 후보가 여론 조사와 출구 조사에서 앞서고도 실제 개표에서는 패배한 곳이 세 곳이나 됐습니다.

저 자신도 총선에서 승리를 거두기는 했지만 출구 조사 결과보다 표차가 꽤 줄어든 경험을 했습니다. 과거엔 두려움 때문에 야당 지지를 숨기는 사람이 많았는데, 근래에는 반대로 여당 지지를 숨기는 이들이 많다는 뜻입니다.

그렇게 숨은 표까지 감안하면 차이를 더 크게 벌려야 이길 수 있다고 생각했습니다. 대선을 코앞에 두고 지지율에서 역전한 것으로 나온 여론 조사도 근소한 박빙 우세였기 때문에, 결코 안심할 수 없었습니다.

더구나 국정원의 조직적인 대선 개입 사건 수사 결과를 경찰이 조작해서 발표한 것도 막바지 악재였습니다. 경찰 발표 후 마지막 이틀 동안 박근혜 후보는 유세 때마다 그걸 적극 악용했습니다.

민주당이 악의적으로 조작한 사건이고, 연약한 국정원 여직원의 인권을 유린했다고 목소리를 높였습니다. 그 모든 걸 후보인 제가 책임져야 한다고 주장했습니다. 그것이 막판 악재로 얼마나 크게 작용할 것인지 알 수 없는 상황이었습니다.

오후 6시. 방송사 출구 조사 결과가 발표됐습니다. 지상파 3사의 출구 조사에선 제가 박근혜 후보에게 오차범위 내에서 근소하게 지는 것으로 나왔습니다. YTN은 반대로 그보다 더 큰 차로 제가 승리하는 것으로 발표했습니다.

실제 개표를 지켜봐야 하는 상황이었습니다. 하지만 승패가 판명되는 데는 많은 시간이 걸리지 않았습니다.

저도 아내도 말이 없었습니다.

적막이 흐르는 거실엔 TV 속 개표방송 중계만 이어지고 있었습니다. 패배는 분명한 현실로 굳어져 갔습니다. 조금 더 지켜보자는 건의도 있었습니다.

하지만 당락이 분명해지면 결과 확정 전이라도 패배를 인정하는 것이 바람직하다고 생각했습니다. 결과에 대한 깨끗한 승복이 패자의 도리라고 생각했습니다. 당선인에게 전하는 축하 메시지를 곧바로 발표하도록 지시했습니다.

고통스런 밤이었습니다. 그래도 해야 할 일이 남아 있었습니다. 승리를 기대하며 당사에서 개표를 지켜본 선대위 관계자와 자원봉사자들을 찾아가서 위로의 말이라도 건네야 했습니다.

나보다 아팠을 사람들

집 밖을 나서는 순간, 저의 패배가 비로소 실감 나게 다가왔습니다. 저의 집 앞에서 촛불을 켜고 승리를 기원하던 시민들과 동네 주민들이 제 모습을 보고는 울음을 터뜨렸습니다. 모두들 말이 없는 가운데 곳곳에서 흐느낌이 이어졌습니다.

저는 아무 말도 할 수 없었습니다.

당선을 기원하며 아파트 주변에 달아 놓았을 노란 풍선과 리본들, 그리고 꽃다발이 겨울바람 속에서 위로의 말을 대신했습니다. 그저 기도하는 마음으로 추위 속에서 고생했을 사람들의 수고가 애틋하게 느껴졌습니다. 그들의 간절한 소망을 이뤄 주지 못하고, 오히려 그들에게 슬픔을 안겨 줬다는 사실이 아프게 와 닿았습니다.

당사에 도착해서도 마찬가지였습니다. 열심히 뛰었던 의원들, 당직자들, 특히 자원봉사자들이 저를 포옹하며 참았던 눈물을 쏟아 냈습니다.

밤 11시 55분. 기자들 앞에 섰습니다.

"패배를 인정합니다. 하지만 저의 실패이지 새 정치를 바라는 모든 분들의 실패가 아닙니다. 박근혜 후보에게 축하의 인사를 드립니다. 박근혜 당선인께서 국민 통합과 상생의 정치를 펴 주실 것을 기대합니다. 나라를 잘 이끌어 주시길 부탁드립니다. 국민들께서도 이제 박 당선인을 많이 성원해 주시길 바랍니다."

참으로 힘든 마지막 일정이었습니다.

아주 늦은 밤 집으로 돌아와 아내와 단둘이 마주 앉았습니다. 소주잔을 주고받으며, 서로를 위로했습니다. 할 말도 별로 없었고, 또 서로 말이 필요 없는 밤이었습니다.

그 밤, 저 자신의 쓰라림보다 선거 결과를 받아들이지 못하고 곳곳에서 통음(痛飮)하며 아파하고 있을 수많은 사람들을 떠올렸습니다. 먹먹했습니다. 그들의 아픔이, 남은 밤 동안 가슴을 짓눌렀습니다.

다음 날, 선대위 3개 캠프별로 해단식이 열렸습니다. 일일이 찾아가서, 감사와 사과와 위로의 말을 건넸습니다. 그러나 무슨 말이 위로가 되겠습니까.

패배한 뒤에 치러야 하는 해단식이라는 건 참 곤혹스러웠습니다. 고통스럽고 어색했습니다. 특히 시민캠프에 함께해 주신 분들에겐 더 그랬습니다.

사실 아무 의무가 없는데도 고생한 분들이었습니다. 민주당 사람들이야 같은 당원 동지들이니, 당연한 고생이거니 할 수 있었습니다. 하지만 시민캠프에 참여해 준 분들은 당연히 해야 할 고생이 아니었습니다. 오로지 정권 교체를 염원하는 간절한 마음으로, 하던 일까지 다 팽개치고 희생을 기꺼이 감수했던 겁니다.

그들이야말로 순수한 마음으로 자기 돈 써 가며 함께 세상을 바꿔 보려고 노력했던 분들이었습니다. 각별히 고맙고 각별히 미안했습니다.

"분에 넘치는 사랑을 받았습니다. 저는 지금 제가 받은 사랑만으로도 행복합니다."

그 인사 말고는 더 잘 감사하고 더 잘 위로할 말을 찾을 수 없었습니다.

나중 일이지만, 대선 평가 과정에서도 그들의 헌신과 기여와 그들에 대한 고마움이 제대로 평가되지 못했습니다. 오히려 그 분들을 아프게 만들고 허탈감을 주는 평가가 이어졌습니다. 참 면목 없었습니다. 패배 못지않게 미안한 일이었습니다.

한없이 가라앉았던 시간

어느 삶이나 어려운 때가 있는 법이지만, 제 삶에서도 참 힘들었던 때가 몇 차례 있었습니다. 가깝게는 노무현 대통령을 비통하게 떠나보내야 했을 때 그리고 아버지가 돌아가셨을 때였습니다.

노무현 대통령 서거는, 참여정부가 제대로 평가받지 못하고, 다음 정권으로 이어지는 것도 실패한 상황에서 벌어진 비극적인 사건이었습니다. 그를 죽음으로 몰아넣은 사람들의 집요한 악의가 무서웠고, 세상이 싫었습니다. 한편으론 그를 지켜 주지 못했고 그의 외로움을 나누지도 못했다는 자책이 오래갔습니다.

아버지는 제가 유신반대 시위를 주도했다가 구속되면서 대학에서는 제적된 뒤 군 복무 후에도 복학이 되지 않아 하는 일 없이 책이나 뒤적이던 낭인 시절 세상을 떠나셨습니다. 지금 저보다 젊은 나이 때였습니다. 힘겨운 피난살이와 가난 속에서 평생 고생만 하시면서 제게 기대를 걸었던 분에게 저는 자식으로서

잘되는 모습을 보여 드리지 못했습니다. 그 자책감으로 힘들었습니다.

그러나 지난 대선에서의 패배는 달랐습니다. 제 자신이 힘든 것보다, 그냥 사람들에게 미안하고 면목 없었습니다. 사람들이 힘들어 하는 것을 보는 것이 힘이 들었습니다. 사람들에게 제가 주었던 희망이 거꾸로 절망으로 변한 것을 보는 것이 고통이었습니다.

때때로 성당과 절을 찾았습니다. 묵상하고 기도했습니다. 힘들어 할 국민들에게 위로와 희망을 주십사고 마음을 다해 기도했습니다. 제 자신도 마음의 평화를 얻고 싶었습니다.

가까운 사람들은 어디 해외에라도 잠시 다녀오라고 권했습니다. 마침 선거 다음 달이 제 회갑이었습니다. 아내와 둘이 휴가라도 다녀오라고 했습니다. 내키지 않았습니다. 그럴 마음이 아니었습니다.

결국 아내만 다른 사람들과 함께 바람 좀 쐬도록 보내고, 저는 그냥 집에서 견디기로 했습니다. 신문도, TV 뉴스도, 인터넷도 보지 않았습니다. 주로 책과 음악으로 힘겨운 시간을 이겨냈습니다.

마침 저를 위로해 주려고 책과 시집, 음악 CD 등을 보내 주신 분이 많아서 크게 도움이 됐습니다.

천성이 밝은 아내는 저보다 잘 견딜 것 같았지만, 그렇지도 않았습니다. 겉으론 아무 일 없는 듯 밝았지만, 속으론 저보다 더 힘들었는지 사람들 만나는 걸 피했습니다. 사람들을 만나 인사를 나눠 보면, 그 사람이 저를 지지했던 사람인지 아닌지 분간이 된다는 것이었습니다. 여성의 섬세함인지 모르겠습니다.

어쨌든 평소 알고 지내던 사람들 중에 인간적인 관계나 평소 이명박 정부에 대해 보였던 비판적인 면모 때문에 막연히 제 편일 것이라고 여겼던 사람들이 다른 선택을 한 것을 받아들이기가 힘들었던 모양입니다.

저는 워낙 오랫동안 제가 사는 지역에서 정치적으로 소수파의 길을 걸어왔으니 그러려니 하는데, 아내는 아직 그런 일에 익숙하지 못했습니다. 사람들과의 관계에서 오는 아픔 때문에 더 힘들어 했습니다. 그것도 미안한 일이었습니다.

그러나 더 힘든 고통은, 따로 기다리고 있었습니다.

패배 못지않은 고통

대선 패배 후 가장 아팠던 것은 민주당의 끝없는 추락이었습니다. 선거 분위기에 힘입어 선거일 직전 민주당 지지율은 40퍼센트 가깝게 상승했습니다. 그런데 패배하고 나자 10퍼센트대로 추락했습니다. 평소의 지지율에도 못 미치는 수준이었습니다. 큰 선거에서 졌으니 내홍이 벌어질 수도 있고, 지지율도 어느 정도는 떨어질 수 있습니다. 그래도 너무 심한 추락이었습니다.

민주당이 다시 국민들에게 새로운 희망을 찾아 줘야 하는데, 그렇게 무너지니 패배에 낙담한 국민들은 희망 둘 데가 없어졌습니다.

상심한 국민들에게 위로와 희망을 주지 못하고, 더 깊은 절망을 안겨 주었습니다.

민주당 대선 평가보고서와 비슷한 시기에 미국 공화당도 대선 평가보고서를 내놓았습니다. 우리와 달리 미국 공화당의 대선 평가보고서엔 패배에 대한 책임 묻기와 비난이 담겨 있지 않습니다. 패배의 원인을 냉철히 분석하고, 평소 무엇이 부족했는지 성찰하면서 향후 대책을 제시할 뿐입니다.

특히 공화당이 히스패닉, 아시안, 흑인, 북미원주민 등 소수 인종과 여성, 청년층으로부터 지지받지 못했음을 반성하면서, 그들로부터 지지받기 위해 평소에 어떤 노력을 해야 할 것인지 여러 가지 대책을 제시하는 데 중점을 두고 있습니다. 유권자들에게 자신들이 부족했던 점을 솔직하게 고백하면서 앞으로 이렇게 더 노력할 테니 관심을 가져 달라고 다짐하는 내용입니다.

이렇듯 패배한 선거를 되돌아보는 것은 선거 패배의 낙담을 새로운 희망으로 바꾸는 작업이어야 합니다. 대선 평가의 목적은 패배한 선거에서 배우기 위한 것입니다.

그리고 다음 대선을 준비해 나가는 것입니다. 평가 작업을 통해 지지자들에게 새로운 희망을 줄 수 있어야 합니다. 비지지자들에겐 기대와 신뢰를 높이기 위한 노력입니다. 한마디로 다시 희망 만들기가 선거를 평가하는 목적입니다.

그런데 민주당의 대선 평가는 정반대로 갔습니다. 패배에 대한 책임 묻기가 목적이었습니다. 함께한 사람들에게 상처를 주고, 무안하게 하고, 떠나게 만들었습니다.

국민들이 희망을 가질 수 없게 했습니다. 민주당에 등을 돌리게 만들었습니다. 책임론을 둘러싼 갈등과 공방으로 국민들에게 볼썽사나운 모습만 보여 주고 말았습니다.

문제는 민주당의 이런 행태가 선거 때마다 되풀이되는 것입니다. 선거에서 패배할 때마다 패배의 근본 원인을 찾는 것이 아니라, 지도부에게 책임을 물어 속죄양으로 삼았습니다.

그러다 보니 열린우리당 때부터 헤아리면 지금까지 민주당의 지도부 교체 횟수가 무려 25회에 이릅니다. 이명박 정부 기간만 놓고 봐도 무려 11회에 달합니다.

그러니 수없이 패배하고 수없이 반성해도 발전이 없습니다. 근본 원인을 성찰하지 않고, 늘 속죄양을 만들어 위기를 넘겨 왔기 때문입니다.

또 당내에서 큰 지도자를 만들기가 어렵습니다. 지도부만 맡았다 하면 얼마 가지 못해 흠집이 나 버리기 때문입니다. 국민들 눈에도 안정감이 없어 보이니, 수권정당으로 신뢰받지 못합니다. 그것이 민주당의 뼈아픈 현실이 아닌가 생각합니다.

지난 대선을 평가하는 우리의 자세는 '감사와 위로' 그리고 '성찰과 대안 마련'이어야 합니다. 당 안팎을 막론하고 함께한 모두에게 감사와 위로를 드리는 것이 출발입니다. 그래야 패배했어도 함께했던 것에 보람을 가지고 다음을 기약할 수 있습니다.

그리고 그 위에서 패배의 원인을 성찰하고 대안을 제시해야 합니다. 그리하여 '이길 수도 있었던 선거'를 이기지 못한 평소의 역량 부족을 성찰하고 대안을 찾아, 다시 희망을 세워야 합니다.

그런 일을 통해, 언제나 그랬듯이 민주당은 다시 일어서야 합니다. 다시 2017년의 희망이 돼야 합니다. 지난 대선을 제대로 평가하는 데서부터 다시 시작해야 할 것입니다.

제 탓입니다

지난 대선에 대한 민주당 내 평가 과정에서 수긍하기 어려웠던 것은, 당내에서 가장 열심히 한 분들이 오히려 책임을 추궁당하는 모습이었습니다.

선거 패배의 책임은 오로지 후보인 저에게 있습니다. 솔직히 저는 상대 후보에 비해 충분히 준비돼 있지 않았다고 평가받아도 할 말이 없습니다.

시작 자체가 늦었습니다. 2011년 12월 민주통합당이 창당될 때 입당해서 1년 만에 대선을 치렀습니다. 민주당과 충분히 일체화되지 못했습니다. 새 정치의 바람 속에서 한편으론 장점이 됐지만, 그것이 주는 어려움도 있었습니다.

민주당이 선거를 주도하지 못하고, 시민사회 세력과 함께 선거를 치르는 상황에 대해 당원들을 충분히 이해시키지 못했습니다. 그것을 통해 지지를 크게 확장시켰지만 시너지 효과를 극대화하지 못했습니다.

제가 대중들에게 좀 더 설득력이 있었으면, 지지율 3퍼센트, 108만 표의 격차를 넘어설 수 있었을 것입니다. 제가 대선 패배의 책임을 지는 것은 너무나 당연한 일입니다.

수긍할 수 없었던 것은 선거를 열심히 도왔던 선대위 책임자들까지도 애꿎은 연대책임을 추궁당하는 모습이었습니다. 누구보다 열심히 한 분들이 보상받지 못하고 오히려 책임을 추궁당하는 것은 사리에 맞지 않는 일이었습니다.

애초부터 저와 특별한 관계가 있는 분들도 아니었습니다. 흔히 '친노'라고 불리는 분들도 아니었습니다. 당 안팎의 객관적 평가에 따라 제가 선대위 직책을 부탁한 분들이었습니다. 여러 번 고사하는 것을 제가 삼고초려하듯이 설득해서 모신 분들도 있습니다.

그분들은 당원의 도리로 선대위 직책을 맡았고, 직책을 맡은 후에는 저를 위해서가 아니라 민주당의 대선 승리와 정권 교체를 위해 혼신의 힘을 다했습니다. 공동선대위원장 중 원외여서 상근 역할을 했던 김부겸 전 의원 같은 분은 선거 기간 석 달 동안 집에도 가지 않고 당사에 야전침대를 갖다 놓고 자면서 고생했을 정도입니다.

그런데도 다들 선거에 패배했다는 결과만 놓고, 국민들에 대한 반성과 책임을 넘어 당내에서도 죄인처럼 몰렸습니다.

심지어 대선 준비를 위해 가장 기여를 많이 했고, 대선 때도 가장 열심히 바닥을 누비며 뛰어 준 전임 당대표들과 원내대표까지도 책임을 추궁당했습니다.

오랫동안 당에 헌신하며 당을 키워 온 분들입니다. 대선 때는 단일화를 성사시키기 위해 2선으로 물러나는 희생까지 기꺼이 감수했습니다. 그런데 선거가 끝난 후까지도 대선 패배의 책임을 져야 했습니다.

저는 우리 현실정치와 민주당 정당문화에서, 이런 대목이 정말 납득되지 않습니다. 후보와 경선 때부터 함께한 사람들이라면 후보와 함께 연대 책임을 져라 해도 그러려니 할 수 있습니다.

그러나 후보 선출 후 당의 결의에 의해 구성된 선대위에서 열심히 한 사람들은 노고를 치하받기는커녕 당내에서도 죄인처럼 돼 버리고, 오히려 손을 놓은 채 남의 일인 양 구경했던 사람들이 책임을 묻는 것은 온당한 일이 아닙니다.

그런데 언론과 정치평론가들이 주도하는 여론 속에서 그런 일들이 너무나 당연한 것처럼 되고 있습니다. 안 그러면 '반성 없는 민주당', 또는 '아무도 책임지지 않는 민주당'이 되고 맙니다.

다른 의견을 말하면, '패배 책임을 둘러싼 내부 갈등'이란 말을 듣기 십상입니다. 그러니 옳고 그르고를 떠나서, 도대체 정상적인 토론이 불가능합니다.

제가 정치를 너무 모르는 것일까요? 아니면 제가 오히려 이상한 것일까요? 그러나 분명한 것은 그런 일들이 민주당의 발전과 정치의 발전을 가로막고 있다는 사실일 것입니다.

놓아야 할 것과 지켜야 할 것

대선 패배 후, 당내 일각에서는 제가 국회의원직을 사퇴해야 한다는 요구가 있었습니다.

후보로서 대선 패배를 책임지는 모습을 보여 줘야 한다는 것이었습니다. 지나간 일이지만 우리 정치문화의 한 단면을 보여주는 것 같아서 생각해 봅니다.

비슷한 요구는 대선 기간 선거운동이 한창 진행되는 중에도 있었습니다. 국회의원직을 사퇴해서 대선후보로서의 '헌신'과 '배수진'의 모습을 보여야 한다는 것이었습니다. 대선 후, 제가 국회의원직을 사퇴하지 않은 채 선거에 임한 것을 패인의 하나로 꼽는 의견도 있었습니다.

하지만 그때 저는 그 요구에 동의할 수 없었습니다. 물론 패인이라는 평가에도 동의하지 않습니다. 제가 비례대표 의원이라면, 주변의 요구가 있기 전에 스스로 먼저 사퇴했을 것입니다. 그런데 저는 지역구 의원이므로 저의 입장보다 지역구의 유권자들이 의원직 사퇴를 양해해 줄 것인가가 중요한 판단 기준이었습니다.

제가 국회의원을 좀 더 오래 해 온 사람이었다면 지역구 유권자들도 사퇴를 양해해 줄지 모릅니다. 하지만 저는 그해 4월에 처음 국회의원에 당선돼 채 몇 달 되지 않은 처지였습니다.

그런 제가 대통령 후보로서 배수진을 치기 위해 사퇴한다면, 지역구 유권자들이 양해는커녕 화를 낼 일이었습니다. 그럴 거면 처음부터 국회의원 출마를 하지 말았어야 했습니다.

제가 사퇴해도 우리 당 후보가 이어서 당선될 수 있는 야당 텃밭 지역구라면 또 모르겠습니다.

그러나 저는 새누리당의 텃밭에서 지역주의 극복의 오랜 염원에 힘입어 이십 몇 년 만에 겨우 당선된 민주당 의원이었습니다. 게다가 저는 국회의원 선거 때, "대통령에 당선되면 사퇴하지 않을 수 없지만 대선 출마만으로는 국회의원을 사퇴하지 않겠다"고 여러 번 공언했습니다. "국회의원 당선되면 대선을 위해 곧 그만둘 사람"이라는 게 상대 후보 측의 주 공격 메뉴였기 때문입니다.

그래서 그때 제가 국회의원직을 사퇴하면, '약속을 지키지 않는 사람', '지역주의 극복이라는 지역의 염원을 내팽개친 무책임한 사람'으로 비난받고 공격받았을 것입니다. 의원직 사퇴가 득표에 오히려 불리하게 작용하는 흠이 될 것이라는 게 저의 판단이었습니다. 그런데 그런 생각을 밝힌 후에도 선대위 내에서 국회의원직 사퇴 요구가 점점 강해졌습니다.

제 입장이나 소신만 고집할 수 없는 일이어서 여론 조사를 해 보고 그 결과에 따르기로 했습니다. 우리 지지층의 압도적 다수가 저의 국회의원직 사퇴에 반대한다는 결과가 나왔습니다. 고심 끝에 사퇴하지 않는 쪽으로 결론 내렸습니다.

대선 후 저는 후보로서 패배를 책임질 수 있는 마땅한 방법이 있으면 좋겠다고 생각했습니다. 국회의원직 사퇴로 대선 패배를 책임질 수 있다면 저는 기꺼이 그렇게 했을 것입니다. 그렇게 해서 책임을 질 수 있다면 얼마나 좋겠습니까.

하지만 대선 패배의 정치적 책임을 지기 위해 지역구 국회의원직을 사퇴한다는 것이 과연 용납될 수 있는 것일까요? 저는 그렇지 않다고 생각합니다.

앞에서 말한 부산 지역의 특수성이나, 영남에서 민주당 국회의원으로 당선된 의미, 그리고 총선 때 했던 공언 때문만이 아닙니다.

국회의원 선거는 수많은 약속과 다짐으로 이루어진, 국회의원과 지역구민 간의 신성한 공적 계약이라고 생각합니다. 그런데 어떻게 국회의원이 자신의 정치적 입장을 위해 일방적으로 그 계약을 파기할 수 있겠습니까.

계약을 파기하려면 지역구민이 충분히 수긍할 수 있는 사유가 필요합니다. 건강 혹은 범죄나 비리 등으로 국회의원의 직무 수행을 계속할 수 없거나 국회의원과 지역구민 간의 신뢰가 깨어진 경우 같은 것 말입니다.

이건 옛날에 초선인 노무현 의원이 국회의원 사퇴서를 제출했을 때, 제가 철회를 설득했던 논리이기도 합니다. 어쨌든 보궐선거라는 사회적 비용 부담을 생각하더라도, 국회의원직은 사적인 지위나 권리처럼 마음 내키는 대로 언제든지 내던지거나 포기할 수 있는 자리가 아니라고 생각합니다.

대선 패배 책임을 지기 위해 국회의원직을 사퇴하라는 요구는, 지역구민을 배제하고 무시하는 것이 아닌가 싶습니다. 여의도 특유의 이상한 정치 논리 중 하나라고 생각합니다.

'부정(否定)' '불복'의 마음들을 보며

아직도 대선 결과가 승복이 안 된다는 분들이 꽤 많이 있습니다. 저에게 '당신이 진짜 대통령'이라거나, '당선을 도둑맞았다'며 위로하는 분들도 있습니다. 제가 너무 일찍 승복을 발표했다고 원망하고, 당선무효확인소송을 제기하지 않은 것을 원망하는 분들도 있습니다. 지금이라도 촛불집회에 나와서 대선 무효를 선언해야 한다고 요구하는 분들도 있습니다.

요구와 원망을 넘어 제가 그러지 않는다고 비난하는 분들도 있습니다. 그 마음들을 잘 압니다. 그분들의 안타까움과 분노를 이해합니다.

저도 지난 대선이 공정하지 않았다고 생각합니다. 국정원의 선거공작이 없었으면, 또 경찰이 그 사건에 대한 수사 결과를 사실대로 발표했으면, 선거 결과가 달라졌을 수도 있다고 아쉬워하는 것은 지지자들로서는 당연한 일이라고 생각합니다.

패배에 대한 미련이나 집착이 아니라 지극히 상식적인 사고라고 생각합니다. 실제로 여론 조사 결과에 의해서도 그렇게 생각할 만하다는 것이 확인됩니다.

하지만 그렇게 생각하는 것과 선거에 불복하는 것은 차원이 다른 이야기입니다. 국정원 대선 개입을 규탄해 온 대다수 국민들의 목적은 '선거 다시 하자'는 데 있지 않았습니다.

현실적으로도 선거를 무효화하는 것은 가능한 일이 아닙니다. 그런 사태가 올 경우 그로 인한 혼란을 우리 사회가 감당하기도 힘듭니다. 대선의 공정성을 지키는 것이 매우 귀중한 정의이긴 하지만, 선거가 끝난 후 소급해서 그것을 관철하고자 할 경우 치러야 하는 대가가 너무나 큽니다.

국민들은 그런 혼란을 원하지 않았습니다. 단지 이 땅에서 다시는 그런 일이 일어나지 않도록 확실한 진상 규명과 함께 엄중한 조치를 취해야 한다는 것이었습니다.

국민들이 요구한 것은 대통령과 정부 · 여당의 진정성 있는 태도였습니다. 그것이 지금까지 민주당이 밝혀 온 입장이고, 촛불 민심도 그러합니다. 수없이 이어지고 있는 시국 미사와 시국 선언들이 요구한 것도 그것이었습니다.

제가 취해 온 입장도 같습니다. 하지만 박근혜 대통령과 새누리당은 그러지 않았습니다. 오히려 거꾸로 갔습니다.

박근혜 대통령과 새누리당은 이제라도 국민들의 정당한 분노를 인정하고 요구를 받아들여야 합니다. 그것이 오히려 대선 불복 감정을 해소하는 길입니다. 대선 불복을 키우는 것은 촛불이 아니라, 대통령과 여당의 태도임을 직시하지 않으면 안 됩니다.

대선 직후엔 개표 부정에 대한 의혹이 강하게 일었습니다. 지금도 '18대 대선 선거무효 소송인단'이 제기한 선거무효소송이 대법원에서 진행 중인 것으로 알고 있습니다. 그 소송의 진행 상황은 잘 모르지만, 저는 그것을 보면서 '전자개표기' 또는 '투표지 분류기'의 사용이 그토록 큰 의혹의 대상이 된 게 안타까웠습니다.

투개표에서 전자적 방법을 확대해 나가는 것은 투표 참여 확대를 위해 가야 하는 방향입니다. 예컨대 전국 어디에서든지 터치스크린 방식으로 전자투표를 한다면, 보다 많은 사람들이 쉽게 투표할 수 있을 것입니다.

투표의 용이성과 접근성을 높이기 위해 전자적 투표 방법을 도입하고 발전시켜 나가는 게 IT 기술의 진보와도 맞습니다. 그런데 지난 대선처럼 결과 조작의 의혹이 해소되지 않는다면, 그 방향으로 발전해 나가는 것이 어려워질 것입니다.

그 의혹의 핵심은 기술이 아니라 사람입니다. 이번의 의혹도 따지고 보면, '전자개표기' 또는 '투표지 분류기'의 사용 자체보다 그 이후의 수검표 과정이 부실했던 데에 연유가 있습니다. 차제에 의혹 해소와 함께 수검표 제도 개선을 확실히 해 두는 것은 전자적 방법의 신뢰도를 높이기 위해서도 꼭 필요한 일일 것입니다.

“일어나세요…”

대선이 끝나고 그해 연말 광주를 찾았습니다. 아직은 사람들을 만나는 일이 힘들었지만, 광주시민들에게 해를 넘기기 전에 인사를 드리고 싶었습니다. 대선 후 맨 먼저 광주를 찾은 건, 특별한 미안함 때문이었습니다. 호남에 제가 또다시 아픔을 드렸다는 미안함이었습니다.

저를 압도적으로 지지했는데, 뜻을 이루지 못했습니다. 한국 사회에서 호남은 정치적으로나 여러모로 많은 아픔을 간직한 지역입니다. 5·18이라는 비극적 현대사 말고도, 소외와 차별의 역사가 뿌리 깊게 자리한 곳이 바로 호남입니다.

무엇보다 자신들이 한국 사회에서 정치적으로 소수파라는 사실이 현대사를 관통해 오는 동안 그들을 아프게 했을 것입니다. 지난 대선 패배의 쓰라린 상처도 집단적으로 가장 깊었을 것입니다. 그분들의 쓰라림이 얼마나 깊고 클지 충분히 짐작할 수 있었습니다. 그 미안함 때문에 그분들부터 먼저 위로하고 싶었습니다.

5·18묘역을 참배한 후 광주시민들과 함께 무등산을 오르며 땀을 흘렸습니다. 광주에서 많은 분들을 만났습니다. 사실 광주에 갈 때는, 그분들에게 어떤 말로 위로를 드려야 할지 고민이었습니다. 하지만 막상 가 보니, 제가 그분들을 위로하는 것이 아니었습니다. 가만히 다가와서 제 손을 잡아 주고, 포옹을 나누고, 저의 등을 토닥여 주는 광주 시민들의 눈에서, 제가 오히려 큰 위로를 받았습니다.

선거 끝나고 혼자만의 시간에 침잠해 있을 때는 국민들이 겪고 있을 상실감과 낙담을 생각하며 혼자 힘들었습니다. 하지만 정작 밖에 나가서 만난 시민들은 힘을 내라며 도리어 저를 위로했습니다. 직접 얼굴을 마주한 시민들만이 아니었습니다.

오랜만에 출근한 국회 의원회관 사무실에도 저를 위로하는 편지가 산더미처럼 쌓여 있었습니다. 편지 말고도 다양했습니다. 책과 시집, 좋아하는 음악을 담은 CD, 자신이 직접 그린 그림과 손수 만든 그림엽서, 손뜨개질로 만든 수(繡), 대선 기간에 찍은 사진첩, 저를 위로하는 댓글 묶음집, 심지어 한약과 예쁘게 포장된 비타민까지…. 힘을 내라고 보내 준 마음들이었습니다.

시간 나는 대로 격려와 위로의 글을 읽었습니다. 그중에는 아직 유권자가 아니어서 투표를 하지 못한 고등학생들의 편지도 꽤 있었습니다. 심지어는 초등학생이 써 보낸 편지도 있었습니다.

"얼음길이 무서워 편지지를 못 사러 나가, 광고 전단지로 편지를 써 정말 죄송합니다. 국민을 위한 진실한 공약은 사람의 향기가 나며, 상식 있는 사고방식, 국민을 위해 생각하는 것이 너무 아름다웠습니다." (인천 이○○, 76)

"새벽 6시 추운 날씨를 가르며 설레던 제 발걸음을, 떨리는 마음으로 투표용지에 도장을 찍던 짧은 그 몇 초를 잊지 않겠습니다." (서울 용산 조○, 40대)

"노무현 대통령 떠나신 후, '우리 사회에 더는 정의는 없다'고 생각했습니다. 그러나 문님을 보며 다시 희망을 품었습니다. 예전에는 제 안위만 걱정했다면, 지금은 우리 딸이 살아갈 미래를 더욱 걱정하게 됩니다. 그 미래에 '사람이 먼저'인 대한민국이 설 수 있게 도와주세요." (경남 양산 ○○이 엄마, 30대)

"의원님은 48퍼센트 국민의 등불입니다. 우리 모두의 뻥 뚫린 가슴에 따뜻한 촛불입니다. 어느 소녀가장의 집이든, 혼자 지내는 할아버지의 방이든, 어두운 철탑 위든, 반지하부터 모든 옥상까지 촛불을 켤 수 있게 도와주세요. 모든 이의 희망이 사라지지 않도록 자리를 지켜 주세요." (부산, 익명, 25)

"제 자신의 슬픔과 참담함을 추스르느라 하루를 꼬박 소비하다 보니, 이제야 다른 사람들의 상실감과 아픔이 눈에 들어옵니다. 그중에서 제일 먼저 생각난 분이 문재인 아저씨였습니다.” (김○○, 30대 직장인)

“태어나서 처음으로 지지했던 분이었고, 태어나서 처음으로 선거에서 패배하였고, 태어나서 처음으로 대선 때문에 눈물을 흘렸습니다. 민주주의를 위해 싸워 오신 분이 이렇게 패배하는 건 말도 안 된다고 생각했습니다. 현실을 부정했습니다. 그리고 시간이 지나면서 깨달았습니다. 제가 문재인이라는 사람을 대통령 후보가 아닌 사람 문재인 그 자체로 엄청 좋아하고 존경한다는 것을.” (대구 이○○, 25)

“대선 패배 때문에 의원님께서 스스로를 책망하신다면, 차라리 저는 그 몇 배로 제 자신을 책망하고 싶어집니다. 대선 결과를 보고, 민주적인 정권 교체를 위해 내가 뭘 한 것이 있었더냐 싶더군요. 저희와 같은 청년들에게 본보기와 희망이 되어 주셔서 감사합니다.” (일산 이○○, 30대)

“의원님 혼자가 아니십니다. 뒤에 든든한 후원자들이 있습니다. 저희를 믿고 조금이라도 가벼워지셨으면 좋겠습니다.” (경북 포항 박○○, 27)

"이번 대선은 나의 실패도, 문재인 아저씨의 실패도 아닙니다. 48퍼센트와 아직 깨어나지 않은 국민들을 믿어 주세요." (경기도 화성 김○○, 20대)

대부분 손으로 직접 쓴 편지들이었습니다. 편지를 보내 준 것만도 고마운 일인데, 요즘은 잘 쓰지도 않는 손편지로 저를 위로해 주시려는 정성에 마음이 애틋했습니다.

위로편지를 일일이 읽고 답장을 보냈습니다. 간단한 답장이지만 제가 편지를 읽었다는 것만이라도 그분들에게 전해 드리고 싶었습니다. 그런데 많은 분들이 저의 그런 수고조차 덜어 주고 싶었는지, 주소를 적지 않았습니다.

또 워낙 편지가 많아, 답장을 보내지 못한 편지가 아직도 수북이 쌓여 있습니다. 그분들께도 이 기회를 빌려 감사의 마음을 전합니다.

평생 떠안게 된 빚

위로와 감사는 제가 드려야 할 몫이고, 그분들이 위로와 격려를 받아야 했습니다. 제가 그분들에게 도리어 위로와 격려를 받는 게 더욱 미안했습니다.

그런 가운데 새로운 희망을 봤습니다. 다들 낙담에 주저앉지 않고, 새로운 시작을 다짐하고 있었습니다.

국민들에게서 도리어 위로와 힘과 희망을 얻다 보니, 제가 그분들에게 '빚'을 져도 크게 졌다는 생각을 했습니다.

대선 때 깨끗한 선거를 하겠다고 '문재인 펀드'를 모을 때, 이런 구호를 내걸었습니다. '오직 국민에게만 빚을 지겠습니다.' 그 말처럼 저는 이제 국민들에게 단단히 빚쟁이가 돼 버렸습니다.

정말 많은 국민들로부터 과분한 사랑을 받았습니다. 그 빚을 평생 떠안게 됐습니다. 어떻게 갚아 나가야 할지도, 평생의 숙명처럼 됐습니다.

돌이켜 보면 지난 10개월 동안, 사람들을 만나는 것이 고통스러울 때가 많았습니다. 패자의 민망함 때문만이 아니었습니다. 국민들이 못 견뎌 하고 절망스러워 하는 게 느껴졌기 때문입니다.

하지만 이제 저는 국민들에게서 새로운 힘을 얻습니다. 저 또한 누군가에게 힘이 될 수 있다면, 기꺼이 그리할 것입니다.

이제 '빚 갚을 방도'를 고민해야 하는 처지입니다. 국민들로부터 받은 그 많은 사랑을 어떻게 갚을 수 있을지 모르겠습니다. 제가 어떻게 국민들에게 위로와 감사를 돌려 드릴 수 있을는지요.

2
부

피, 땀, 눈물이 지나간 자리

《운명》에서 대선까지의 기억과 기록

운명이 되어 버린 책, 《운명》

살다 보면 정말 운명 같은 섭리가 있나 봅니다. 출발은, 한 권의 책이었습니다. 2011년 5월에 펴낸 《문재인의 운명》. 지금 생각해 보면, 제가 대선 출마까지 간 것도 결국은 그 책 출간에서 시작됐다는 생각이 듭니다.

생전 처음 책을 쓸 생각을 하게 된 것은 오로지 의무감 때문이었습니다. 노무현 대통령 서거 2주기에 맞춰, 그와 참여정부를 증언하고 기록하는 책을 내기로 했습니다. 그런데 책을 쓰던 사람이 입원을 하게 돼, 내기로 한 책이 못 나오게 됐습니다. 어쩔 수 없이 다른 사람이 책을 써야 했고, 그걸 제가 맡게 됐습니다.

노 대통령과 오랜 세월을 함께했고, 참여정부에 가장 깊숙하게 몸담았기 때문에 회피할 수 없었습니다. 하지만 솔직히 엄두가 안 났습니다. 그런 책이 필요하다고는 생각했지만, 힘들고 고통스러운 작업이었습니다. 누군가는 해야 할 일이어서 떠맡았지만, 막상 시작하고 보니 생각보다 훨씬 힘들었습니다.

글을 쓰는 과정에서 집필 방향이 좀 바뀌었습니다. 당초에는 노 대통령과 참여정부를 증언하고 기록하는 것에 초점을 맞췄었는데, 우리가 참여정부의 자료를 갖고 있지 않으니 깊이 들어가기가 어려웠습니다. 그래서 노 대통령과의 인연과 저의 개인사까지 조금 보탰습니다.

나중에 책을 내고 보니, 그게 오히려 책을 팔리게 하는 데 도움이 됐습니다. 증언과 기록에만 충실했으면 자료로서의 가치는 더 높아졌겠지만, 아무래도 재미는 덜했을 것입니다.

책이 나오고 나서 생각지도 못한 반응이 나타났습니다. 수십만 부가 팔리는 베스트셀러가 될 줄은 몰랐습니다. 책에서 소개한 노무현 대통령과의 인연이나 함께했던 기록은, 노 대통령을 추모하고 그리워하는 분들의 관심을 끌 만하다는 생각은 했습니다. 제 개인사까지도 많은 분들의 눈길을 끌 줄은 몰랐습니다.

저와 비슷한 시기를 살았던 많은 사람이 민주화운동으로 구속이나 제적을 당했습니다. 저보다 훨씬 투철하고 헌신적인 삶을 살았던 분들도 많습니다. 제가 겪었던 피난살이와 가난과 삶의 우여곡절도 그 시절을 살아온 이들에게는 특별한 것이 아니었습니다. 저의 개인사가 많은 사람들의 흥미를 끈다는 게 부끄럽기까지 했습니다.

책의 제목과 마지막 문장을 두고, 저의 대선 출마 시사로 받아들였다는 얘기를 나중에 꽤 들었습니다. 뜻밖이었습니다.

사실 '운명'이란 제목은 제가 의도한 것이 아니었습니다. 처음에 제가 생각했던 제목은 '동행'이었습니다. 그런데 그 전에 이희호 여사님의 자서전이 같은 제목으로 먼저 나왔습니다.

그래서 다시 제목을 찾던 끝에 정연주 KBS 전 사장님의 강력한 추천으로 정한 제목이 '운명'입니다. '노무현과 문재인의 운명적 동행'을 함축하는 의미였습니다.

"나야말로 운명이다. 당신은 이제 운명에서 해방됐지만, 나는 당신이 남긴 숙제에서 꼼짝하지 못하게 됐다."는 책의 마지막 문장도 제목을 '운명'으로 바꾸면서 그에 맞추어 끝맺음을 다시 다듬은 것이었습니다.

노 대통령이 퇴임 후에 하고자 했던 일을 이어 가는 것이 저의 운명적인 일이 됐다는 뜻이었습니다. 말이 씨가 된다더니, 그렇게 쓴 '운명'이란 표현 그대로 제 운명이 바뀌게 될 줄은 꿈에도 몰랐습니다.

책이 기대 밖으로 호평을 받고 많이 팔리자, 출판을 도왔던 사람들이 독자들에게 감사인사를 해야 한다고 저를 설득하기 시작했습니다.

출판기념회는 하지 않는다고 제가 이미 천명을 해 둔 상태였습니다. 평소 출판기념회 초청장을 받으면 부담스러울 때가 많았기 때문에, 그런 부담을 사람들에게 주기 싫었습니다.

그때 공연연출가 탁현민 교수가 아이디어를 낸 게 '북콘서트'였습니다. 인기 밴드의 공연을 곁들이면서 좋은 분들과 함께 책 이야기를 나누는, 새로운 형식의 콘서트를 하자는 것이었습니다. 입장료를 무료로 하면 독자들에게 보답이 되고, 행사 비용은 출판사가 부담한다고 했습니다.

어떻게 하는지도 모르면서 얼떨결에 하게 됐습니다. 다행히 탁 교수와 김어준 씨 등이 잘 이끌어 주고 좋은 밴드들이 함께 해 줘서 재미있는 콘서트가 됐습니다.

그런데 그게 끝이 아니었습니다. 그러고 나자, "고향이니 부산에서 한 번 더", "서울, 부산만 하고 광주에서 안 하면 되냐", "대도시만 하고 지방에서 안 하면 차별 아니냐"면서 '한 번만 더'가 이어졌습니다.

제가 선뜻 응하지 않으면 "이미 장소를 예약해 놓았으니, 안 하면 안 된다"고 하기도 했습니다.

그렇게 등을 떠밀려, 전국 여기저기서 순회공연하듯이 콘서트를 하게 됐습니다. 처음 시도되는 콘서트 형식이었는데도, 김제동의 토크콘서트를 기획 연출한 탁현민 교수가 새로운 성공을 보여 줬습니다. 저로서는 제가 주인공으로 무대에 오르는 첫 경험이었습니다.

사람들 앞에 나서는 걸 낯설어 하던 저에겐, 무대에서 대중들과 대화하고 함께 호흡하는 좋은 경험이 됐습니다.

처음엔 익숙하지 않고 쑥스러웠지만, 시민들과 편안하게 대화하고 소통하다 보니 색다른 재미도 느껴졌습니다.

그렇게 시작한 시민들과의 수줍은 교감이, 광화문 유세 같은 대선 막바지 유세에 이르러서는 행복함을 느끼게까지 됐으니 그야말로 장족의 발전을 했던 셈입니다.

어쨌든 북콘서트 형식으로 전국 순회를 한 것이 하나의 중요한 분기점이 됐습니다. 이후 야권 통합운동이 이어지면서 북콘서트는 통합을 얘기하는 '정치콘서트'로 진화했습니다.

저로서는 마치 호랑이 등에 올라탄 것처럼 내릴 수 없는 상황이 됐습니다. 한 일에 대해 뭔가 책임을 져야 하고, 책임이 또 다른 책임을 낳는 상황이 이어졌습니다. 피할 수 없는 선택에서 자유롭지 못하게 됐습니다.

한 권의 책이 제 앞날의 운명을 예고하는 것처럼 돼 버리고, 예고대로 제 운명이 바뀌게 됐으니, 《운명》은 제게 운명 같은 책이었습니다.

하나, 하나, 하나

2011년 5월 책이 나오고 나서, 6월부터 가을까지 서울·부산·광주·대구·대전·춘천·청주·전주·양산·거제 등 전국 여러 곳에서 북콘서트를 했습니다.

당시 화두는 정권 교체를 위한 범야권의 통합이었습니다. 이명박 정권의 퇴행과 민생 파탄에 국민들은 지칠 대로 지쳐 있었습니다. 그러나 민주당만으로는 정권 교체의 가망이 없어 보였습니다. 당의 지지도나 당내 대선후보군의 지지도가 한나라당에 비해 너무 낮았습니다.

시민들은 희망을 갈구하고 있었습니다. 북콘서트에서 만난 많은 시민들이 저의 출마 여부와 함께, 야권 통합과 정권 교체의 전망을 물었습니다.

대선 출마에 대한 제 답변은 늘 유보적일 수밖에 없었습니다.

그러나 야권 통합은 다른 문제였습니다. 돌아가신 김대중, 노무현 두 분 대통령의 유지이기도 했고, 정권 교체를 이루려면

반드시 필요한 일이었습니다. 야권 진영으로선 선택의 여지가 없었습니다.

닥쳐올 총선과 대선을 앞두고 야권이 제대로 힘을 모아 정권 교체를 해내야 한다는 당위성엔 누구도 이의가 없었습니다.

저도 현실정치는 하지 않더라도, 정권 교체를 위해서라면 제 나름으로 할 수 있는 최선을 다하겠다고 작심하고 있었습니다. 그것은 정치적 시민운동으로서 통합운동이었습니다.

그러나 통합을 도울 뿐, 통합이 이뤄지면 '다시 내 자리로 돌아가리라' 생각하고 있었습니다. 저뿐 아니라 '혁신과 통합'에 참여한 많은 분들의 생각도 같았을 것입니다.

통합운동은 갈수록 활발하게 추진됐습니다. 민주당도 통합의 대의를 거부할 수 없었습니다. 정치권 밖에서는 문성근 대표가 진작부터 '국민의 명령'이라는 시민조직을 만들어 통합의 기운을 확산시키고 있었습니다. 시민단체 쪽에서도 '내가꿈꾸는나라' 등 여러 개의 통합 추진 기구를 발족해서 시동을 걸어 놓고 있었습니다.

자연스럽게, 제 북콘서트가 통합 여론을 모으고 확산시키는 자리가 됐습니다. 토크 게스트로 문성근 '국민의 명령' 대표, 정연주 전 KBS 사장, 조국 서울대 교수, 도종환 시인, 안도현 시인, 소설가 이외수 선생, 김용택 시인, 김어준 《딴지일보》 총수, 김기식 의원 등이 출연해서 통합을 얘기했습니다.

북콘서트를 하는 한편으로, 시민사회에서 통합운동을 시작한 분들과 수시로 만났습니다. 그분들이 준비를 잘해 놓아서 통합 운동도 속도를 낼 수 있었습니다. 나중에는 제 북콘서트만으로 행사를 끌어가는 게 미안해서, 야권 통합을 위한 정치콘서트로 성격을 바꿔 진행하기도 했습니다.

드디어 2011년 9월 6일, 여러 단체가 하나로 모여 통합 추진을 위한 단일기구 '혁신과 통합'을 출범시켰습니다. '혁신과 통합'은 전국 각지에서 지부를 창립하면서 전국적 조직으로 커 나갔습니다.

시민들의 정치 참여가 확대돼 나가야 한다는 것은, 민주주의 발전의 역사이기도 하고 우리가 앞으로 가야 할 방향이라는 공감대가 강했습니다.

궁극적으로는 시민들이 정당에 일상적으로 참여하고 결합하는 개방형 시민 정당으로 바꿔 가야 한다는 것이 '혁신과 통합'의 목표였습니다.

야권 통합에서 맏형 역할을 해야 할 민주당은 손학규 대표가 통합에 적극적이었습니다.

많은 분들의 노력으로 결국 통합이 이뤄졌습니다. 당초의 목표했던 것과는 달리 범야권의 완전한 대통합에까지는 이르지 못했습니다. '혁신과 통합'에서는 당시 안철수 원장에게도 동참해 줄 것을 공식 요청했지만 응하지 않았습니다. 진보 정당들도 통합에 참여하지 않았습니다. 그래도 당시 무소속 신분이던 박원순 서울시장과 김두관 경남도지사가 시민사회 세력과 함께 대거 참여한 것은 큰 성과였습니다.

특히 한국노총이 조직적 결의를 거쳐 전면적으로 통합에 참여하고, 민주노총에서도 상당한 세력이 동참한 것은 민주당 역사에 처음 있는 의미 있는 성과였습니다. 이로써 민주당은 노동자들을 더 잘 대변할 수 있는 기반을 갖추었습니다.

크게 아쉬운 점도 있었습니다. 지금의 정의당과 거기에 몸담고 있던 유시민, 노회찬, 심상정 등 뛰어난 지도자들이 함께하지 못한 것이었습니다. 꼭 통합에 참여시키고자 노력을 많이 했었는데, 시간이 부족해서 성사되지 못했습니다.

그분들은 대체로 통합의 대의에는 찬동했습니다. 하지만 당시 국민참여당과 진보신당, 통합진보당 탈당파 등으로 나눠진 상태에서 그 세력들 간의 소통합을 먼저 추진하고 있었기 때문에, 우리의 큰 통합에 참여하지 못했습니다.

2011년 12월 민주통합당이 창당됐습니다. 이로써 야권 정당의 역량이 크게 높아졌습니다. 국민들이 건 기대도 커서, 민주통합당은 창당 직후 한때 한나라당보다 높은 지지율을 기록하기도 했습니다. 민주당이 한나라당보다 지지율에서 앞선 것은 노무현 대통령 탄핵 후폭풍 시기 이후 실로 여러 해 만의 일이었습니다.

지난해 총선과 대선에서 야권이 선전할 수 있었던 것도 그때 이룬 통합의 효과가 크게 작용했습니다. 그때 통합의 정신과 노력이 있었기에 지난 대선 때도 '시민캠프'와 '국민연대'로 폭넓은 연대를 이룰 수 있었습니다.

혁신과 통합-시민캠프-국민연대로 이어지는 시민사회의 폭넓은 연대는, 성격은 다르지만 1987년 6월항쟁 당시 결성됐던 '국민운동본부' 이후 최대 규모의 결집이었습니다. 그래서 지난 대선을, 정권 교체를 위한 '제2의 6월항쟁'이라고 말하는 이들도 있었습니다.

그 통합의 기운과 연대의 기초를 대선 이후에도 지속적으로 살려 나가지 못하고 있는 것이 매우 아쉽습니다. 정당 혁신의 취지가 유야무야된 것도 마찬가지입니다.

통합의 목표가 바로 혁신이었는데, 통합의 정신이 퇴색하면서 통합 때 했던 혁신의 약속도 사라졌습니다. 대선 패배 이후, 민주당이 천명한 '당원 중심주의'가 가지는 함의가 바로 그것입니다. 당명에서 '통합'을 뺀 결정이 상황을 상징적으로 말해 줍니다.

어렵게 한발 한발 떼서 멀리 갔던 길을 한순간에 돌아와 버렸으니, 그 먼 길을 다시 가야 하게 됐습니다.

야권 통합의 거름이 된 분들

범야권의 힘을 모으는 통합운동 과정에서 민주당 내부는 큰 진통을 겪었습니다. 통합안은 통합안대로, 혁신안은 혁신안대로 내용과 추진 방법에 대한 당내 저항이 거셌습니다. 당이 쪼개질 것 같은 극단적 저항도 있었습니다. 탈당불사를 외치며 거부감을 표출하는 의원도 많았습니다.

그런 거부감이나 저항감은 충분히 이해할 수 있었습니다. 게다가 당시까지만 해도 민주당에는 '열린우리당 트라우마'가 살아 있었습니다.

참여정부 때 구 민주당에서 열린우리당이 분당해 나갔던 아픔을 당시 통합 과정에서도 조심조심 떠올려야 했습니다.

저는 열린우리당 창당이 그 시기엔 불가피한 일이었을지 몰라도, 그 뒤 민주 진영의 분열이나 호남에 준 상처를 생각하면 잘못된 선택이었다고 생각합니다.

그래서 통합운동이 진행되는 내내 다시는 과거와 같은 분열을 되풀이해서는 안 된다는 것을 원칙으로 삼았습니다. 또다시 호남에 상처를 주는 일이 있어서는 안 될 일이었습니다. 그렇게 될 바에는 통합을 않는 것이 차라리 낫다는 생각이었습니다.

민주당 내에서 통합에 거부감을 가진 분들을 설득하기 위해, 돌아가신 김대중 대통령이 남기신 말씀을 자주 소개했습니다. 김대중 대통령께서 돌아가시기 얼마 전, 바깥에서 한 마지막 식사였습니다. 김 대통령께서는 돌아가실 때까지 야권 대통합의 필요성을 강조하면서 통합을 독려했습니다.

> "반드시 대통합해서 정권 교체를 해내야 합니다. 이명박 정부에서 벌어지고 있는 민주주의 후퇴, 민생 파탄, 남북관계 파탄을 보면서, 정말로 내가 꿈을 꾸고 있는 것인가라는 생각이 들 정도입니다. 꼭 정권 교체 해야 하고, 그러려면 대통합을 해야 합니다. 대통합하려면 민주당이 대승적으로 양보해야 합니다. 민주당 세력이 7이고 함께 통합해야 할 다른 세력이 3이라고 할 때, 민주당이 7의 지분을 갖고 나머지 3의 지분을 준다고 하면 통합이 불가능합니다. 세력이 7인 민주당이 3의 지분을 갖고, 3밖에 되지 않는 나머지 세력에게 7의 지분을 준다는 자세를 가져야만 대통합이 가능합니다."

김 대통령의 말씀은 저를 비롯해서 그 자리에 있었던 사람들에게 결국 유언이 됐습니다. 당시 김 대통령께서는 혼자 식사도 잘 못하시고 옆에서 도와 드려야 할 정도로 건강이 좋지 않으셨는데도, 식사 시간 내내 그렇게 통합을 신신당부하셨습니다.

민주당의 과거로 거슬러 올라가 보더라도, 통합은 역사적 순리였습니다.

민주당은 2007년 대선에서 참패했습니다. 그냥 패한 정도가 아니라 제대로 싸워 보지도 못하고 궤멸하다시피 했습니다. 아무리 열세여도 우리의 가치를 제대로 치켜세우고 대선을 치렀으면 패배하더라도 희망은 남았을 것입니다.

자신의 가치와 정체성을 스스로 부정하거나 버림으로써 미래의 희망조차 잃은 채 이명박 정권 시기를 맞았습니다. 단순한 패배가 아니라 민주개혁 진영 전체가 와해되다시피 했습니다.

당시 상황으로만 놓고 보면 범야권이 다시 전열을 정비해서 정권 교체를 도모하려면 적어도 십 년 세월은 필요할 것 같았습니다.

모래사막 같던 상황에서 그나마 반전의 계기를 맞게 된 것은 노무현 대통령의 서거였습니다. 얼마 후 김대중 대통령까지 돌아가시면서 두 분의 희생과 부재가 우리를 일깨웠습니다. 절박한 마음으로 정권 교체의 길로 나설 힘을 줬습니다.

두 분 유지대로 통합을 이루지 않고선 민주당만으로는 정권 교체가 도저히 불가능했습니다. 그런 답답한 상황 속에서 김대중 대통령은 우리가 가야 할 방향에 대해 분명하게 가르침을 주신 것입니다.

다행히 민주당 상황이 점차 정리되고 있었습니다. 이 과정에서 당시 손학규 민주당 대표의 역할이 아주 컸습니다. 민주당을 대표하는 입장에서 민주당이 통합 주도권을 가져야 한다는 부담, 통합 이후에도 민주당이 대표성을 가져야 한다는 부담이 적지 않았을 것입니다. 당내의 반발도 만만찮았습니다.

그런 가운데서도 야권 통합에 적극적인 입장으로 리더십을 잘 발휘했습니다. 통합이 성공하기까지 큰 거름이 돼 주고 뒷받침이 됐습니다. 그분이 당내 반발을 설득해 가며 결단을 내려 준 덕분에 통합의 마침표를 찍을 수 있었습니다.

'광야'의 그 사람

야권 통합의 거름이 된 또 한 사람을, 우리는 기억해야 합니다. 문성근 '국민의 명령' 대표입니다. 정권 교체를 위한 야권 대통합에 가장 절실하게, 가장 먼저 나서서, 가장 많은 노력을 기울인 사람이 문성근 대표였습니다.

그의 열정이 저 같은 사람을 통합운동으로 끌어냈습니다. 어찌 보면, 문성근 대표 한 사람의 열정이 '국민의 명령'을 거쳐서 '혁신과 통합'으로 이어지고, 그것이 '민주통합당' 창당까지 연결됐다고 해도 무방할 정도입니다.

통합의 기치를 가장 먼저 내걸었을 뿐만 아니라, '혁신과 통합'이 내건 정당 혁신의 핵심적 방향도 그로부터 시작됐습니다. 당시 그가 주창하고 저도 공감했던 대통합은, 과거처럼 단순한 정파들 간의 통합이 아니었습니다. 시민사회 세력과 일반 시민들이 광범위하게 참여하는 '야권+시민 대통합'이었습니다.

일반 시민들을 정당에 광범위하게 참여시키려면 기존 정당의 혁신이 우선돼야 했습니다. 시민들이 대거 참여할 수 있도록 정당의 문을 활짝 여는 방안이 필요했습니다. 그것이 바로 '온 · 오프 결합 정당' 비전이었습니다.

문성근 대표는 오랜 숙고와 연구 끝에 현실적으로 실천 가능한 구체적 방안까지 마련했습니다. 게다가 이미 '백만민란'으로 뭉쳐 있던 분들이 통합운동의 강력한 시민적 지지 기반이 돼 줬습니다.

그런데 그 이후 그가 겪은 시련과 상처를 생각하면 마음이 너무 아픕니다.

저나 문 대표나 대통합과 정당 혁신 없이는 정권 교체가 무망한 것으로 봤습니다. 그래서 통합운동과 민주통합당 창당에도 나섰습니다. 제가 생각했던 역할은 거기까지였습니다. 문 대표의 생각도 원래 그랬습니다.

그런데 그는 거기서 그만두지 못했습니다. 그는 통합의 노력으로 탄생한 정당을 성공시키려면 우리가 그 정당에 들어가 적극적으로 참여해야 한다며 저를 설득했습니다. 둘 다 총선 출마까지 결심한 것도 그 연장입니다.

문성근 대표는 총선 출마까지도 밀알의 역할처럼 했습니다. 그저 국회의원 되는 게 목표였다면 얼마든지 비례대표로 가거나 당선 가능성이 높은 수도권 출마를 선택할 수 있었습니다. 쉬운 길을 마다하고 뻔히 어려운 걸 알면서도, 지역주의 극복이라는 대의 하나만 붙들고 부산 지역 출마를 감행했습니다.

자기 개인의 손익계산을 전혀 하지 않는 사람이었습니다. 그런 계산을 조금이라도 했다면 지금 국회의원 하고 있을 것입니다. 그런 면에서 보면 그는 정말 부친인 문익환 목사님처럼 순수와 열정으로 가득 찬 사람입니다.

지금 와서 생각하면 그의 부산 출마 결심을 만류했어야 했다는 후회가 듭니다. 비례대표나 수도권에 출마하도록 설득해, 일단 원내에 들어가서 더 큰 역할을 하도록 했으면 좋았을 것입니다.

당시에는 사지(死地)나 다름없는 부산 출마 결심이 너무 고마워서 미처 그런 생각을 하지 못했습니다. 부산·경남의 출마자들에게 큰 도움이 된다는 생각에 앞뒤 가리지 않고 환영했습니다. 제가 부산 사상구에서 출마하기로 결심한 것도, 문 대표가 인근 북·강서을 출마를 결심했기 때문입니다. 두 사람이 시너지 효과를 내서 야당 바람을 일으켜 보자는 의기투합이 이뤄졌습니다.

아마 2012년 대선을 앞두고 범야권 통합운동부터 민주통합당 창당, 부산에서의 총선 출마와 대선 마지막 날의 길거리 유세에 이르기까지, 정권 교체를 위해 문 대표만큼 온몸을 던져 헌신한 사람은 찾기 어려울 것입니다.

지역주의 구도에 맞서다 낙선을 감수하며 헌신한 것만 해도 미안하고 고마운 일인데 지난 대선 평가 과정에서 그에게 대선 패배 책임까지 지웠습니다.

머리로는 정권 교체 해야 하고 통합도 해야 한다고 생각한 분은 많았을 것입니다. 하지만 그 일에 문 대표만큼 온몸을 던진 사람은 없습니다. 누가 누구에게 책임을 묻는다는 것인지, 참으로 허탈한 일이었습니다.

몇 달 전 그의 탈당 소식을 접했을 때 뭐라고 말릴 말이 없었습니다. 통합 정신과 시민 참여를 위한 혁신이 후퇴하는 상황에서 자신이 당 안에서는 어떻게 해 볼 길이 없다고 했습니다. 다시 거리로 나가 원점에서 다시 시작하겠다는 말 앞에서 제가 해줄 말이라고는 없었습니다.

그가 다시 연기의 세계로 돌아간 것이 기쁩니다. 그도 행복할 것입니다. 하지만 2002년 이후의 외도에 환멸과 좌절을 느끼지 않길 바랍니다. 그리고 때가 되면 다시 돌아와 정당 혁신의 바람을 다시 일으켜 주길 기대합니다.

당시 야권 통합 과정을 돌아보면, 혁신 부분에서 큰 아쉬움이 남습니다. 정당의 혁신을 전제로 한 통합이었습니다. 민주통합당을 창당하면서 창당선언문에서 혁신을 약속했습니다. 그런데 창당 이후 그 약속을 실천하지 않았습니다.

시간에 쫓겼던 탓도 있습니다. 2012년 4월 총선이 눈앞으로 다가와 있었기 때문에, 2011년 말까지는 반드시 통합을 이뤄야 한다는 타임 스케줄에 쫓겼습니다. 부득이 통합부터 먼저 한 후 혁신을 추진하기로 약속하는 것으로 넘어갈 수밖에 없었습니다. 통합 후 곧바로 총선 국면이 이어졌습니다. 그러면서 약속이 유야무야되고 말았습니다. 저와 문성근 대표도 총선에 발이 묶여서, 혁신 약속을 계속 붙잡고 있지 못했습니다.

민주당 쪽에서는 처음부터 혁신의 의지가 강하지 않았습니다.

우리 야당사를 뒤돌아보면 혁신을 약속만 해 놓고 실천하지 않은 사례가 적지 않습니다. 민주통합당 창당 때 어떻게 하든지 혁신을 실천하는 데까지 갔어야 했다는 후회가 있습니다. 그렇게 하지 못한 것이 지금까지도 큰 아쉬움으로 남아 있습니다.

인연과 인연의 교차

2011년 10월 재보선 당시 국민들의 눈과 귀는 온통 서울시장 선거에 쏠려 있었습니다. 우여곡절 끝에 안철수 원장이 박원순 변호사 손을 들어 주면서 박 변호사는 단숨에 유력 후보로 부상했습니다. 민주당에서는 박영선 의원이 그보다 조금 늦게 주자로 나섰습니다.

두 사람 모두 저와는 개인적 인연이 있었습니다.

박원순 변호사는 사법연수원 동기입니다. 학생운동으로 희생을 치른 경험을 공유하고 있어서, 고 조영래 변호사와 함께 우리 세 사람이 뜻이 맞았습니다. 서울과 부산에서 시민운동을 함께한 사이이기도 합니다. 참여정부 때 함께하자고 권유하기도 하고, 열린우리당 쪽의 부탁으로 공천심사위원장이나 비례대표 의원으로 정치에 참여할 것을 권유하기도 했습니다.

그때만 해도 박 변호사는 정치 참여에 부정적이었습니다. 당시 박 변호사는 담론 위주 시민운동에서 벗어나 생활 속 시민운동에 몰두하고 있었습니다. 자신의 일을 대단히 가치 있게 여기면서 지키고 싶어 했습니다.

그때 경험이나 아이디어, 공동체 구상 등이 지금 펼치는 시정에 큰 도움이 되고 있는 것으로 보입니다.

박영선 의원은 MBC 앵커 시절에, 여성 앵커로서는 드물게 뚜렷한 개성과 탁월한 능력을 보여 주었습니다. 그래서 참여정부 출범 때 제가 개인적으로 모르는 사이면서도 그를 청와대 대변인으로 추천한 적이 있었습니다.

그 추천이 받아들여지지 않은 게 오히려 전화위복이 되어 그는 그 후 열린우리당 비례대표 의원으로 발탁됐습니다. 비례대표 의원이 된 후 알고 보니 대학 후배였습니다. 의정 활동에 열심이어서 필요한 자료를 제게 요청하기도 하고, 청와대가 관심을 가져 주기를 바라는 사안에 대해서는 거꾸로 제게 자료를 보내 주기도 했습니다.

특히 금산분리 입법에 관해 정부가 매우 미온적이고 청와대도 잘 모르는 것 같아서 답답하다며, 제 업무 소관이 아닌데도 자료를 들고 저를 찾아와 열심히 설득하고자 하는 모습이 매우 인상 깊었습니다. 2007년 대선 때는 정동영 의장을 도왔는데, 열린우리당 탈당 사태로 노 대통령과 정 의장의 관계가 서먹해지는 것을 막으려고 함께 의논한 일도 있었습니다.

그런 좋은 기억이 남아, 참여정부 퇴임 이후 격조했는데도 제 북콘서트에 흔쾌히 게스트로 나와서 도움을 줬습니다.

공교롭게 두 분 모두 서울시장 출마를 저와 상의하는 모양이 돼 버렸습니다. 누구 편을 들 일이 아니어서 두 분 모두에게 출마를 권했습니다.

박 변호사는 그 이전에 '혁신과 통합'에서 먼저 서울시장 출마를 권하기로 의견을 모았습니다. 그때만 해도 민주당에는 승리를 자신할만한 뚜렷한 카드가 부각돼 있지 않았기 때문이었습니다. 그전까지는 정치에 뜻이 없었던 그에게 출마를 권유하는 일이 제게 맡겨졌습니다.

그래서 장기 산행 중이던 그에게 친분이 있는 사람을 보내 '혁신과 통합'의 뜻을 전하고 출마를 권했습니다. 그의 전화를 받고 출마 문제를 의논하기도 했습니다. 안철수 원장의 양보 기자회견 직전에 따로 만나 범야권 후보로 되기 위한 절차와 방법 등을 상의했습니다.

박영선 의원의 경우는, 본인 의사보다는 당의 뜻이 더 강했습니다. 박원순 변호사가 안철수 원장의 양보를 받아내면서 급부상하는데, 민주당은 내세울 주자가 마땅치 않았습니다.

제1야당이 후보를 아예 못 낼 위기 상황에서 구원투수 비슷하게 차출되는 모양새였습니다.

의견을 물어왔기에, 저는 박 의원에게도 당의 뜻을 받아들이는 게 좋겠다고 권했습니다. 정당 기반이 있으니 해 볼 만하고, 나서는 것이 야권의 경선 흥행이나 본인의 정치적 미래에도 도움이 될 것 같다는 조언을 했습니다.

두 사람의 경선이 시작되면서 단일화 협상에 난항이 있었습니다. 늘 그랬던 것처럼 단일화 룰이 쟁점이었습니다.

박원순 후보를 봉하마을에서 만났습니다. 저는 민주당과 박원순 후보 사이에서 논란이 되는 룰이, 그에게 결코 불리하지 않다고 봤습니다. 게다가 그가 경선 룰을 대승적으로 양보하는 모습까지 곁들인다면 오히려 유리해질 수 있다고 생각했습니다.

봉하마을에서 박원순 후보가 전격적으로 양보하는 모양새를 취하면서 룰 협상이 타결됐습니다. 경선을 거쳐서 박 변호사가 범야권 서울 시장 후보로 선출됐습니다. 무소속 시민 후보가 제1야당 후보를 제치고 야권 대표선수가 된 건 사상 처음이었습니다.

박영선 의원도 출발이 늦은 걸 감안하면 대단히 선전했습니다. 좀 더 일찍 나서서 선거운동을 했더라면 더욱 만만찮은 경선이 됐을 것입니다.

박원순 변호사에게 출마를 권유하고 이런저런 의논과 조언을 했던 책임감 때문에, 단일화가 이뤄진 이후 박원순 후보 선거를 도왔습니다. 지원 유세라는 걸 생전 처음 해 봤습니다.

당선된 후 박 시장은, 마치 준비된 시장인 것처럼 시정을 아주 잘 이끌고 있습니다. 새로운 정치의 가능성을 보여 주고 있습니다. 부디 내년에 좋은 결과를 얻고, 서울시장 경험을 기반으로 장차 국가적으로 더 큰 지도자가 되기를 바랍니다.

박영선 의원도 서울시장 도전엔 실패했지만 강한 인상을 남겼고, 차세대 지도자로서 꾸준히 성장하고 있습니다. 지난 대선 때는 저를 위해 공동선대위원장으로 큰 역할을 해 줬습니다.

저와 인연이 교차하는 분들이 서로 승패도 엇갈렸습니다. 하지만 두 분 모두 야권의 좋은 자산입니다.

또 떠나보내다

재보선이 끝나고 그해 12월 말, 우리는 또 한 사람의 지도자를 잃었습니다. 김근태 선배입니다. 다가오는 총선과 대선을 앞두고 할 역할이 많은 분이었습니다. 그런데 제가 현실정치에 뛰어들기 직전에 그분과의 인연이 그렇게 끝나고 말았습니다.

김근태 선배와의 인연은 깊습니다. 제가 부산에서 인권변호사로 활동하던 1980년대부터 부산에 내려오면 때때로 만나는 사이였습니다. 개인적으로 만나기도 하고, 부산 지역 재야 사람들을 좀 모아 달라고 제게 부탁하기도 했습니다. 부산의 시민사회 인사들에게 서울 쪽의 동향을 전하면서 필요한 당부를 하곤 했습니다.

참여정부 때엔 보건복지부 장관으로 입각했습니다. 차기 지도자들에게 국정 경험을 쌓게 하려는 노 대통령의 뜻에 따른 것이었습니다. 노 대통령은 자신이 해수부 장관으로 일했던 경험이 대선 도전에 큰 도움이 됐다고 생각했습니다.

김근태 선배 본인은 그때 어떻게 받아들였는지 모르지만, 노 대통령으로서는 2007년 대선 도전의 길을 열어 주려는 배려였습니다. 그때 부처 선택을 놓고 조금 갈등이 있었습니다.

김근태 선배는 통일부 장관을 맡고 싶어 했습니다. 그분의 평소 포부로 보면 그럴 만했습니다. 그런데 정동영 장관도 같은 희망이어서 좀 미묘한 양상이 됐습니다.

그때 제가 김근태 선배를 만나, 보건복지부 장관을 맡으시도록 설득했습니다. "통일부가 좋긴 하지만 남북관계에 따라서 할 일이 별로 없을 수도 있습니다. 하지만 보건복지부는 국민 복지 영역과 복지 제도가 대폭 확대되고 있기 때문에 서민을 위한 정치인, 복지의 토대를 닦은 정치인으로서 정치적 성취가 더 클 수 있습니다."

김근태 선배가 제 말을 받아들여 주셔서 미묘한 상황을 풀 수 있었습니다.

장관 재임 때나 장관직에서 물러나 당으로 돌아간 다음, 노 대통령과 몇 가지 불편한 일이 있었습니다. 그 때문에 김근태 선배를 따르는 분들은 노 대통령과 참여정부에 대해 매우 비판적이었습니다. 하지만 김근태 선배 본인은 그때마다 저를 찾아 해명하고, 그의 본뜻을 저를 통해 노 대통령에게 전하기도 했습니다.

박원순 후보 지원 유세 때 그분을 강북구에서 만났습니다. 자신의 지역구에서 유세가 있다는 얘기를 듣고 일부러 유세장까지 나왔습니다.

그때 이미 병색이 완연했습니다. 걷는 것은 물론이고 말하는 것조차 힘겨워 했습니다. 오랫동안 시달린 고문후유증이 더 악화된 것이었습니다. 병세가 아주 위중하다고 느꼈습니다. 그것이 바깥에서 본 그분의 마지막 모습이었습니다. 아니나 다를까 얼마 안 가서 병원에 입원하고 말았습니다.

돌아가시기 얼마 전에 문병을 갔습니다. 인공호흡기를 꽂은 채 의식이 왔다 갔다 하는 상황이었습니다. 부인 인재근 여사가 제가 왔다고 말하자, 눈을 뜨고 알아보는 표시를 하더니 인공호흡기 속으로 무슨 말씀을 하려는 듯 힘겹게 입을 움직였습니다.

저는 알아들을 수 없었는데, 내년 대선에서 꼭 이겨야 한다는 말씀이라고 인 여사님이 대신 말해 줬습니다. 인 여사님은, 그런 모습을 오랜만에 본다면서, 병세가 좋아지고 있는 징후라고 기뻐했습니다.

1년 후 대선을 한 달쯤 앞둔 무렵, 영화 〈남영동 1985〉 시사회에 갔습니다. 정지영 감독이 김근태 선배를 모델로 만든 영화였습니다. 고문 장면을 너무나 생생하고 길게 보여 줘서, 보기가 고통스러운 영화였습니다.

지금은 국회의원이 된 인재근 의원님과 나란히 앉아서 봤는데, 영화를 보는 내내 강북구에서 만난 모습과 병실에서 만난 모습이 오버랩되어 머리에서 떠나지 않았습니다.

"2012년 12월을 점령하라."던 그의 유언을 지키지 못했습니다.

저로서는 민주 진영의 세 지도자, 노무현 김대중 그리고 김근태 선배를 참 아프게 떠나보냈습니다.

그분들을 떠나보낸 뒤, 그들이 몸담았던 민주당에 저도 입당하게 됐습니다. 물론 더 커진 민주당, 통합으로 출범한 민주통합당이었습니다. 기존의 민주당, 이런저런 사정으로 민주당을 떠났던 분들, 노동계 인사들, 박원순 시장과 김두관 지사 등 새로운 시민사회 세력이 하나로 뭉쳤습니다.

저도 태어나서 처음으로 정당에 입당했습니다. 2002년 대선 때 노무현 후보 부산선대본부장을 할 때도 입당하지 않는 조건으로 선대본부장을 맡았습니다.

하지만 통합을 주창했던 사람으로서, 통합의 성과인 민주통합당을 반드시 성공한 정당으로 만들어야 하는 책임 같은 게 컸습니다. 어쨌든 민주통합당을 성공시키는 데까지는 가야겠다고 생각했습니다.

얽히고설킨 인연 끝에, 김대중·노무현 두 분 대통령과 김근태 선배가 그리 지키고 싶어 했고, 바꾸고자 했고, 집권당으로 만들고자 했던 정당의 당원이 됐습니다. 그리고 그들이 걸었던 고난의 길을 이어서 걷게 됐습니다.

바람이 다르다

결국 총선 출마까지 왔습니다.

민주통합당이 영남 지역에서 제대로 후보를 내지 못하면 통합의 의미가 없으니, 피할 수가 없었습니다. 국회의원 되는 것이 목표는 아니었습니다. 정권 교체를 위해 하지 않으면 안 된다고 생각했습니다.

저의 총선 출마를 놓고 여러 의견이 있었습니다. 총선에는 출마하지 말고, 나중에 바로 대선 출마로 가야 한다는 의견도 있었습니다. 비례대표나 당선이 용이한 수도권 지역을 선택해서, 전국 지원 유세를 다녀야 한다는 의견도 있었습니다.

저는, 정권 교체를 위해 총선부터 기여해야 한다고 생각했습니다. 대선은 그 후에 생각할 일이었습니다. 그리고 총선에 나선다면, 부산에서 출마하는 것 외에 다른 선택은 생각할 수 없었습니다.

부산에서 민주당 간판으로 당선되는 것이 중요했습니다. 우리 정치의 잘못된 지역 구도 타파를 위해 꼭 필요한 일이었습니다. '바보 노무현'이 끝내 이루지 못한 꿈이기도 했습니다. 부산 · 경남에서 새누리당 일당 독점을 깨는 것이 목표였습니다.

영남 지역의 '우리가 남이가' 정서를 부산 · 경남에서 먼저 무너뜨려야, 민주당의 대선 승리와 정권 교체를 기약할 수 있었습니다. 그렇게 호소해서 부산 시민이 받아들여 주지 않으면, 제 역할은 여기까지라고 인정하면 될 일이었습니다.

저뿐 아니라, 지난 총선 때 부산에서 출마한 분들의 공통된 생각이었습니다. 모두들 '지역 구도 타파'의 대의를 붙잡고 당선 가능성이 희박한 지역에서 희생을 치렀습니다.

문성근 대표와 김영춘 의원도 그 대의를 위해 당선 가능성이 높은 지역을 선택하는 대신 굳이 부산 출마를 선택했습니다. 특히 문성근 대표는 아무 지역 연고 없이, 과거 노무현 대통령이 낙선했던 부산 북 · 강서을 지역구에 출마해서, 그의 유지를 잇고자 했습니다.

모두 함께 부산 · 경남을 바꾸고자 했습니다. 부산 · 경남에는 새로운 바람이 필요했습니다. 문성근 대표가 북 · 강서을 지역구를 선택함에 따라, 저도 함께 바람을 일으키기 위해 인접한 사상구를 선택했습니다. 부산 뿐 아니라 경남의 김해 갑, 을 지역구와 양산까지 포함한 낙동강 벨트에서 부산 · 경남을 바꾸는 낙동강의 새로운 바람이 일기를 바랐습니다. 그 바람이 총선과 대선 승리를 만드는 동남풍이 되기를 기원했습니다.

'바람이 다르다'라는 캐치프레이즈는 저와 낙동강 벨트의 예비후보자들이 부산·경남의 정치를 바꿔 보자는 바람을 가지고 함께 내걸었던 선거 구호였습니다.

가장 원시적인 선거운동

다른 사람의 선거운동을 도운 적은 있어도 제 선거를 치르기는 처음이었습니다. 예상했던 만큼 힘들었습니다. 부산 사상구는 3당 합당 이후 20년 넘게 민주당이 명함을 못 내밀던 곳이었습니다.

2008년 치러진 18대 총선 때는 아예 후보조차 내지 못했습니다. 더구나 저에게 이렇다 할 연고가 없는 곳이었습니다. 유권자들을 만나 얼굴 알리고 인사하는 일을 바닥에서부터 시작해야 했습니다.

새누리당은 20대의 무명 여성 후보를 내세웠습니다. 김을 빼기 위한, 또 패배할 경우 정치적 부담을 줄이기 위한 공천이란 정치평론들이 있었습니다. 지역을 잘 모르는 이야기들이었습니다.

부산에서 우리가 상대해야 하는 것은 상대 후보가 아닙니다. 새누리당의 막강한 당세이고, 그들에 대한 시민들의 '묻지 마' 식 지지입니다. 거기에 특별한 스토리를 더하는 것이, 구태의연한 기존의 인물을 내세우는 것보다 더 경쟁력이 있다는 계산이었습니다.

오랫동안 일당 독점을 누려 온 새누리당의 오만이었습니다. 새누리당은 박근혜 대표가 다섯 번이나 방문하는 등 지원을 집중했습니다. 부산시장도 이례적으로 여러 번 사상 지역을 방문했습니다.

반면에 우리는 중앙당의 지원도 없었습니다. 사실 부산·경남 지역의 경우 중앙당에서 지원 유세를 보내려 해도 득표에 도움이 될 만한 분이 거의 없는 것이 현실이었습니다.

방법은 하나밖에 없었습니다. 후보인 제가 발로 뛰며 지역 구석구석을 샅샅이 훑고 다니는 것이었습니다. 총선 기간을 통틀어 거의 구석구석을 서너 번 이상 돌았습니다. 전체 유권자들과 적어도 두세 번은 손을 잡고 대화를 나눠 보겠다는 각오로 다녔습니다.

디지털 시대에 맞지 않게 굉장히 원시적 방식으로 발품을 팔며 선거운동을 했습니다. 힘들었지만 지나고 보니 그게 가장 효과적인 선거운동이었던 것 같습니다.

제게도 큰 도움이 됐습니다. 우선 제가 지역을 제대로 알게 됐습니다. 유권자들의 얘기를 듣고, 다양한 삶의 현장을 보면서, 진솔하게 교감할 수 있었습니다. 그냥 악수를 하고 다니는 것이 아니라, 유권자와 눈을 맞추고 몇 마디 짧은 대화라도 나누는 것이 제가 터득한 요령이었습니다.

제게는 미약한 정당 기반과 지역 기반을 메워 주는 두 가지 큰 축복이 있었습니다.

하나는 SBS 〈힐링캠프〉 출연이었습니다. 다른 하나는 헌신적인 자원봉사자들이었습니다.

총선 예비후보자 등록 직전에 〈힐링캠프〉 출연 요청이 들어왔습니다. 생전 처음인 예능 프로그램 출연이 쑥스럽고 자신 없어서 고사하다가 선거에 조금이라도 도움이 된다면 뭐든지 하자는 심정으로 나갔습니다.

그런데 제가 출연을 약속한 후 박근혜 대표도 출연하기로 결정하면서, 두 사람이 자연스럽게 비교가 되는 모양새가 되어 사람들의 관심을 끌게 됐습니다.

그 프로그램 출연에서 좋은 평을 들은 것이 제게 큰 도움이 됐습니다. 무엇보다 유권자들과 만날 때 대화거리가 만들어진 것이 제일 좋았습니다. 대부분 생면부지일 수밖에 없는 유권자들과의 만남을 덜 어색하게 만들어 줬고, 편하게 해 줄 때가 많았습니다.

〈힐링캠프〉 출연에서 제일 기억에 남는 일은 역시 '격파'였습니다. 녹화 때 진행자들이 잘 깨지는 벽돌이니 염려 말라고 했습니다.

내놓은 벽돌을 보니 격파용 벽돌이 아니라 보도블록 같은 강화 벽돌이었습니다. 그래도 격파 시범을 할 때 사전에 준비하듯이 잘 깨지도록 준비가 돼 있을 것으로 믿었습니다. 폼만 그럴

싸하게 잡으면 된다는 생각으로 힘껏 내리쳤습니다.

그런데 세상에, 아무런 준비가 안 된 생짜배기 벽돌이었습니다. 한 번 더 시도했지만 격파는 실패했고, 손이 정말 아팠습니다. 안 아픈 척 녹화를 계속하느라 힘들었습니다.

그 때문에 검지손가락 첫째 마디 인대가 늘어나서 손가락 깁스를 한 채 유권자들과 악수를 하며 다녔습니다. 그것조차 얘깃거리가 돼서 선거운동에 도움이 됐습니다.

방송 출연보다 더 큰 힘은 수많은 자원봉사자들이었습니다. 총선 출마와 함께 맨 먼저 결심한 것이 기존 정치와 전혀 다른 모습으로 선거 캠페인을 해 보자는 것이었습니다.

깨끗한 선거뿐 아니라, 유쾌하고 재미있는 모양새로 캠페인을 전개하고 싶었습니다. 선거 사무실부터 시민 카페 형식으로 꾸몄습니다. 늘 해오는 기존의 상투적 선거운동 방식에서 벗어나 시민축제 같은 모양으로 유권자들과 함께 호흡하고 싶었습니다.

자원봉사자들의 도움 없이는 불가능한 일이었습니다. 고맙게도 전국 곳곳에서 자원봉사자들이 밀려들었습니다. 수백 명이 상근 자원봉사를 자청했습니다. 예상을 뛰어넘는 놀라운 일이었습니다.

자원봉사를 자청하며 찾아오는 분들이 나중에는 감당할 수 없을 만큼 넘쳤습니다. 그분들께는 정중하게 양해를 구해, 부산의 다른 선거구로 보내 드렸습니다.

눈물 나게 고마운 일이었습니다. 자기 돈 써 가며 땀 흘리는 그분들을 보면 저도 지칠 수가 없었습니다. 저의 첫 선거는 그분들이 치러 줬습니다. 수많은 자원봉사자들의 헌신적인 노고 덕택에 돈 안 드는 선거, 그리고 축제 같은 캠페인을 할 수 있었습니다.

시민들 힘으로 선거를 치른 사상에서의 정치 실험은, 훗날 제가 대선 경선캠프나 대선캠프를 꾸리는 데에도 큰 도움이 됐습니다. 조직과 돈의 열세를 이겨 내려면 시민들과 함께하는 길밖에 없습니다. 그러려면 평소의 정치부터 시민들과 함께해야 합니다. 경선캠프, 대선캠프 모두 그런 정신을 담고자 했습니다.

'보이지 않는 손'

지난 19대 총선에서 민주당의 공천은 새누리당보다 산뜻하지 못했습니다. 무엇보다 '개혁 공천'에서 아쉬움이 많았습니다. '공천 물갈이'도 새누리당보다 못한 느낌을 줬습니다.

새누리당은 지역 여론 조사 등의 평가를 기준으로 삼아서 상위 1/3은 단수 공천(경선 없이 1명만 공천하는 것), 중간 1/3은 경선, 하위 1/3은 공천 탈락 식으로 미리 공천 룰을 정해 놓고, 엄격하게 지켰습니다. 김무성 의원 같은 중진 · 실세도 정해진 룰에 따라 공천 배제하는 모습을 통해 국민들에게 원칙적인 공천, 참신한 공천의 느낌을 줬습니다.

반면에 민주당은 공천의 원칙이나 기준이 분명하게 보이지 않았습니다.

개혁적인 공천을 위해 외부 위원을 다수로 하는 공천심사위원회를 구성했지만, 심사위원 추천 방식과 권한의 한계로 인해 충분한 효과를 거두지 못했습니다. 국민들 눈에는 여전히 계파 간 나눠 먹기식 공천으로 비쳤습니다.

부산 지역의 단수 공천부터 먼저 발표하는 등의 전술적 실수로 인해 공천의 첫 인상이 흐려지고, 그 때문에 그나마 이뤄진 물갈이 공천과 개혁 공천이 빛을 바래기도 했습니다.

부산 지역의 단수 공천은 참으로 유감이었습니다. 경선을 피할 이유가 없었습니다. 민주통합당 창당 때 공천권을 시민들에게 돌려 드린다고 누누이 약속한 바도 있었습니다. 경합이 있는 몇 곳만이라도 경선을 하도록 했으면, 당초의 약속도 지키고 모양새도 좋았을 것입니다.

그런데 맨 먼저 부산 지역의 공천 결과부터 발표하면서, 전원 경선 없는 단수 공천으로 발표했습니다. 처음부터 반발을 자초한 셈입니다. 공천 심사 결과 공천 신청자들의 점수 차가 크면 단수로 공천하기로 한 공천 기준에 따른 것이라고 했습니다.

하지만 그 기준이나 평가 방법이 명료하지 않으니, '친노 패권주의'라는 등의 터무니없는 비난에도 속수무책이었습니다. 그로 인해 저는 졸지에 '친노 패권주의'를 조종한 '보이지 않는 손'이 되고 말았습니다.

저는 사상에서 출마 의사를 밝힐 때 경쟁자가 있으면 반드시 경선의 기회를 드리겠다고 약속했습니다. 그리고 후보들의 경쟁력을 키워주기 위해서도, 어디든 마찬가지로 경선을 해야 한다고 주장해 왔습니다.

가장 아쉬운 곳이 문성근 대표가 공천된 북·강서을 지역구였습니다. 문성근 대표는 지역 연고가 전혀 없었기 때문에 진입 장벽이 높을 것으로 뻔히 예상됐습니다.

그런 만큼 지역에서 오랫동안 준비해 온 경합자와 경선을 치르도록 했으면, 그 과정과 경선 승리를 통해 장벽을 상당히 낮출 수 있었을 것입니다.

그랬더라면 문성근 대표가 그곳에서 당선됐을 것이라고 저는 믿습니다. 나중에 개표 결과 근소한 표 차이를 보면서 더 아쉬웠습니다.

저는 당시 민주통합당 지도부도 아니고, 그저 수많은 공천 신청자 중 한 명일 뿐이었습니다. 그런데도 경선을 생략한 부산 지역 단수 공천의 비난이 제게 쏟아졌습니다. 저로서는 기가 막히고 황당한 일이었습니다. 그런 일이 이해가 가기 시작한 것은 정치를 좀 더 겪어 본 후였습니다.

정치의 영역에도 크고 작은 지역적 관할이 있는 것으로 보입니다. 속된 말로 '나와바리'입니다. 어느 지역은 누구의 '나와바리'라는 식입니다. 그 영역 안에서의 정치적 결정은, 합리적 공론보다는 그 '누구'의 뜻에 더 좌우됩니다. 기초 지방선거의 정당공천제 폐지 요구도 해당 지역 국회의원이 공천을 좌우하는 것처럼 돼 버린 폐단에서 비롯됐을 것입니다. 우리의 정치 발전을 가로막는 잘못된 정치문화 중 하나라고 생각합니다.

지난 총선 때 부산 지역의 공천에 관해 제가 감수해야 했던 비난도 그런 '나와바리'식 사고가 배경이 되지 않았을까 싶습니다.

기대와 실망 사이

부산·경남 지역 총선 결과는 매우 아쉬웠습니다. 과거에 비해 나아진 결과이긴 했지만 민주통합당은 부산에서 2석, 경남에서 1석을 얻는 데 그쳤습니다.

출구 조사에서 앞선 것으로 나왔던 김영춘, 최인호 후보의 낙선이 무엇보다 아쉬웠습니다. 막바지 여론 조사에서 우세를 보였고 출구 조사 결과도 아주 근소해서 기대를 걸었던 문성근 후보의 낙선도 마찬가지였습니다. 경남의 송인배 후보와 김경수 후보도 앞서는 것으로 조사된 여론 조사 결과가 있었기 때문에 무척 아쉬웠습니다.

그 밖에 부산의 전재수 후보도 47퍼센트 넘는 득표율을 올렸습니다. 민주당은 아니지만 야권 연대 단일후보였던 경남의 문성현 후보와 울산의 김창현 후보도 득표율이 45퍼센트가 넘는 선전을 했습니다.

하지만 모두 저의 대선 패배처럼 마지막 벽을 넘지 못했습니다. 새누리당의 막강한 막판 조직력과 동원력에 밀린 결과였습니다.

저로서는 저의 역량 부족을 절감했습니다. 김영삼, 김대중 대통령만큼은 아니어도, 부산, 경남, 울산 지역에서만이라도 제가 도울 수 있는 능력이 조금만 더 컸으면 하고 한탄했습니다.

전국적으로 총선 결과가 기대에 못 미치자 제가 수도권 지원 유세를 하지 않은 것이 잘못이라는 지적도 있었습니다.

제가 수긍하기 어려운 지적입니다. 총선 당시 부산, 울산, 경남 지역에는 중앙당 차원의 유세 지원이 없었습니다. 지원할 수 있는 형편도 아니었습니다. 부족한 대로 지역의 힘만으로 선거를 치를 수밖에 없었습니다.

그런 속에서 저는 제 선거를 하는 한편 부산의 18개 선거구 중 현역 의원이 있는 곳을 제외한 17개 선거구와 경남 김해 갑·을, 양산, 울산까지 지원 유세를 다녔습니다. 그중에는 두세 번 간 곳도 있습니다. 경남의 그 밖의 지역구까지는 시간상 도저히 엄두를 내지 못했습니다.

그러니 수도권 지원 유세는 물리적으로 불가능했습니다. 그야말로 지역의 실정을 모르고 하는 얘기였습니다.

제가 후회하는 것은 더 많은 지역의 지원 유세가 아니라, 박빙의 승부를 펼치고 있는 선거구에 더 집중해서 지원을 못한 점입니다. 부산·울산·경남 지역을 두루 지원하는 식이 아니라, 상대적으로 이길 가능성이 높은 곳을 집중적으로 지원했으면 당선자를 더 낼 수도 있지 않았을까 하는 후회입니다.

민주당으로서는 여론 조사 추이 등을 살펴 당선권에 육박하는 곳에 집중 지원하는 전략이 필요했는데, 그런 전략이 없었습니다.

그래도 앞으로의 가능성을 보여 주는 결과였습니다. 민주당 간판으로는 당선이 어렵다는 지역적 특성 때문에, 대부분의 후보가 평소 충분한 준비 없이 선거에 임박해서야 급히 차출되다시피 나섰습니다.

지역에 뿌리를 내리기는커녕 자신을 알릴 수 있는 시간이 절대적으로 부족했습니다. 그런 상황에서 거둔 선전이었습니다.

그분들이 과거처럼 패배 후 떠나지 않고 지역에서 뿌리를 내리며 다음을 준비한다면, 다음 총선 때는 더 나은 결과를 얻을 것이란 희망을 갖습니다.

총선 후폭풍, 그 우울한 초상

모두가 최선을 다했지만, 총선 결과는 기대에 못 미쳤습니다. 대선 후 민주당 내 평가의 시각과 태도의 아쉬움을 말씀드렸지만, 총선 후 민주당의 모습도 씁쓸한 면이 많았습니다.

총선 결과가 기대에 못 미쳤다 하더라도, 그간의 노고에 대해 서로 격려하고 위로하는 가운데 패배의 원인을 깊이 성찰했더라면 좋았을 것입니다.

그걸 바탕으로 앞으로의 방향을 차분하게 논의하는 것이 바람직했습니다. 그것이 인간 세상의 상식적인 모습일 것입니다.

그런데 총선 다음 날 언론을 통해 곧바로 지도부 인책 요구가 터져 나왔습니다. 그동안의 노고에 대한 따뜻한 위로 같은 것은 아예 없었습니다. 그 길로 아무 후속 대책도 없이 지도부가 물러났습니다.

지도부가 물러나더라도, 퇴진 후 어떻게 할 것인지 새로운 리더십을 어떻게 세울 것인지 논의를 거쳐 질서 있게 퇴진해야 할 텐데, 그럴 수도 없게 만들었습니다.

자리에 연연해서 물러나지 않겠다고 버틸 집행부도 아닌데, 항변 한마디 할 수 없게 등을 떠밀었습니다. 같은 정당의 동지가 맞나 싶을 정도로 비정하기 이를 데 없었습니다.

대선을 불과 8개월 앞둔 시점이었습니다. 과거 같았으면 이미 대선후보가 선출돼, 본격 대선전이 시작됐을 시기였습니다. 대선 준비를 차질 없이 해 나가야 할 단계였습니다.

지도부의 퇴진이나 교체도, 무엇보다 대선 준비를 최우선적으로 고려하면서 판단해야 했습니다. 그런 너무나 당연한 고려도 찾아볼 수 없었습니다. 이것이 바로 지난 대선 때 민주당이 준비가 부족했다는 평가를 듣게 된 근본 이유라고 생각합니다.

지도부 퇴진 이후 비대위와 새로운 지도부 선출 등으로 시간을 보내면서 대선을 준비할 시간이 절대적으로 부족했습니다.

저는 그때의 지도부 퇴진과 이후 들어선 지도부 흔들기로 대선 시기 민주당의 리더십을 세우지 못한 것이 대선 패인 중 하나라고 생각합니다.

민주당은 열린우리당 때부터 선거만 치르면 그런 일을 되풀이해 왔습니다. '반성과 책임'을 명분으로 내세우지만, 기실 당내에서 제기된 책임론의 목표는 반성이 아니라 당권에 있었다고 해도 과언이 아닙니다.

민주당이 오랜 역사를 갖고 있고 두 차례나 집권했던 경험이 있으면서도 국민들에게 안정감을 주지 못하는 이유가 바로 여기에 있습니다.

2012년 총선에서 민주당이 '참패'했다고 평가하는 데도 저는 동의하기 어렵습니다. 물론 기대가 컸던 만큼 아쉬움이 컸던 게 사실입니다. 총선 승리의 기세로 대선까지 승리하자는 희망이 상처받은 것도 사실입니다.

하지만 민주당은 의석이 81석에서 127석으로 크게 약진했고, 수도권의 판도를 완전히 바꿔 놓았습니다. 그 결과를 놓고 보면, 일방적으로 '참패'라고 규정하는 것은 정확하지 않습니다.

과거 2004년, 탄핵 후폭풍이라는 특별한 상황에서 치렀던 총선을 제외하면 민주당이 얻은 역대 최대 의석이었습니다.

그나마 범야권 세력을 통합해서 민주통합당을 창당했기 때문에 이룰 수 있었던 성과였고 약진이었습니다. 기대에 못 미쳤다고 해도 성과는 성과대로 합당한 평가를 받아야 했습니다.

기대가 그보다 더 컸던 것은, 총선을 앞둔 시점에서 이명박 정부의 실정에 대한 국민들의 분노가 이루 말할 수 없었고, 정권 교체의 열망도 매우 높았기 때문입니다. 그래서 19대 총선은 '질 수 없는 선거'라는 기대가 설정됐습니다.

하지만 당시 여론 조사 결과는 다른 모습을 보여 주고 있습니다. 정권 교체를 바라는 국민이 많았던 것은 사실입니다. 하지만 박근혜 후보가 대통령에 당선되는 것도 '정권 교체'로 보는 여론이 상당히 많았습니다. 무엇보다 민주당이 수권정당으로서 자격을 갖추지 못했다는 여론이 조사 때마다 60퍼센트를 넘었습니다.

대선 때도 마찬가지였습니다. 정권 교체를 바라는 여론이라고 해서 모두 민주당이나 야권을 지지하는 것만은 아니었습니다. 저는 이런 점에서 큰 착시가 있었다고 생각합니다.

19대 총선도 당시 우리 정치의 지역 구도를 놓고 냉정히 분석해 보면, 민주당이 새누리당보다 더 많은 의석을 얻는다는 게 지극히 어려운 게 현실이었습니다.

역사적으로도 2004년 단 한 번 민주당이 새누리당보다 많은 의석을 얻었을 뿐입니다. 탄핵 후폭풍이라는 특별한 정치 상황이 조성됐을 때였습니다. 거의 민란 수준의 분노나 정치의식이, 지역주의 정서를 압도했기 때문에 가능한 일이었습니다.

저는 당시의 총선 '참패' 평가를 정치적 왜곡이라고 생각합니다. 의석수 약진뿐만 아니라, 수도권에서의 압도, 부산·경남의 지역주의 완화 등 적지 않은 성과가 있었는데도, 성과를 말하는 의견은 '반성하지 않는 태도'로 매도됐습니다.

이런 정치적 왜곡이 민주당을 분란과 자멸에 빠지게 하고, 정권 교체의 희망에 찬물을 끼얹었습니다. 그리고, '박근혜 대세론'에 날개를 달아 줬습니다. 언론 등을 통해 정치적 상황을 규정하는 능력에서 저들의 압도적 우위가 만들어 낸 정치적 왜곡이었습니다.

늘 아쉬운 것은 보수언론이 주도하는 그와 같은 정치적 왜곡의 압도적인 힘 때문에, 상대적으로 진보적인 언론이나 지식인 진영조차도 다 따라가 버리고 마는 일입니다.

물론 제 생각이 상식적이지 않을 수 있습니다. 그러나 제가 말하고 싶은 것은, 제 생각이 꼭 맞다는 것이 아니라, 도대체 정상적인 토론이 안 되는 경우가 너무 많다는 것입니다.

국화 한 송이, 그의 무덤 앞에

총선에서 당선되고, 정치인이 됐습니다. 그간 살아온 삶과는 전혀 다른 삶으로 들어섰습니다. 하나의 세상에서 전혀 다른 세상으로 건너뛰는 느낌이었습니다.

평생 변호사를 천직으로 알았습니다. 욕심 부리지 않으면 좋은 직업이었습니다. 법률가라는 신분을 활용해서, 어려운 사람들과 힘없는 사람들에게 도움을 줄 수도 있었습니다. 부를 이룬 건 아니지만 보람 있었고, 제가 잘할 수 있는 일이란 자신이 있었습니다.

그마저도 점차 일을 줄이고 더 자유롭고 싶었습니다. 그랬던 제가, 저와는 어울리지 않는다고 생각했던 정치인이 됐습니다.

몸담았던 참여정부가 정권 재창출에 실패했다는 책임감, 이명박 정권 퇴행의 책임감, 정권 교체에 대한 책임감, 야권 통합의 책임감, 민주통합당 창당에 대한 책임감, 통합을 거쳐 출범한 당의 성공에 보탬이 돼야 한다는 책임감….

책임에서 책임으로 이어지다 보니 결국 거기까지 이르렀습니다. 더 이상 책임감만 갖고서는, 안 된다고 생각했습니다. 거기까지는 운명이라고 생각했습니다. 이제는 새로운 소명의식으로 다시 시작해야 했습니다.

새로운 출발에 앞서 우선 주변 정리가 필요했습니다. 그동안 맡아 온 '노무현재단' 이사장직을 사임했습니다. 결격 사유는 아니지만, 재단에 조금이라도 부담을 주고 싶지 않았습니다. 재단 이사회의 요청으로, 후임 이사장이 선임될 때까지 노 대통령 3주기 추모 행사를 책임지기로 했습니다.

총선이 끝나고 3주기 추도식을 맞아 노 대통령 묘역을 찾았습니다. 이제 정치인이 돼서 만난 그. 한때는 저를 정치에 끌어들이고 싶어 했지만, 누구보다 정치에 회한이 많았던 그. 심경이 착잡했습니다. 그때 심경을, 이사장직 사퇴의 변에 솔직히 담았습니다.

"봉하의 아주 낮은 무덤 앞에 서서 그와 다시 마주했습니다. 그리고 이제는 당신을 보내 드린다고 말씀드렸습니다. 지난 3년간 두 손으로 꼭 붙잡고 있던 그의 사진을, 그의 자전거를, 그의 밀짚모자를, 그가 남긴 한마디 한마디를 이제 놓아 드리겠다고 말씀드렸습니다.

남은 자들의 한숨이나 분노 때문에 그가 잠 못 들고 뒤척이는 일은 없게 하겠다고 말씀드렸습니다. 그가 편안한 마음으로 우리를 내려

다볼 수 있도록 남은 미련까지 다 내려놓겠다고 말씀드렸습니다.
이제 저는 노무현이라는 사람을 놓았습니다. 국화 한 송이를 그의 무덤 앞에 내려놓으며, 노무현이라는 아름다운 꽃 한 송이도 내려놓았습니다. 하지만 그의 정신, 그의 가치, 그의 신념, 그의 원칙만은 여전히 놓아 버릴 수 없습니다. 노무현을 내려놓으며 노무현재단 이사장직도 함께 내려놓습니다.
하지만 끝이 아닙니다. 끝은 새로운 시작입니다. 이제 저는 정치인 문재인으로 다시 시작합니다. 국민들의 사랑이 가장 큰 무기라고 믿는, 정치인 같지 않은 정치인으로 다시 시작합니다."

정치인으로서의 첫 출발을 그에게 고한 셈입니다. 《운명》에도 썼듯이, 출발은 그로부터 시작됐습니다. 그의 서거와 그가 남긴 숙제가 시작이었습니다.

돌이켜 보면, 청와대 퇴임하면서 공적인 의무와 책임에서 해방됐다고 생각했습니다. 공적인 삶은 끝났다고 생각했습니다. 그런데 그의 급작스런 서거로, 조금 더 남은 소명이 있었습니다. 그게 바로 노무현재단이었습니다.

그의 뜻을 이어 가고자 노무현재단을 만들고, 상임이사와 이사장을 차례로 맡아 보람 있게 일했습니다. 재단 설립 불과 4년 만에, 매월 1만 원 이상을 기부하는 4만 명의 후원 회원이 함께하게 됐다는 것은 기적 같은 일이었습니다.

그렇게 소액 다수 기부자들의 자발적이고 꾸준한 후원으로 전직 대통령 기념사업을 하는 사례는 세계적으로 유례가 없습니다. 참으로 고마운 일입니다.

평범한 시민들이 전직 대통령을 기념하는 사업을 재정적으로 받쳐 줄 뿐 아니라, 깨어 있는 시민으로서 민주주의를 지키는 보루 역할과 함께 시민 참여 정치를 이끄는 주체가 되고 있다는 것이 제일 큰 보람입니다.

이사장직을 내려놓고, 저도 시민들 한가운데로 들어가게 됐습니다. 그날 밤 집으로 돌아와, 착잡한 마음을 혼자 소주 한잔으로 달랬습니다. 그 심경을 트위터에 올렸습니다.

> "소주 한잔합니다. 탈상(脫喪)이어서 한 잔, 벌써 3년이어서 한 잔, 지금도 '친노'라는 말이 풍기는 적의(敵意) 때문에 한 잔, 노무현재단 이사장 관두고 낯선 세상 들어가는 두려움에 한 잔."

지금 읽어도 글에서 소주 냄새가 나는 것 같습니다.

결심

총선 끝나고, 얼마 후 대선 출마를 최종 결심했습니다. 새삼스런 결심은 아니었습니다. 총선 출마 때부터 피하지 않겠다고 각오해 왔던 일이었습니다.

예비후보 기간이 끝나고 총선 후보로 등록할 때 선거 구호를 '사상이 시작입니다'로 바꾼 것도 그런 각오를 표현한 것이었습니다.

달리는 호랑이 등에서 내릴 수 없는 양상이었습니다. 그래도 대선 출마는 어려운 결정이었습니다.

저의 의사와는 무관하게 사람들은 이미 오래전부터 저를 잠재적 대선주자로 분류해 왔습니다. 시민사회와 야권 일각에서는 진작부터 저를 설득하고 압박했습니다. 정권 교체는 반드시 해야 하는데, 마땅한 대안이 없다는 것이었습니다.

정치를 할 생각이 아직 없었을 때, 시민사회의 여러 어른들이 제게 정치에 나서라고 권유하고 설득했습니다. 한완상 전 부총리도 그중 한 분이었습니다. 누군가에게 정치를 말리기는 해도, 권유하는 것은 생전 처음이라고 했습니다. 이명박 정권에서 나라 돌아가는 모습을 보면 걱정이 깊다면서, 당신 손자 얘기를 했습니다. 사랑스런 아이들에게 이런 나라를 물려줘서야 되겠느냐는 거였습니다.

지난 수십 년간 피땀 흘려 가며 쌓아 온 민주주의 성과가 처절하게 무너지는데, 지켜봐야만 하느냐고 했습니다. 지금 야권에 마땅한 대안이 없으니 역사적 소명과 책임감을 갖고 사역을 감당해야 한다는 설득이었습니다.

한 전 부총리님은 그 말씀에 대한 책임감 때문이었는지 제가 나중에 대선 출마를 결심하자 정치권 · 문화예술계 · 언론계 · 시민사회 출신 인사들과 함께 '담쟁이 포럼'이라는 조직을 만들어 기꺼이 이사장을 맡으시곤, 저의 대선 출마의 든든한 버팀목이 돼 줬습니다.

대선 출마 결정을 앞두고 복잡한 다른 생각들은 모두 버리기로 했습니다. 고민을 두 가지로 좁혔습니다. '첫째, 피할 수 있는가. 둘째, 나선다면 잘할 수 있는가.'

먼저, 피할 수 있는가. 김대중, 노무현 두 분 대통령의 한과 유지, 그리고 계승이란 면에서도 저에게 가장 큰 책무가 있다는 것은 부인할 수 없는 일이었습니다. 역사의 퇴행이냐 발전이냐의 갈림길에서 피할 수 없다고 마음을 추슬렀습니다.

나선다면 잘할 수 있는가. 솔직히 자신이 없었습니다. 당에 기반도 없었습니다. 정치세계를 잘 알지도 못했습니다. 돈도 없고, 대중적 기반 조직도 없었습니다. 연설을 잘하지도 않고, 카리스마가 있는 것도 아니었습니다. 부산·경남 출신이지만, 지역이 새누리당 정서 속에 있으니 지역 기반도 별로였습니다.

그런데 관점을 바꿔 보면, 민주당의 다른 대선주자 가운데는 그런 능력들에서 저보다 못한 분은 아무도 없었습니다. 하지만 시대의 흐름이 요구하는 것은 그런 조건들이 아니었습니다. 시대의 흐름은 오히려 그런 능력과 조건으로 이뤄진 기성정치를 불신하면서 다른 정치, 새로운 정치를 염원하고 있었습니다.

그 점에서 저는 오히려 강점이 있었습니다. 여의도 정치, 기존 정치의 관점에서 제가 잘할 수 있는지를 생각하지 않고, 정치가 바뀌기를 열망하는 시민들 관점에서 잘할 수 있는지를 생각하면 그건 누구보다도 낫다고 생각했습니다.

모든 걸 시민들에게 맡기고, 제가 가지고 있는 진정성으로 평가받기로 했습니다. 가족들은 여전히 반대했습니다. 식구들 모두 말렸습니다. 하지만 저의 결정을 존중해 줬습니다.

가까운 참모들과 국회의원들에게 제 결심을 알리고, 필요한 준비를 부탁했습니다. 그들은 기다렸다는 듯, 각자의 역할을 나눠 당내 경선에 필요한 채비를 신속하게 갖춰 나갔습니다.

대선캠프 이름을 '담쟁이 캠프'로 지었습니다. 대선 출마를 결심한 저의 심경에 꼭 들어맞는 이름이었습니다. 제가 좋아하는 도종환 시인의 시에서 따온 건데, 그분은 명칭 사용을 흔쾌하게 허용해 줬습니다. 도종환 시인은 그 바람에 정치적 공격을 많이 받았습니다. 그에게 큰 폐를 끼쳤습니다.

저것은 벽
어쩔 수 없는 벽이라고 우리가 느낄 때
그때
담쟁이는 말없이 그 벽을 오른다
물 한 방울 없고 씨앗 한 톨 살아남을 수 없는
저것은 절망의 벽이라고 말할 때
담쟁이는 서두르지 않고 앞으로 나아간다
한 뼘이라도 꼭 여럿이 함께 손을 잡고 올라간다
푸르게 절망을 다 덮을 때까지
바로 그 절망을 잡고 놓지 않는다
저것은 넘을 수 없는 벽이라고 고개를 떨구고 있을 때
담쟁이 잎 하나는 담쟁이 잎 수천 개를 이끌고
결국 그 벽을 넘는다.

- 도종환 〈담쟁이〉

불비불명(不飛不鳴)

두 달여의 준비를 마치고 2012년 6월 17일, 대선 출마를 공식 선언했습니다. 선언 장소는 서대문 독립공원으로 정했습니다. 개인적으로는 대학 시절 민주화운동을 하다가 수형 생활을 했던 곳이었습니다. 나라를 바꿔 보겠다는 마음으로 골리앗에 맞섰던 시절이었습니다. 그때의 치열함과 절박함으로 돌아가고자 했습니다. 국가적으로는 '애국' '민주' '헌신'이라는 세 가지 가치가 살아 숨 쉬는 역사의 현장이었습니다. 역사 앞에 제 자신을 던지는 결연한 의지를 밝히겠다는 취지도 있었습니다.

출마선언문에서 '불비불명(不飛不鳴)'이라는 고사성어를 인용했습니다. 《사기(史記)》의 〈골계열전(滑稽列傳)〉에 나오는 얘기입니다. '남쪽 언덕 나뭇가지에 앉아 3년 동안 날지도 울지도 않는 새, 그러나 한번 날면 하늘 끝까지 날고, 한번 울면 천지를 뒤흔든다.'는 뜻이었습니다. 경북대 이정우 교수님의 아이디어였는데, 저의 포부와 의지를 잘 표현해 줬습니다.

그동안에는 비록 정치와 거리를 둬 왔지만, 더 이상은 암울한 시대를 외면한 채 '남쪽 나뭇가지'에 머무르지 않고, 국민과 함께 높이 날고 크게 울겠다는 나름의 비장한 각오를 밝히는 적절한 비유였습니다.

우선 당내 경선 레이스에 최선을 다해야 했습니다. 경쟁 후보들은 오래전부터 준비를 해 온 분들이었습니다. 그분들은 당내 기반이 탄탄한 것은 말할 것도 없고, 선거의 기술이나 저변의 조직도 저와는 비교할 수 없을 만큼 준비가 잘돼 있었습니다.

경선을 앞두고 저를 돕는 사람들에게 두 가지 당부를 했습니다. 여의도의 방식을 뛰어넘자고 했습니다. 시민들과 함께하는 방식, 시민들에게 지혜를 얻고 시민들에게 의존해서 가는 방법이 우리가 가야 할 길이라고 했습니다. 또 하나는 경선 본선 모두 승리를 넘어서서 새로운 정치를 만들어 나가는 과정으로 삼자고 했습니다. 그러기 위해선 돈에서도, 선거운동 방법에서도 깨끗한 선거가 돼야 한다고 신신당부했습니다. 크게 보면 그것이 제가 이길 수 있는 길이었습니다. 그렇게 해서 힘이 못 미치면 언제든지 그만두면 되는 것이니, 그 이상의 욕심은 부리지 말자고 부탁했습니다. 현실에 안 맞는 당부였는지 모르지만, 다들 제 뜻을 기꺼이 따라 줬습니다. 덕분에 경선은 물론 본선까지, 거의 완벽할 정도로 깨끗한 선거를 치렀습니다. 그렇게 해도 선거에서 충분히 이길 수 있다는 가능성을 보여 줬습니다. 모두에게 고마운 일이었습니다.

상반된 두 개의 드라마

민주당의 대선후보를 뽑기 위한 경선 레이스가 시작됐습니다. 저는 지난 한 해 동안 총선과 대선후보 선출을 위한 당내 경선과 대선을 몽땅 치렀습니다. 그중에서도 당내 경선이 가장 힘들었습니다.

한마디로 지나치게 소모적이었습니다. 당내 경선은 승자에게 힘을 모아 주는 축제처럼 치러야 하는데 그것과는 거리가 멀었습니다. 본선에 들어가기도 전에 사람을 탈진시켰습니다. 끝난 후 다시 하나가 되기 힘들 정도로 당을 분열시키는 경선이었습니다.

경선의 개념부터 잘못 설정됐습니다. 민주당 사람들 뇌리 속에는 2002년 같은 드라마틱한 경선 흥행의 극적 효과를 재현해야 한다는 고정관념이 있었습니다. '어게인 2002'였습니다.

하지만 2002년과 2012년은 상황이 전혀 달랐습니다. 2002년엔 승부 자체가 드라마틱했습니다. 당내에 '이인제 대세론'이

오랫동안 풍미한 가운데 시작된 경선에서, 예상치도 못했던 노무현 후보가 급부상했습니다. 지역 경선이 거듭될수록 대세론을 깨 나갔습니다.

각본 없는 역전 드라마였습니다. 매 주말 지역 경선이 끝날 때마다 붐이 일었습니다. 전체 대선 판도를 지배하던 '이회창 대세론'마저 단숨에 뛰어넘을 것 같은 흥행돌풍이 이어졌습니다.

2012년은 달랐습니다. 경선 시작 전에 제가 이미 압도적 대세였습니다. 경선 시작하기 전에 저와 경쟁 후보들 간의 지지율 차이가 크게 벌어져 있었습니다. 경쟁 후보들도 저의 1위는 당연하게 여기고 결선투표 도입을 주장할 정도였습니다.

경선 결과 1위 후보가 과반수 득표에 미달할 경우 1위와 차점 후보자 간에 결선투표를 하자는 것이었습니다. 그러니 2002년 방식으로는 흥행 효과를 처음부터 기대하기 어려운 경선 구도였습니다.

사정이 그런데도 민주당은 '어게인 2002'의 고정관념에서 벗어나지 못했습니다. 그런 관념으로 경선 프로그램을 만들었으니, 그것이 맞을 리 없었습니다.

그런 상황에서 경선에 뛰어든 경쟁 후보들은 경선 시작 전부터, 판을 흔들려는 시도를 할 수밖에 없었습니다. 경선 룰 합의에만 한 달 이상을 허비했습니다. 본선을 앞두고 새누리당과 정책 경쟁을 벌여야 할 황금 같은 시간을 우리끼리 룰 다툼에 날려 버렸습니다.

경쟁 후보들은 단합해서 결선투표를 요구했습니다. 전례가 없는 일이었습니다. 제 캠프뿐 아니라 당내에서도 무리한 요구라는 의견이 많았습니다. 결선투표를 하게 될 경우 시간과 비용에서 적지 않은 추가 부담이 발생하기 때문입니다. 하지만 저는 그런 다툼으로 시간을 허비하는 게 안타까웠습니다.

결선투표 요구가 그들에게 무슨 도움이 될까 싶기도 했습니다. 결선투표 요구 자체가 '문재인 대세론'을 공인시켜 주는 효과가 있었습니다.

민주당이 경선 룰 때문에 끝없이 다투는 모습을 국민들에게 보일 수는 없는 노릇이었습니다. 주변의 걱정이 많았지만 저는 결선투표제를 전격 수용했습니다.

후보가 5인인 가운데, 1위를 하더라도 과반수 득표를 넘긴다는 것은 매우 어려운 일이었습니다. 하지만 국민들과 당원들이 현명하게 판단해 줄 것으로 믿었습니다.

그것으로, 룰에 관한 논란이 끝날 줄 알았습니다. 하지만 룰을 둘러싼 시비는 경선 끝날 때까지 계속됐습니다.

첫 지역 경선인 제주에서 압도적인 승리를 거두고도 기분 좋은 축배를 들지 못했습니다. 사실 예상 밖의 압승이었습니다. 경쟁 후보들 중 가장 출발이 늦었고 상대적으로 준비가 부족했습니다.

조직력이 가장 열세인 곳이 제주였습니다. 언론도 정치평론가들도 대체로 제가 질 것으로 예상했습니다. 그런 가운데 거둔 승리였습니다. 역시 민심이었습니다. '대세론'이 현실로 드러났습니다.

그런데도 기뻐할 수 없었습니다. 제주에서 드리워지기 시작한 먹구름이 북상해 전국의 경선판을 어둡게 덮을 것이 뻔히 내다보이는 우울한 밤이었습니다.

"모바일투표가 당심(黨心)을 반영하지 않는다, 오히려 왜곡하고 있다, 이런 경선 결과를 인정할 수 없다."는 새로운 문제 제기가 경선판을 흔들기 시작했습니다.

100만 명 가까운 일반 시민들이 자발적으로 선거인단에 참여해 치르는 국민경선이었습니다. 정권 교체의 염원 하나로 참여해 준 분들이었습니다. 그분들의 참여가 없었다면 민주당의 경선은 초라한 당내 행사밖에 되지 않았을 것입니다. 너무나 고마운 일이었습니다. 그분들의 참여가 민주당의 희망이었습니다.

그런데 스스로 국민경선에 침을 뱉고, 참여한 시민들을 모욕하는 모양이 됐습니다. 안타까운 일이었습니다.

승자도 아프고 패자도 아프고

경선 시작과 함께 시작한 룰에 관한 시비는, 후보들 간의 비전이나 정책 경쟁마저 잠재워 버렸습니다. 정책과 비전은 묻혀 버렸습니다. '이-박 담합 논란' '친노 패권주의' '참여정부 실패론' '참여정부 호남 홀대론' 등 우리 스스로를 깎아내리는 비난과 곡해의 언어가 난무했습니다.

지역 경선에서 일부 극렬 지지자들이 단상을 향해 던진 물병과 오물과 욕설보다, 우리끼리 던진 공격의 언어가 더 처참하고 아팠습니다. 그런 언어는 나중에 본선에서 새누리당 측의 공격소재로 고스란히 재활용됐습니다.

모든 지역 경선에서 연승으로 압승을 거뒀지만, 솔직히 말씀드리건대 경선마다 고통이었습니다.

경선 중반이 지나면서 이미 승패는 굳어졌습니다. 남은 경선 절차는 피차에게 고단함 그 자체였습니다. 모두가 피곤해 하면서, 한편으로는 경쟁 후보들 사이의 감정의 골만 더 깊어지는 무익한 절차가 힘들게 이어졌습니다. 이기고 있는 쪽이나 뒤지는 쪽 모두 괴로울 수밖에 없는 일정이었습니다.

후보로 결정되는 순간도 마찬가지였습니다. 마지막 서울 · 경기 경선을 위한 합동 연설회장에서 경선 개표가 끝나니, 곧바로 후보 수락 연설이 기다리고 있었습니다.

축제 같아야 할 후보 수락 연설 자리가 괴롭고 힘들기 짝이 없었습니다. 앙금과 상처가 깊으니, 경선에서 진 쪽은 졌다는 섭섭함 때문에 마음으로 축하하기가 어려웠을 것입니다. 이긴 쪽도 진 쪽의 심정을 헤아려, 제대로 환호조차 할 수 없었습니다. 행여나 경선 불복의 소란이 일까 봐 지지자들에게 환호를 자제하라는 당부까지 해야 했습니다.

물병이 날아올까 봐 후보로 선출되고서도 스탠드를 돌며 대의원들에게 손을 흔들 수도 없었습니다. 한마디로 바보 같은 경선 일정이었습니다.

게다가 경선 과정 전체가 사람 잡는 무리한 일정이었습니다. 경선 룰을 합의하는 데 한 달 가까이를 허비하는 바람에 전체적 일정이 늦어졌습니다. 결선투표를 감안해 일정을 더 압축하지 않을 수 없었습니다. 당에서는 경선 과정을 최대한 홍보하려는 의욕이 앞서 합동 연설회와 TV토론을 숨 막히도록 배치했습니다.

광주에서 합동 연설회를 마친 뒤 지방 TV토론, 그걸 마치고 밤늦게 부산 가서 1박 후 지방 TV토론과 합동 연설회, 그리고 그 길로 바로 서울 가서 심야 TV토론을 하는 식이었습니다. 수

준 높은 연설회와 TV토론이 불가능한 일정 배치였습니다. 연설회와 TV토론장에서 다른 후보의 순서 때 깜박 졸기까지 할 정도였습니다.

그런 일정을 컷오프(일정 수준의 득표율에 도달하지 못한 후보는 탈락시키는 제도)와 본경선, 두 번에 걸쳐 반복했습니다. 다른 후보들도 힘들었겠지만, 저는 그때 체력을 다 소진해 버린 느낌이었습니다.

대선후보 선출을 위한 당내 경선은, 당의 대선 승리를 위한 첫 단추입니다. 스포츠로 치면 국가대표 선발전입니다. 세계무대에 나가기도 전에 심한 태클로 대표선수를 부상 입히는 건 자해 행위입니다. 경선은 대표선수의 경쟁력을 더 키워 주는 것이어야 합니다.

또 당내 경선은 관전하는 사람이나 응원하는 사람 모두에게 축제여야 합니다. 서로 치열하게 경쟁하되, 끝나면 다시 힘을 모을 수 있어야 합니다.

그러기 위해서는 더 숙고해서 정교하고 효율적 룰을 미리 만들어 둬야 합니다. 경선이 임박해서 급하게 룰을 논의하거나, 선수들이 룰을 만드는 데 관여하지 않도록 오랜 시간 전에 룰을 확정해 둘 필요가 있습니다.

막연하게 '과거에 했던 대로'가 아니라 선출되는 후보의 경쟁력을 높여 주고, 국민들에게 좋은 모습을 보여 줄 방안이 무엇인지 깊은 고민이 필요합니다.

그리고 경선의 마지막은 당의 단합을 과시하는 축제의 장이 되게끔 해야 합니다. 적어도 마지막 후보 수락 연설만큼은 미국처럼 따로 날을 잡아, 전국의 당원과 지지자들이 모인 축제의 장에서 할 수 있도록 바꿀 필요가 있다고 봅니다.

경선에서 국민 참여를 축소하겠다는 것은 올바른 방향이 아닙니다. 그야말로 퇴행입니다. 민주당의 대선 경선은 2002년 대선부터 국민참여경선에서 국민경선으로, 그리고 갈수록 더 많은 국민선거인단의 참여로, 국민 참여를 확대해 온 역사였습니다.

그건 시민들의 정치 참여를 확대한다는 측면에서 바람직한 방향이었습니다. 당세와 조직력에서 절대적으로 열세인 민주당으로서는 그나마 새누리당 같은 거대 정당에 맞서 대등한 선거를 치를 수 있는 원동력이기도 했습니다.

중앙선관위 발표에 의하면, 2012년도 기준 민주당의 진성 당원 수는 11만 7,000여 명에 지나지 않습니다. 그나마 총선과 대선이 있는 해여서 당원이 늘어났음에도 불구하고 그 수준입니다. 게다가 지역 편중도 극심합니다. 예를 들면 영남 전체와 충청 지역, 그리고 강원도까지 모두 합쳐 봐야 전북의 몇 분의 일밖에 안 되는 실정입니다.

이 같은 구조에서 당원 중심주의로 회귀한다는 것은, 국민들과 멀어지겠다는 얘기입니다. 가뜩이나 작은 집의 문을 걸어 닫겠다는 뜻입니다. 선거에 나갈 공직 후보를 선출하면서, 국민들의 민심과 괴리된 당심(黨心)에 의존한다는 게 무슨 의미가 있을까요.

당직은 당원들이 선출하더라도, 공직 후보는 국민들이 선출하도록 하는 것이 올바른 방향일 것입니다.

안타까운 선택

경선 과정에서 또 한 가지 크게 아쉬웠던 것은 김두관 전 지사의 경남지사직 사퇴였습니다. 그가 경선에 뛰어든 것은 '어게인 2002'를 위한 민주당 내의 기대감 때문이었습니다.

좋은 후보감이 경선에 많이 참여해야 재미도 있고 흥행돌풍도 일으킬 수 있다는 생각들이었습니다. 저의 출마 결심이 늦었던 것도 부분적으로 작용했을 것입니다.

그 자신도 개인적인 야심보다 정권 교체를 위해 헌신하고자 하는 소명의식에 따른 결심이었습니다. 그의 출마는 잘한 일이었다고 저도 생각합니다. 하지만 그 때문에 경남지사직을 사퇴한 것은 너무나 아까웠습니다.

그는 지자체 실시 이후 영남 지역을 통틀어 야권에서 처음 배출한 광역단체장이었습니다. 민주당 간판으로는 어려워서, 무소속의 범야권 단일후보로 출마했습니다. 그래서 힘겹게 이뤄낸 성과였습니다. 그것도 김두관이란 인물이 아니었으면 성공하지 못했을 일이었습니다. '김두관 지사의 경남'은 영남의 지역주의 구도를 깨는 데 중요한 상징적 교두보였습니다.

그가 지사직 사퇴를 결심한다는 얘기를 듣고, 직접 만났습니다. 지사직을 유지한 채 출마하면 좋겠다고 권유했습니다. 지사직 사퇴는, 경선에 들어가서 후보로 선출될 가능성이 높아질 때 올인을 위해 하는 것이 순서일 것이라고 했습니다. 그래야 사퇴의 명분도 서고, 도민들도 양해할 것이라고 조언했습니다. 그의 도지사 당선을 위해 함께했던 지역의 시민사회 인사들도 그렇게 설득했습니다.

하지만 기왕 출마할 바에는 처음부터 올인하겠다는 그의 확고한 결심을 바꿀 수는 없었습니다. 저는 그때 민주당이 김 전 지사의 사퇴를 수수방관했던 것이 참 아쉽습니다. 당이 나서서 강력하게 만류했으면, '나는 올인하고 싶은데 당을 위해 양보한다'는 명분을 그에게 줄 수 있지 않았을까 싶습니다.

그의 지사직 사퇴는 나중에 대선 본선에서도 야권에 큰 손실이 됐습니다. 경남 지역에서 경쟁력이 크게 약화됐습니다. 홍준표 지사의 달라진 경남을 보면서, 특히 진주의료원의 폐업 등을 보면서, 지금도 아쉽게 생각됩니다.

이래저래 잃은 게 많고 상처가 큰 경선이었습니다.

용광로에 불을 지피며

2012년 9월 16일, 민주통합당의 대선후보로 확정됐습니다. 경선에서 생긴 상처와 앙금과 갈등을 하루라도 빨리 털어 내야 했습니다. 통합과 단결의 새로운 기운을 만들어 내야 했습니다. 선대위 구성에서, 통합과 단결의 정신을 담고자 했습니다. 그래서 이름도 '용광로 선대위'로 붙였습니다.

선대위 중요 직책에서 이른바 '친노'로 분류되는 인사들은 일부러 거의 배제했습니다. 경선을 도와줬던 분들로부터 불만이 터져 나왔지만, 이해를 구했습니다.

다른 경선캠프에 계셨던 분들을 더 중용하고 전진 배치했습니다. 더 이상 계파니 계보니 하는 얘기가 안 나오기를 바라는 마음이었습니다. 함께 경쟁했던 후보들도 한 분 한 분 만나 도움을 청했습니다.

선대위 구성에서 통합과 단결의 정신을 담는 것 못지않게 중요한 것은, 당 안에 새로운 역동성을 만들어 내는 일이었습니다. 이전과는 달리, 공동선대위원장들을 3선급 의원들에게 맡겼습니다. 중진 의원들이나 원로들은 고문으로 모셨습니다. 선수(選數)를 중시하는 야당의 전통으로 보면 큰 파격이었습니다.

선대위 출범 당시 지도부는 계속되는 소위 '이-박 담합' 논란으로 리더십을 제대로 발휘하기가 어려웠습니다. 경선에서 함께 경쟁했던 후보들도 후유증을 넘어서지 못한 상태였습니다.

민주당이 쇄신 대상으로 몰려 있는 상황을 감안하면, 선대위에 새로운 질서와 리더십을 구축해야 했습니다. 선대위 구성에서 새로운 정치를 상징적으로 보여 주는 면모를 갖출 필요가 있었습니다.

그래서 개혁적이고 젊은 그룹이 선대위를 끌어가도록 만들었습니다. 선대위 나머지 자리 인선도 그분들에게 맡기고, 그들이 논의해서 도출한 결과를 100퍼센트 수용했습니다.

당의 원로와 중진들을 2선으로 배치한 판단이 최선이었는지에 대해서는 여러 가지 평가가 있을 수 있다고 봅니다. 파격이었고, 상당한 모험이었던 건 사실입니다.

하지만 당이 안팎으로 처한 당시 상황을 놓고 보면 그때 저로서는 불가피한 선택이었습니다. 그렇게 가는 것이 '새 정치' 방향에 부합한다고 생각했습니다. 하지만 당대표와 경선후보 등이 공동선대위원장을 맡아 왔던 과거의 방식에 비해 선대위와 당을 장악하는 데 있어서 못한 점도 있었던 것이 사실입니다. 만약 득보다 실이 더 컸다면, 그것은 전적으로 저의 책임입니다.

다만 당초 구상에서 어긋난 것이 있다면, 당 지도부의 위상과 역할이었습니다. 저는 당 지도부가 선대위원장을 맡진 않더라도, 지도부로서 고유 권능을 발휘하면 캠프를 총괄하거나 조정하는 역할을 충분히 할 수 있을 것으로 기대했습니다.

기대대로 되지 않았습니다. '이-박 담합' 논란이 계속 이어지는 바람에 리더십이 한계에 봉착했습니다. 나중에는 아예 퇴진 압박까지 받으면서 리더십에 공백이 생겼습니다. 그 공백을 그나마 정세균 전 대표께서 많이 메워 주셨습니다. 그분이 고군분투해 주신 것이 큰 도움이 됐습니다.

선대위를 구성하는 과정에서 과거와는 다른 선거 방식으로 승부를 걸어 보고 싶었던 게 두 가지 있었습니다. 그 두 가지 원칙을 선대위 구성에 꼭 반영하고 싶었습니다.

하나는, 시민들의 자발적 역동성을 선거에 오롯이 담아낼 수 있게 별도의 시민캠프를 만드는 것이었습니다. 다른 하나는, 시민들에게만 선거자금을 신세짐으로써 깨끗한 선거를 치를 수 있도록 별도의 시민 펀드팀을 만드는 것이었습니다.

그래, 시민이 있다

선대위를 세 개의 캠프로 꾸렸습니다. 우리 정당사에서 처음 시도한 방식이었습니다. 기존 민주당 조직은 '민주캠프'로 명명했습니다. 학자와 정책전문가들 중심의 '미래캠프'를 또 하나의 별도 조직으로 구성했습니다. 일종의 '싱크탱크 정책캠프'였던 셈입니다. 자발적으로 참여한 시민 조직은 '시민캠프'로 이름 붙여서, 독립적으로 운영할 수 있도록 했습니다.

물론 이 세 캠프의 선대위원장들이 전체 공동선대위원장을 맡음으로써 상호 간의 유기성과 연계성을 높이고자 했습니다.

특별히 별도의 시민캠프를 만든 데는, 나름의 절박한 이유가 있어서였습니다.

첫째, 저는 '탈(脫)여의도 선거'를 지향했습니다. 기존 선거의 낡은 관습과 구태에서 벗어나고 싶었습니다.

둘째, '새 정치'의 실현이었습니다. 당시 대선을 앞두고 떠오른 화두는 '새 정치'였습니다. 저 역시 '새 정치'를 주창했습니다. 제 개인적 선호도 그러했거니와 '새 정치'에 대한 국민들의 열망도 뜨거웠습니다. 제가 민주당의 후보로 선출된 것도 그런 열망 덕택이었습니다. 거기에 부응하는 선거운동 방식이 필요했습니다. 말로만이 아니라 선거대책기구부터 '새 정치'의 면모를 담아야 했습니다.

셋째, 현실적인 문제였습니다. 민주당의 힘만으로는 선거를 제대로 치를 수가 없었습니다. 새누리당은 워낙 당세가 도도하고 당 외곽의 조직적 뒷받침도 강합니다. 반면에 민주당은 당세와 조직력에서 부족한 점이 많은 것이 현실입니다. 시민사회는 물론 자발적 시민들과 함께하는 선거 말고는 한계를 뛰어넘을 방법이 없다고 판단했습니다.

처음에는 시민캠프로 시작했다가, 나중에는 시민캠프 밖의 인사들까지 아우르는 '국민연대'까지 확장해 간 것도 같은 이유였습니다. 국가인권위원장 출신으로 학계와 시민사회의 신망이 높은 서울대 법대 안경환 교수께서 '국민연대'를 이끌어 주면서, 시민사회가 대거 결합할 수 있었습니다.

세 캠프를 일원화하지 않고 별도의 조직으로 꾸릴 수밖에 없는 이유가 또 있었습니다. 학자들과 정책전문가들뿐 아니라, 시민사회 세력은 대체로 민주당이나 기성 정당정치에 강한 불신이 있었습니다. 선거를 바라보는 관점, 선거운동 방식, 유권자에게 다가가는 방법까지 생각이 많이 달랐습니다. 그런 분들과 민주당 조직이 원만하게 융합하기는 어려운 일이었습니다.

유세 방식에서도 서로의 선호하는 바가 크게 달랐습니다. 민주당에서는 의원이나 정치인들이 단상에 올라가 열변을 토하는 전통적인 비분강개(悲憤慷慨)형 선동(煽動)식 유세를 선호했습니다. 그동안 정치와 거리를 둬 왔던 시민캠프 사람들은 그런 방식으로는 국민들에게 어필할 수 없다고 생각했습니다. 그건 대중을 위한 것이 아니라 정치인들만의 잔치라고 봤습니다.

시민캠프 사람들은 공연이나 축제같이 생동감 있고 산뜻한 유세 방식을 선호했습니다. 그래야 국민들을 끌어들일 수 있다고 봤습니다. 단상에 올라가는 사람들도 정치인보다 시민들에게 친근한 문화예술인이나 명사들이 좋다고 생각했습니다. 시민들과 편하게 교감을 나누는 형태를 만들고 싶어 했습니다.

서로 근본적 차이가 컸습니다. 사정이 이렇다 보니 민주당 선대위 산하에 시민캠프를 두면 둘 다 원만하게 굴러가기가 어려워 보였습니다. 그래서 각각 별도로 가도록 독립성을 주고, 힘을 실어 줬습니다. 그것은 전적으로 제가 책임져야 할 저의 선택이었습니다.

유세도 민주캠프가 주관하는 유세와 시민캠프가 주관하는 유세로 나눴습니다. 특히 광화문 유세와 같이 많은 시민들과 함께 해야 할 큰 행사는 시민캠프에서 주관하도록 맡겼습니다. 시민들을 모이게 하는 데 더 유능하기 때문입니다.

'국민시인'으로 불리는 안도현 시인이 시민사회 역량을 모으는 데 큰 역할을 해 줬습니다. 시민캠프에 참여하고 있던 영화

제작자 차승재 교수, 연예기획사 '다음기획'의 김영준 대표, 공연연출가 탁현민 교수가 유세를 기획했습니다. 그들이 광범위한 문화예술계 인맥을 총동원해서, 스타급 명사들을 유세에 모셨습니다.

도종환 시인, 안도현 시인, 서울대 조국 교수, 가수 이은미 씨, 가수 전인권 씨, 작곡가 김형석 씨, 정신과 전문의 정혜신 박사, 배우 김여진 씨, 배우 권해효 씨 등 대중적 인기가 높은 분들이 자신의 피해를 감수하면서까지 유세에 참여해 줬습니다. 그분들 덕택으로 중요한 유세는 과거 선거운동과 달리, '문화 공연형' '대화형' 유세로 가는 파격을 선보일 수 있었습니다.

대형 유세도 매번 하나의 공연처럼 재미있게 끌고 갔습니다. 별도의 유세 음악과 팡파르 곡까지 유행시켰습니다. 유세의 성격이, 민주당 의원들이나 정치색 짙은 인사들은 단상에 올라가기 어려운 문화적 분위기로 점차 굳어졌습니다.

나중에는 확장성을 넓히기 위해 이른바 '친노'로 분류되는 배우 문성근, 명계남 선생까지도 단상에 올리지 않았습니다.

민주당 안에서는 불만의 목소리가 이만저만이 아니었습니다. 유세가 열리는 지역의 현역 의원이나 지역위원장들도 전통적 민주당 지지자들을 끌어모으는 데 큰 역할을 했습니다.

그런데 단상에 올라가 보지도 못하는 상황이 벌어졌으니 그분들로서는 많이 섭섭했을 것입니다. 화를 내고 서운함을 느끼는 것도 당연한 일이었습니다. 미안하게 생각합니다. 그럴 수밖에 없었던 당시 상황에 대해서 민주당에 있는 분들의 넓은 아량과 이해를 구합니다.

당시 민주당 힘만으로는 승리를 기약하기가 어려운 상황이었습니다. 많은 시민이 함께해 줘야만 했습니다. 그분들이 당으로 들어오기를 기대할 수는 없는 일이었습니다. 그분들을 결집할 수 있는 방법은 시민캠프 말고는 없었습니다.

민주당의 폭이 대폭 넓어지고 개방적 정당으로 완전히 탈바꿈을 한다면 다른 선택을 할 수 있을 것입니다. 시민사회 세력이 민주당에 대거 들어와 함께하는 정당으로 발전하기 전까지는 달리 방법이 없습니다.

민주당이 시민사회 세력과 함께 가는 것은 너무나 당연하고도 불가피한 선택입니다.

압도적인 새누리당 당세에 맞설 힘은 시민밖에 없습니다. 시민사회 세력과 함께하면서, 제대로 대접하고 존중하는 자세가 필요합니다. 배척하거나 선을 그으려는 태도는 바람직하지 않다고 생각합니다.

달랐던 길, 같아야 할 길

"세 개 캠프가 유기성을 갖지 못하고 제각각 움직이는 바람에 비효율적이었다."는 지적도 있었습니다. 실제로 파격적 실험이었습니다. 처음 시도한 일이었기 때문에 시행착오도 있었을 것입니다. 또 세 개 캠프가 태생적으로 성격이 다른 만큼 어쩔 수 없는 측면도 있었다고 생각합니다.

세 개의 캠프가 선대위 안에서 충분히 융화되지 못한 여러 가지 요인이 있었을 것입니다. 저는 민주통합당 창당 때 비로소 당에 합류했습니다. 그래서 민주당 분들과 함께 정치한 연륜이 짧았습니다.

그나마 얼마 되지 않은 시간 대부분도 당내 경선으로 서로 경쟁 관계였습니다. 충분히 일체화되기가 어려운 시간상의 핸디캡이 있었습니다.

저의 정치 방식이 기존 여의도 정치 방식과 다른 데서 오는 이질감도 있었을 것입니다. 그렇더라도 제가 더 큰 리더십을 갖춰, 성격이 다른 세 개 캠프를 더 잘 조정했으면 더 좋은 결과를 냈을지도 모릅니다. 제가 반성하고 극복해야 할 점입니다.

하지만 선대위를 세 개의 캠프로 나누고, 시민캠프를 별도의 조직으로 운영한 것이 패인이라고 생각하지 않습니다. 민주당과 시민캠프 간의 관계가 원활하지 못했거나, 그 때문에 민주당에 있는 분들이 자존심에 상처를 받았다면, 그건 전적으로 후보인 제 책임입니다.

제가 서로의 위상과 관계를 원활하게 조정하지 못해서 발생한 문제일 뿐, 시민캠프에 참여한 분들한테는 책임이 없습니다. 시민캠프는 후보인 저와 민주당을 도와 정권 교체를 이루려는 순수한 뜻으로 구성됐습니다.

그분들과 시민들의 자발적 참여 덕택에, 저와 민주당의 지지를 크게 확장할 수 있었습니다. 시민캠프의 역할과 기여도는 충분히 높이 평가해야 마땅합니다.

대선 평가에서 그분들의 귀한 땀을 야박하게 평가하고 깎아내린 것은, 도리가 아니었다고 생각합니다.

1987년 6월항쟁으로 대통령직선제가 다시 도입된 이후, 시민사회가 하나의 집단화된 조직적 힘으로 대선캠프에 대거 참여한 것은 전례 없는 일이었습니다.

시민사회 쪽에서는 그동안 민주당 등 야당에 대해 반독재 민주화운동을 함께하면서도, 비판적 선택적 지지를 보내 왔습니다. 시민사회가 정당 활동에 직접 참여하지 않은 것은 그들의 순수성이나 결벽성 때문이었을 겁니다. 중요한 선거 국면에서도 정당의 선대위에 합류하지는 않았습니다. 외곽에서 도움을 줄지언정 현실정치에 과도하게 뛰어드는 것은 금기처럼 여겼습니다. 그런데 지난 대선에서는 오로지 정권 교체의 대의를 실현하기 위해, 그런 선까지 뛰어넘었습니다.

그런 점이 더욱 고마웠던 일입니다. 지난 대선의 경험을 중요한 다음 시기에도 함께할 수 있는 계기로 삼아야 합니다.

앞으로도 민주당이 새누리당에 비해 상대적으로 나은 강점은, 시민들과 함께할 수 있는 정당으로 가는 것입니다. 지난 대선의 경험이 그것을 촉진하는 계기가 되기를 바라는 마음입니다.

'후보는 무장 해제하라'

"언제부터인가 '친노'는, 민주당에서조차 낙인이 돼 버렸습니다. 노무현 대통령을 모셨고, 참여정부에 몸담았던 사실을 한 번도 부끄러워해 본 적이 없습니다. 앞으로도 그럴 것입니다. 그 낙인이 명예든 멍에든, 숙명처럼 받아들이고 있습니다. … 정권 교체를 위해 문재인 후보 승리를 위해, 더한 희생이나 눈물도 쏟을 준비가 돼 있습니다. 그만큼 정권 교체는 절박하고, 문재인 후보의 승리는 중요합니다. 이제 저희들의 퇴진을 계기로, 제발 더 이상 친노-비노 가르는 일이 없기를 간절히 바라고 또 바랍니다. 더 이상 계보나 계파를 가르는 일이 없기를 간곡히 바랍니다."

용광로 선대위가 본격 가동되던 2012년 10월 21일, 참여정부 청와대 출신 아홉 사람이 선대위 직책을 사퇴하면서 발표한 '사퇴의 변'입니다.

김용익, 박남춘, 전해철, 윤후덕 의원과 이호철 후원회 운영위원, 정태호 선대위 전략기획실장, 양정철 후보 비서실 메시지팀장, 소문상 비서실 정무팀장, 윤건영 비서실 일정기획팀장이 그들이었습니다. 저와 참여정부 때 맺은 인연으로 경선 때부터 저를 도왔던 분들이었습니다.

선대위에서 이런저런 직책을 맡고 있었고, 일부는 후보 비서실에서 저를 돕고 있었습니다. 그런데 이렇게 비장한 모습으로 사퇴를 해야 했습니다.

이들이 선대위에서 무슨 전횡을 했다거나 후보 주변에서 인의 장막을 쳤다거나 하는 무슨 죄명이 있어서가 아니었습니다. 그냥 '친노'라는 이유였습니다.

일부 언론이 "화합을 강조해 놓고, 비서실은 '친노'로 꾸렸다."고 비판하자, 민주당 안에서 그것을 받아 또 '친노' 시비가 일었기 때문이었습니다. 심지어 아무 직책도 없이 부산에 머물면서 지역의 일을 돕고 있던 이호철 전 수석까지 끌어들여, 이른바 '3철(이호철, 전해철, 양정철)'의 퇴진을 요구하기도 했습니다.

코미디 같은 일이었습니다. 전해철 의원은 국회의원 신분이었으니 사퇴한다는 게 아무 의미가 없었습니다. 양정철 전 비서관은 후보 비서실의 실무 참모였을 뿐입니다. 이호철 전 수석은 아예 선대위에 참여하지 않고 있었습니다. 앞서 언급한 '후원회 운영위원'은 선대위 직책이 아니었습니다. 사퇴를 발표하려다 보니 직책이 필요해서 만들어 낸 명칭이었습니다.

또다시 시작된 '친노' 시비로 '용광로 선대위'란 말이 무색해졌습니다. 선대위의 실무가 잘 돌아가지 않을 지경이었습니다. 터무니없는 일이어서 저는 여러 차례 반대했지만, 상황을 수습하기 위해 결국 그들이 결단을 내린 것입니다.

그들의 사퇴로 끝난 것이 아니었습니다. '친노' 퇴진 요구는 선거가 끝날 때까지 이어졌습니다. 그 다음은 이해찬 당대표의 퇴진을 요구했습니다.

이 대표가 물러나자, 이번에는 '친노' 인사들의 임명직 포기 선언 요구, 그리고는 이해찬, 한명숙 두 분의 정계 은퇴 요구까지 이어졌습니다.

심지어 이들이 다 물러난 후에도 후보인 저의 배후에 '친노 비선 지휘부'가 있다는 소설 같은 의혹이 당 안팎에서 제기됐습니다. 선대위원장들은 실권이 없고, 비선 지휘부가 중요 결정을 좌지우지한다는 것입니다.

대선이 끝난 후에도, 민주당 대선 평가 과정에서 비선 지휘부의 존재와 작용을 조사한다고 적잖은 시간과 노력을 투입하는 웃지 못할 일까지 벌어졌습니다.

저는 '대선 평가'에서 진짜로 밝혀내야 할 것은, 비선 지휘부 같은 터무니없는 의혹이 만들어지는 민주당 내의 '그 무엇'이라고 생각합니다. 대선 승리를 위해서라면 새누리당 출신이라도 데려다 써야 할 판에, '친노'라서 안 된다고 배제하게 만드는 민주당 내의 '그 무엇'입니다.

대선 도중에, 후보에게 필요한 비서실 실무자들을 '친노'라는 이유로 물러나게 하는 것은 후보의 손발을 자르는 것과 다름없었습니다. 거기다 당의 지도부까지 퇴진시킨 것은 후보인 저를 무장 해제시킨 것이나 진배없었습니다.

도대체 민주당 내의 '그 무엇'이 그렇게 만드는 것일까요. 대선 승리와 정권 교체라는 지상의 목표보다도 더 중요하게 작용하는 것 같은 민주당 내의 '그 무엇.' 그것을 넘어서지 못하면 민주당을 바라보는 국민들의 차가운 시선이 달라지지 않을 것이라고 저는 생각합니다.

'노무현 대 박정희'

문재인과 박근혜의 대결이었던 지난 대선에서 새누리당과 보수언론이 만들어 낸 또 하나의 프레임이 '노무현 대 박정희' 선거 구도였습니다. 2012년에 치러진 대선에서 그런 프레임이 작동한다는 것은 말이 안 되는 일이었지만, 상대는 그것으로 이익을 보려 했고 실제로 꽤 효과를 봤다고 생각합니다.

저와 노무현, 박근혜 후보와 박정희의 관계 때문에 만들어진 그 프레임이 제게 바람직하지 않았던 것은, 기본적으로 과거의 프레임이었기 때문입니다.

저는 새로운 시대를 열어 갈 비전, 미래 세력이라는 점에서 박근혜 후보보다 우위에 있었습니다. 그런데 노무현 대 박정희 프레임은 선거 쟁점을 과거에 묶어 두는 역할을 했습니다.

나아가서 새누리당은 노무현 전 대통령에게 최대한 부정적인 이미지를 덧씌우고 저를 그 속에 가두려고 했습니다. 그걸로 과거 독재세력의 유산 상속자인 박근혜 후보의 약점을 상쇄시키거나 덮으려 했습니다.

새누리당이 국정원과 결탁해서 만들어 낸 NLL 포기 논란도 그 목적을 위한 것이었습니다. 새누리당이 주장해 왔던 '참여정부 실패론'과 '잃어버린 10년'이 이명박 정부의 처참한 국정 파탄으로 무색해지고 힘을 잃자, 노무현 대통령을 '종북좌파'에 '반역자'로 몰아 부정적 이미지를 다시 극대화하려 한 것입니다.

저에 대한 공격거리가 마땅치 않으니까 더더욱 참여정부와 노 대통령에 초점을 맞춰, '참여정부 실패=문재인의 책임과 무능'으로 몰아가려 했습니다.

안타까웠던 것은 그 프레임을 강화시켜 주는 데 우리 내부도 적잖은 기여를 했다는 점입니다. '참여정부 무능론' '참여정부 호남 홀대론' '친노 패권주의' 같은 말은 민주당에서 계파 갈등이 생기거나, 당권을 놓고 경쟁할 때마다 단골 메뉴로 등장했습니다. 당내 경선 때도 민주당 내부에서 사용됐던 공격 논리들이 나중에 새누리당의 공격 카드가 됐습니다.

그런 프레임에 대해, 민주당과 진보 진영은 참여정부와 노 대통령을 강력하게 옹호하기보다는 오히려 '탈노무현'을 제게 주문했습니다. 우리 내부에 참여정부와 노 대통령에 대한 부정적 인식이 남아 있기 때문일 것입니다. 저는 그것이 참으로 아팠습니다.

민주당이 다시 집권하려면, 김대중·노무현 정부 10년에 자부심부터 갖지 않으면 안 됩니다. 민주정부 10년에 대한 긍정과 자부가 국민들에게 지지를 호소할 수 있는 근거입니다.

물론 여러모로 부족함이 있었던 것도 사실입니다. 그 부족함을 극복하고 더 발전시키는 것이 민주당의 과제입니다. 그러나 많은 부족에도 불구하고 총체적으로 평가한다면, 대한민국 역사 발전에 크게 기여한 10년이었습니다.

특히 새누리당 정권과 비교하면 월등했다는 것이 확연히 드러납니다. 김영삼 정부는 IMF 국란을 가져왔지만, 김대중 정부는 그 위기를 빠르고 슬기롭게 극복해 냈습니다. 또 민주주의, 경제, 민생, 안보, 남북관계, 지방 발전, 여성 지위, 환경, 도덕성, 무엇을 놓고 비교해도 노무현 정부가 이명박 정부보다 월등했습니다.

민주당은 김대중, 노무현 정부 10년의 역사를 입으로만이 아니라 진정으로 자랑스러워 해야 합니다.

미국 정치를 보면서 부러운 것 중 하나는, 자기 정당의 역사를 자랑스러워 하는 태도입니다. 미국의 공화당이나 민주당은 전당대회와 같은 큰 행사를 치를 때마다 역대 대통령의 메시지를 소개하는 것으로 서막을 엽니다.

민주주의 관련 행사 같으면, 루스벨트 대통령의 "민주주의는 멈추지 않는 행진"이라는 연설을 보여 주는 식입니다. 자신들의 역사를 존중하고 자부심을 느끼면서 그 역사에서 출발하는 전통을 지켜 나가고 있습니다.

민주당은 그런 점에서 부족해 보입니다. 오히려 부끄러워해야 할 역사를 많이 가진 새누리당이, 쿠데타로 헌정을 파괴하고 인권을 짓밟은 독재자 박정희 대통령을 지금까지도 '구국의 영웅'으로 극구 옹호하는 것과 비교됩니다.

선거 내내 저는 '탈노무현'을 요구받았습니다. '노무현을 넘어서라!'는 것입니다. 맞는 말입니다. 당연히 그래야 할 일입니다.

대선 출마 직전 노 대통령 3주기를 맞아 찾은 묘역에서 저 자신도 이렇게 다짐했습니다.

> 정치인 문재인은 정치인 노무현을 넘어서겠다. 그가 멈춘 그곳에서, 그가 가다 만 그 길을 머뭇거리지도 주춤거리지도 않고 갈 것이다. 포기하지 말라던 그 강물이 되어 그가 꿈꾸던 바다에 닿을 것이다. 노무현의 정치를 넘어서고, 노무현의 경제를 넘어서고, 노무현의 평화를 넘어서는 나라를 만드는 데 힘을 보탤 것이다. 노무현을 넘어서는 것이, 우리가 노무현을 이기는 것이, 그의 마지막 부탁이라는 것을 잘 알기 때문이다. 꼭 그렇게 하겠다.

노무현의 공과를 뛰어넘어, 공을 더욱 크게 승계하고 과를 극복하는 정치를 하겠다는 다짐이었습니다. 그 다짐을 지금도 갖고 있습니다. 정치인 문재인이 걸어야 할 당연한 길일 것입니다.

노 대통령은 1988년 정치에 뛰어들어 그 시기에 필요한 정치를 했습니다. 또 참여정부 기간 그 시기 국가에 필요한 국정을 펼쳤습니다. 정치적 민주주의를 세계적인 수준으로 발전시키고, 권위주의 타파, 권력기관 개혁, 반칙과 특권 없는 정치의 추구 등을 통해 대한민국을 정상국가로 만들었습니다. 그때까지 누구도 이루지 못했던 노무현의 공이라고 할 수 있습니다.

물론 과도 있었습니다. 정치적 민주화와 함께 대두된 사회경제적 민주화의 요구를 감당하는 데 부족함이 있었습니다. 신자유주의의 폐해를 직시하지 못했고, 그로 인해 악화되는 양극화와 비정규직 문제에 충분히 대처하지 못했습니다. 정치 행태에 있어서도, 그는 기성정치 또는 구시대 정치문화 한가운데서 정치를 했습니다. 그 한계에서 자유롭지 못했습니다.

지난 대선은 2002년 대선으로부터 10년 세월이 흘렀습니다. 그때와 정치 상황이 다르고 시대정신이 달라졌습니다. 노 대통령 자신이 다시 정치를 한다 해도 전혀 다른 정치를 추구할 수밖에 없었습니다.

지난 대선의 시대정신은 정치적 민주주의를 뛰어넘는 '경제민주화'와 '복지국가'였습니다. 저는 그러한 시대정신의 변화를 앞장서서 이끌고자 노력했습니다. 또한 그와 함께 구시대 정치문화에서 벗어나는 새 정치를 지향했습니다.

그것이 제가 정치에 뛰어들고, 지난 대선에 출마한 목적이었습니다. 말하자면, 정치인 문재인에게 '노무현 넘어서기'란 너무나 당연한 일입니다.

그런데, 그 당연한 일이 지난 대선 내내 저를 공격하고 비판하는 프레임이 됐습니다. 노무현을 넘어서는 것이 저의 과제이고, 노무현을 넘어서지 못하는 것이 저의 한계라는 것입니다. 넘어서야 한다는 면에서는 박근혜 후보의 '탈박정희'가 훨씬 중요한 과제였을 텐데도, '넘어서라'는 프레임은 제게만 작용했을 뿐입니다.

'탈노무현'을 말하는 사람들의 생각이 다 같지는 않았을 것입니다. 많은 분들이 선의였다고 믿습니다. 하지만 그것이 일종의 프레임으로 작용하는 배경에 노무현 대통령에 대한 여전히 강한 적의와 부정이 있다는 느낌 때문에 착잡했습니다.

대선 기간 중에 영화 〈광해, 왕이 된 남자〉를 관람했습니다. 천만 명 관객 돌파를 위한 마지막 고비에 응원하기 위해서였습니다. 영화를 보는 내내 노 대통령이 떠올라서 마음이 울컥했습니다. 나루터에서 도승지가 마음속 깊이 예의를 갖춰 하선을 떠나보내는 마지막 장면에서는 기어이 눈물을 쏟고 말았습니다.

마치 노 대통령을 떠나보내는 마음이었습니다. 노 대통령을 그렇게 보내 드리지 못했다는 생각, 작별인사조차 못했다는 생각에 가슴이 미어졌습니다.

평소에도 영화를 보다가 눈물을 잘 흘리는 편입니다. 그래도 영화가 끝나면 시치미를 딱 떼고 일어서는 건데, 그날은 그렇게 되지 않았습니다. 영화가 끝난 후에도 계속 이어지며 더 고조되는 음악에 눈물이 수습되지 않았습니다. 그대로 나올 수가 없어서, 다시 주저앉아 눈물을 쏟았습니다. 기다리고 있는 기자들을 만날 수 없어서, 영화 감상 소감도 따로 전했습니다.

"노무현 대통령에게 헌정하는 마음으로 만든 영화입니다." 관람을 마친 후 제작진들과 호프 한잔하는 자리에서 들었습니다. 다른 사람들은 몰라도 저한테는 그 의도가 완벽하게 성공했다고 대답했습니다. 태어나서 사람들 보는 앞에서 그렇게 눈물을 많이 흘린 것도 처음이었습니다.

아픔도 상처도 모두 지나간 일입니다. 이제 저뿐 아니라 한국 정치가, 노무현 대통령을 넘어서야 한다고 생각합니다. 하나의 역사이자 가치이자 정신으로 받아들이고, 고인은 그저 편하게 놔줬으면 좋겠다는 생각이 간절합니다.

오직 국민에게만 빚지겠습니다

처음에 대선 출마를 고민할 때, 혼자 많이 걱정했던 것 중 하나가 돈 문제였습니다. 제가 가진 돈이 많지 않았기 때문입니다. 아무리 깨끗한 선거를 한다 해도 후원금 같은 공식적인 선거자금 외에 들어가야 할 돈이 적지 않을 것 같았습니다.

저는 참여정부의 대선자금 수사 때, 노 대통령의 당선을 위해 헌신했던 가까운 사람들이 선거자금 문제로 구속되는 것을 지켜봤습니다. 지켜본 정도가 아니라 그 일을 관장한 민정수석이 바로 저였습니다. 그 일로 우리 쪽 사람들에게서 원망도 많이 받았습니다. 노 대통령도 그 일로 매우 고통스러워 했습니다. 저 또한 저의 의지와 달리 혹시라도 불법적인 정치자금을 받는 과거의 선거를 답습하게 될까 두려웠습니다.

참모들에게 깨끗한 선거를 할 자신이 없으면 나서지 말자고 했습니다. 모두 동의했습니다. 떨어질지언정 불법 선거자금은 단 한 푼도 받지도, 쓰지도 않기로 다 함께 다짐했습니다.

경선에서도 본선에서도, 실제 그렇게 됐습니다. 놀라웠습니다. 그만큼 많은 분들의 도움이 있었기에 가능한 일이었습니다. 펀드에 참여한 분들은 말할 것도 없고, 캠프에 함께해 주신 분들이 보여 준 희생과 헌신도 놀라울 정도였습니다.

그분들이 눈물과 땀으로 자신을 던져 준 덕택에 깨끗한 선거를 치를 수 있었습니다.

우선 많은 자원봉사자 중심으로 선거를 치렀기 때문에 유급 선거사무원을 최소화할 수 있었습니다. 자원봉사자들은 자신들의 식비, 교통비, 숙박비 일체를 스스로 부담해 가면서 선거를 도왔습니다.

총선 때도 그랬지만 대선 때도 아름다운 자원봉사자들이 넘쳤습니다. 외국에 나가 공부하다가 일부러 귀국해 선거를 도운 유학생들, 다니던 대기업을 그만두거나 휴직하고 와서 도와준 전문가들, 생업으로 하던 사업이나 장사를 잠시 접고 와서 뛰어 준 시민들, 로펌이나 개인 법률사무실을 쉬어 가며 합류한 변호사들, 심지어 병원 문을 닫고 자원봉사에 나선 의사들에 이르기까지 별의별 감동적 사연이 많았습니다. 그중에는 취업을 미루고, 지방에서 올라와 혼자 고시원에 머물며 캠프로 출근한 젊은이들도 있었습니다.

수백 명이 경선 때부터 시작해서 대선 끝날 때까지 자기 주머니를 털어 가며 아름다운 선거를 치러 줬습니다. 선거 패배의 황망함 때문에 그 고마움에 감사인사도 제대로 못했습니다.

적법하게 선거자금을 만들기 위해 선대위에 별도의 펀드팀을 만들었습니다. 문재인 펀드를 모집하면서 "오직 국민에게만 빚지겠습니다"라는 캐치프레이즈를 내걸었습니다.

시민 펀드 모금을 염두에 두고서도, 불안감이 없지 않았습니다. 시민들의 펀드 모금이 충분히 이뤄진다 해도, 목표 금액이 모이기 전까지는 임시로 자금 차입이 필요한 상황이 올 수도 있었습니다. 하지만 괜한 걱정이었습니다.

10월 22일 모금을 시작한 지 불과 56시간 만에 200억 원의 목표액이 다 찼습니다. 우리 선거사상, '최단 기간' '최고액 모금'이라고 했습니다. 오히려 펀드에 참여할 기회를 놓친 분들의 원성이 빗발쳤습니다. 목표액 초과로 가입하지 못한 분들, 공지를 늦게 봐서 가입을 못했다는 분들, 해외에서의 송금 절차가 복잡해 가입하지 못한 분들이 방법이 없겠느냐는 문의 전화가 쇄도했습니다.

그분들의 요구에 따라 11월 28일, 2차 펀드 모금을 시작했습니다. 목표액이 100억 원이었는데, 역시 22시간 만에 목표액을 넘어섰습니다. 1, 2차 모두 합해 386억여 원을 모았습니다.

펀드에 가입한 분들의 사연에 가슴 뭉클한 이야기가 많았습니다.

75세 김 할아버지는 고령의 기초생활수급권자였습니다. 혼자 살아가기도 빠듯한 형편인데 1만 원을 세 차례에 걸쳐 냈습니다. 전화 한 통에 5,000원인 ARS 후원까지 했습니다.

26세 여성 한 분은 어릴 적 의료사고로 하반신이 마비돼 줄곧 휠체어에 의지하고 있는 장애인이었습니다. 좌절과 아픔 속에서 취업도 하지 못하고 있었는데, 제 복지정책에 신뢰를 보낸다며 펀드 모금에 참여했습니다. 그녀는 지금 장애인 행정도우미로 활동하면서 열심히 살고 있습니다.

어느 40대 친구들은 모임에서 그간 부었던 곗돈 1,000만 원을 몽땅 털어서 펀드에 내놨습니다. 38세 주부 한 분은 노무현 대통령 1주기 추모전시회 때, '눈물 흘리는 부엉이' 저금통을 사서 그동안 생길 때마다 500원씩을 저금해 왔는데, 저금통을 가득 채운 동전에 돈을 더 보태 펀드에 참여했습니다.

특히 소액 가입자가 많았습니다. 평범하고 살기 팍팍한 시민들의 소박하지만 강렬한 열망을 안은 한 푼 한 푼이 모였습니다. 정권 교체 갈망, 대선 승리 열망, 새 정치에 대한 소박한 시민들의 절절한 마음들이 참으로 애틋하고 고마웠습니다.

대선자금으로 충분한 돈을 문재인 펀드에서 조달했습니다. 국고보조금에서 남은 돈을 민주당에 반환할 정도였습니다.

선거 끝나고 난 뒤 가입자들에게는 원금과 이자를 돌려 드렸습니다. 그런데 아직도 찾아가지 않은 돈이 남아 있습니다.

대부분 돌려받을 생각이 없어 이름과 연락처를 제대로 남기지 않고, 후원처럼 생각한 분들의 돈입니다. 법률적으로 반환 의무가 있는 저의 채무여서, 담당 변호사와 직원이 아직도 남아 일일이 펀드 가입자를 찾아 반환 노력을 하고 있습니다.

돌이켜 보면 기적 같은 일입니다. 불과 10년 전만 해도, 대선 후보들은 불법 대선자금의 검은 유착과 사슬에서 자유롭지 못했습니다. 상대보단 적었지만 우리 쪽에서도 대통령의 당선에 기여한 사람들이 여러 명 구속됐습니다. 정치인은 교도소 담장 위를 걷는다고들 했습니다. 한 발 삐끗하면 교도소 안이라는 것입니다.

참여정부 때 대선자금 수사로 그 아픔을 겪으면서 돈 선거만큼은 획기적으로 제도를 바로잡았습니다. 혁명적 성과였습니다.

박근혜 후보 쪽에서도 우리에 이어 펀드로 선거자금을 모금했습니다. '차떼기' 시절과 비교하면 그야말로 격세지감이 느껴질 정도입니다.

소액 다수 펀드에 의한 선거자금의 조성이 성공을 거두는 것은 시민들의 정치의식이 그만큼 높아졌음을 보여 줍니다. 지난 대선에서 이뤘던 돈 선거의 혁명은 전적으로 시민들의 힘입니다.

하지만 돈 선거에서는 혁명적일 만큼 깨끗해진 우리 정치가, '관권 개입' '정치공작' '흑색선전'에서는 오히려 더 까마득하게 후퇴했습니다.

한 푼 한 푼 자신의 돈을 보태어 깨끗한 선거를 만들자고 했던 시민들의 노력이 관권선거에 의해 무참하게 꺾이고 말았습니다.

“깨끗하게 이겨야, 이기는 겁니다”

선거가 본격화되면 선거판은 혼탁한 인신공격이나 무차별적 비방으로 얼룩지기 마련입니다. 더구나 새누리당은 '더러운 싸움'의 기술에 아주 능통한 정당입니다. 역대 선거를 보더라도 김대중, 노무현 대통령 모두 이념적 생매장에 가까운 공격은 물론 견디기 힘든 인신공격과 흑색비방을 겪었습니다.

예상대로였습니다. 상대는 대선 투표일이 가까워질수록 정책 이슈나 비전 경쟁보다는 'NLL 포기'나 '종북좌파' 같은 흑색선전에 골몰했습니다.

저는 우리 선대위에 오히려 페어플레이로 우리의 우위를 보여 줄 것을 주문했습니다. 박근혜 후보 개인을 향한 인신공격이나 네거티브를 하지 말도록 누누이 당부했습니다. 그것이 저들과 차별화되는 새 정치의 장점이라고 생각했습니다.

박근혜 후보가 '독재자의 딸'이란 것이 큰 논란거리가 되기도 했습니다. 박정희 대통령이 자행한 유신독재에 책임이 있다는 것이었습니다. 저는 딸이라는 이유로 책임을 묻는 것은 옳지 않다고 생각했습니다.

법률가의 규범적 사고인지 모르지만, 아버지는 아버지이고 딸은 딸입니다. 독재자의 딸이어서 안 된다면, 그것도 일종의 독재적인 논리가 아닐까 싶습니다. 그 시기에 몇 년간 퍼스트레이디 역할을 한 것도 딸로서 한 역할이었기 때문에, 유신독재의 책임을 묻는 것은 지나치다고 생각했습니다.

문제는 '독재자의 딸'이 아니라, 여전히 독재 시절을 잘한 것으로 보거나 아버지가 한 일이라고 무조건 두둔하고 찬양하는 역사관이 문제라고 봅니다. 유신독재에 아무런 잘못이 없다는 인식, 오히려 구국의 결단이었고 정당한 일이었다는 퇴행적 역사 인식이 문제였습니다.

지도자의 잘못된 역사관은 잘못된 역사를 되풀이하게 할 치명적 오류입니다. 지도자라면 딸이라는 사사로운 관계를 넘어서 역사관을 올바로 가져야 합니다. 검증이나 비판해야 할 초점은 바로 그 점이었습니다.

박정희 대통령에 대한 제 역사관은, 국립현충원 묘역 참배에서 분명히 드러낸 바 있습니다. 대선 출마 선언 직후 김대중 대통령 묘역은 참배했지만 박정희 대통령 묘역은 따로 참배하지 않았습니다. 현충원 참배로 갈음했습니다.

저는 박정희 대통령 집권 시기에 이룬 경제 발전과 성장의 공로를 높이 평가합니다. 그러나 그도 과가 있습니다. 그가 자행한 민주주의 파괴와 인권 유린의 상처는 아직 치유되지 않았습니다. 가해자와 피해자의 관계가 아직 해소되지 않았습니다. 그 사이의 진정한 화해야말로 우리에게 필요한 국민 통합의 핵심 과제라고 생각합니다.

저도 피해자의 한 사람으로서, 화해와 통합을 간절하게 희망합니다. 하지만 묘역 참배라는 이벤트로 되는 것이 아닐 것입니다.

가해 행위를 반성하고, 피해자들을 진심으로 위로해야 합니다. 억울한 이들의 명예를 회복시키고, 피해 보상이 이뤄질 때 진정한 화해와 통합이 가능합니다.

세계적으로도 성공한 것으로 평가받는 남아공의 화해 역시 진실을 전제로 했습니다. 가해자가 진실을 밝히면 민·형사상 책임을 면책했습니다. 그런 과정을 통해 흑백분리정책 시대의 피해와 고통에 대한 국민적 화해와 용서가 이뤄졌습니다.

우리나라도 노무현 정부 때 남아공 모델에 따라 '진실·화해를위한과거사정리위원회'(이하 진실화해위원회)를 설치해 과거 국가 폭력에 의한 피해의 진실을 규명했습니다. 그 이후 지금까지 법원에서 선고되고 있는 재심판결과 국가 배상은 모두 '진실화해위원회'의 결정에 근거한 것입니다. 하지만 이명박 정부 들어서 '진실화해위원회'의 활동도 중단되고 말았습니다.

박근혜 대통령은 마음만 먹으면 가해자와 피해자 간의 화해와 통합을 잘 이끌어 낼 수 있는 위치에 있습니다.

저뿐 아니라 박근혜 후보를 지지한 국민들 가운데 많은 분도,

역사 문제를 그런 방향으로 해결해 주기를 기대하고 있을 것입니다. 국민 통합을 위해서라도 그 같은 기대에 부응해 주면 좋겠다는 희망을 갖고 있습니다.

그러나 박 대통령이 지금 가는 길을 보면 우리가 가졌던 기대가 꺼져 가는 느낌입니다. 지난 선거 기간이나 취임 이후 오늘까지도, 박근혜 대통령이 잘못된 역사를 용기 있게 바로잡는 행위는 없었습니다. 진정한 반성에서 출발한 어떤 실천도 없습니다.

유신독재에서 자행된 민주주의 유린과 인권 탄압에 대해 진심으로 성찰하기는커녕 올바로 직시하고 있는지조차 의심스럽습니다.

오히려 잘못된 역사를 정당화하려는 조짐마저 보입니다. 얼마 전 검정 심의 과정에서 논란에 휩싸인 이른바 '뉴라이트' 교과서 내용은, 박근혜 정권의 퇴행적 역사관을 그대로 반영하고 있습니다.

우려했던 대로 5·16 군사쿠데타와 유신체제 정당화, 이승만 미화, 식민지 근대화론 등 독재를 정당화하고 친일을 미화하는 내용이 담겨 있습니다. 아이들에게까지 역사를 거꾸로 가르치겠다는 발상이 놀랍기만 할 뿐입니다.

지난 대선에서 제가 페어플레이 원칙을 지키려고 애쓴 것은, 다른 이유가 아닙니다. 그것이 원칙이고 정도이기 때문입니다. 뿐만 아니라 선거가 끝난 뒤 다시 하나가 되는 국민 통합을 위해서도 그래야 한다고 생각했습니다.

그러나 상대는 줄곧 반칙을 했습니다. 바로 국정원의 대선공작을 비롯한 국가기관들의 대선 개입입니다. 선수와 짜고 저지른 반칙이든 선수를 도우려는 쪽에서 스스로 자행한 반칙이든, 반칙으로 이익을 본 불공정 행위가 있었습니다.

유신 시절 벌어진 일이든 지난 대선에서 벌어진 일이든 과거 일이라고 덮고 넘어가는 것은 역사를 대하는 바른 태도가 아닙니다. 국민 통합의 기준에서 보면 해법은 하나입니다. 다시는 같은 일이 되풀이되지 않게 하겠다는 의지를 보여 주는 것입니다.

이제라도 잘못된 행위를 진정성 있게 반성해야 합니다. 분명한 개선책을 제시하고 실천해야 합니다. 그래야 지지하지 않았던 국민들도 끌어안을 수 있습니다. 진정한 통합을 가능하게 하는 비결이 달리 있을 리 없습니다.

가족들이 겪은 고통

검증이라는 이름으로 제 가족을 향한 새누리당과 보수언론의 공격도 치졸하기 이를 데 없었습니다. 저를 흠집 낼 사안이 없었는지, 애꿎게 제 아들이 타깃이 됐습니다. 처음엔 제 아들이 '한국고용정보원'에 특혜 채용됐다는 흑색선전을 쟁점화했습니다. 이미 2008년도 국감 때 한나라당이 제기했지만, 고용정보원의 해명으로 끝난 문제였습니다.

이번엔 언론들이 일제히 가세했습니다. 어느 종편 방송은 다른 사람이 만든 엉뚱한 영상물을 아들이 만든 영상물인 양 보여주면서 "문 후보 아들이 만든 영상물이 수준 미달인 것을 보면 특혜 채용된 것으로 보인다."는 어처구니없는 보도를 한 일까지 있습니다. 지금도 인터넷에서 아들의 이름을 치면, 그때의 근거 없는 비난들이 떠돌아다니고 있어, 피해를 보고 있습니다.

선거를 치르면서 제가 받는 공격은 사실이 아닌 것도 그러려니 할 수 있습니다. 하지만 근거 없이 가족을 공격하는 것은 비열한 일입니다. 후보의 가족에게도 보호받아야 할 인권이 있습니다.

영상디자인을 전공한 제 아들은 대학을 졸업하면서 외국 유학을 희망했습니다. 마침 대학 때 영상공모전에 몇 번 입상한 경력이 있어서, 그 작품들로 포트폴리오를 만들어 미국의 몇몇 대학에 보냈는데, 두 곳에서 입학 허가를 받았습니다. 그중 한 곳에서는 장학금까지 주겠다고 했습니다. 디자인 분야에서는 세계적으로 손꼽히는 대학이어서, 아들이 가장 희망한 곳이었습니다.

입학 허가를 기다리는 동안 그 결과를 알 수 없으니, 한편으로 취업 자리도 알아봤습니다. 그러다가 합격한 곳이 한국고용정보원이었습니다. 운 좋게도 양손에 떡을 쥐고 고민하게 된 셈이었습니다. 그때 바로 유학을 보냈으면 아무 문제가 없었을 것입니다.

그런데 그때만 해도 저는 청와대에서 근무한 지 얼마 안 되던 때여서 나라를 위해 헌신해야 한다는 애국심 같은 것이 넘칠 때였습니다. 한편으로는 미국 유학을 뒷받침하는 게 경제적으로 부담스러운 형편이기도 했습니다. 부모로서 유학을 보내 준다고 약속하긴 했지만 변호사를 하지 않고 있을 때여서 자신이 없었습니다.

그래서 어차피 고용정보원에 입사가 됐으니 근무를 좀 해 본 후에 판단하는 게 어떠냐고 권유했던 게 화근이 됐습니다. 제 말을 듣고 고민하던 아들은 장학금을 제의한 대학에 입학 연기가 되는지 문의했는데, 1년 정도는 연기가 가능하다는 답을 들었습니다. 그것이 아들이 고용정보원에서 근무하게 된 연유였습니다.

그런데 그 후 제가 비서실장으로 청와대에 다시 들어가게 되자, 한나라당은 특혜 의혹을 제기했고, 아들은 결국 입사 1년 남짓 만에 유학을 떠났습니다. 그 당시 특혜 의혹은 참여정부의 퇴임 이후인 2008년 국감에서 이미 해명됐습니다. 그런데도, 4년이 지난 대선 때 새누리당과 보수언론이 그걸 재활용했던 것이었습니다.

결과적으로 유학은 아들에게 큰 도움이 됐습니다. 졸업 작품을 유투브에 올린 것이 요즘 말로 대박이 나서, 국내외 여러 전시회에 초청받는 행운이 따랐습니다.

졸업 작품 하나로 세계 여러 곳에서 열린 이름난 전시회에 초청받아 참가하게 됐으니 유투브가 낳은 기적이라고 할 만했습니다.

그때 세계적으로 유명한 미술관의 전시회에 참가하면서 인터뷰를 한 것이 그 미술관 홈페이지에 올라 있었습니다. 누군가 또 그걸 귀신같이 찾아내 유투브에 올리고는 "영어 회화가 시원찮은 걸 보니 유학도 엉터리로 한 것"이라고 비난했습니다.

제 아들은 지금 작품 활동과 함께 대학에서 강의도 하고 있습니다. 지난 대선 때는 저의 영상홍보물을 근사하게 만들어 주기도 했습니다.

엉터리 보도를 했던 종편에서는 대선 후 사과와 함께 인터넷판에서 관련 기사를 내렸습니다. 하지만 다른 곳으로 이미 퍼날라진 것들은 여전히 남아 있습니다.

대선 때 맹렬히 퍼부어졌던 많은 의혹 제기들은 지금도 인터넷에 고스란히 올라 있어서, 아들 이름을 치면 검색이 됩니다. 본인이 내색하지 않고 있지만 자존심이 강한 아이여서 속상할 것입니다. 언젠가 대학 교수직에 지원하거나 다른 뭔가를 하고자 할 때, 또는 장가를 가려고 해도 그때 일이 장애가 되지 않을지 부모로서는 걱정되지 않을 수 없습니다.

새누리당은 저의 양산 시골집도 총선 때부터 공격거리로 삼았습니다. 청와대에서 퇴임하면서 조용한 삶을 위해 구한 집이었습니다. 새누리당에서는 당초 호화 전원주택으로 몰려고 했습니다.

하지만 워낙 궁벽한 곳이어서 말이 안 되자, 이번에는 단칸 한옥 별채가 무허가 건물이라고 공격했습니다.

현역 의원을 단장으로 한 진상조사단이 많은 카메라를 대동하고서 현장 조사를 다녀가기도 했습니다. 그러나 그 별채는 면적이 하도 작아서 건축 허가가 필요 없는 건물이었습니다.

그 사실이 판명되자 새누리당은 건물을 측량하여 이번에는 처마 5제곱미터가 하천부지를 침범했기 때문에 위법 건축물이라고 공격했습니다. 계곡을 흐르는 개천 위 7~8미터 높이의 처마가 개천의 상공을 침범했다는 것입니다.

그러자 양산시는 처마 5제곱미터를 철거하라는 계고 처분을 했습니다. 그 문제는 지금도 소송이 진행되고 있습니다.

대선 때 제 아들보다 더 젊은 새누리당의 한 비상대책위원이 저에게 도를 넘는 인신공격을 가했습니다. 좀 섬뜩한 내용이어서 가족들이 크게 놀라고 상처받았습니다. 다행히 그는 곧바로 성의 있는 사과를 해 왔습니다. 저도 흔쾌히 용서하고 넘어갔습니다.

이제 우리 정치도, 선거도 좀 더 품격이 있었으면 좋겠다는 생각을 간절하게 갖습니다. 정치에도, 선거에도 금도가 있어야 합니다. 그래야 대결과 증오의 정치에서 벗어날 수 있습니다. 어제도, 오늘도 국회에서 늘 되풀이되는 품격 없는 정치의 모습을 보면서, 더 절실해진 생각입니다.

긴박했던 그날 밤

"국민 여러분, 이제 단일후보는 문재인 후보입니다. 그러니 단일화 과정의 모든 불협화음에 대해 저를 꾸짖어 주시고, 문재인 후보께는 성원을 보내 주십시오."

2012년 11월 23일 밤 8시 20분. 안철수 후보의 선언으로 후보 단일화가 이뤄졌습니다. 많은 사람들이 '아름다운 단일화' 실패가 대선 패배의 원인이라고 말합니다. 단일화 이후 안 후보의 소극적 지원과 선거 당일 출국을 나무라기도 합니다. 저는 그렇게 생각하지 않습니다.

안 후보는 단일화 협상이 교착에 빠지자 스스로 후보를 사퇴해서 국민들에게 한 단일화 약속을 지켰습니다. 그리고 그 아픔을 삭이고 정리하는 시간을 가진 후, 저의 당선을 위해 열심히 지원했습니다. 그것이 기존의 여의도 방식과 달라 소극적이란 말을 들었지만, 저는 그가 자신의 스타일로 최선을 다해 줬다고 생각합니다.

선거 당일에 출국하는 것도 안 후보가 사전에 저에게 연락해 줬고, 필요할 경우의 연락 채널도 알려 줬습니다. 그로서는 선거 후에 있을 여러 가지 상황에 대비할 필요가 있었을 것입니다. 특히 제가 승리할 경우 공동정부나 연정 구성 같은, 예상되는 민감한 논란의 중심에 그가 직접 서게 되는 것을 피하기 위한 것으로, 저는 이해했습니다.

선거가 끝나기 전에 출국한 것은 선거 결과를 낙관했거나, 그것이 선거에 영향을 미치리라고 예상하지 못했기 때문일 것입니다.

어쨌든 후보단일화로 저의 지지가 크게 확장될 수 있었고, 박근혜 후보와 대등한 경쟁을 할 수 있었습니다. 그런 점에서 지난 대선에서의 후보단일화는 크게 봐서 긍정적으로 평가돼야 합니다. 그리고 단일화 약속을 지켰을 뿐 아니라 단일화 이후에도 저와 함께해 준 안 후보의 공로는 정당하게 평가돼야 합니다. 단일화 이후의 선거 결과는 온전히 단일후보가 된 저의 책임입니다.

결과적으로 패배했다고 해서, 그 책임이 안 후보에게 나눠지거나 안 후보의 공로를 폄훼하는 것은 옳지 않다고 생각합니다.

물론 단일화의 효과를 더 극대화시키지 못했다는 아쉬움이 있습니다. 하지만 처음부터 단일화는 대선 승리를 위한 필요조건이었을 뿐, 단일화가 곧 승리를 보장하는 충분조건은 아니었습니다.

그래서 저도 후보 간의 단일화가 아니라 세력의 단일화가 이뤄져야 한다고 시종일관 강조했습니다.

안 후보와 단일화는 했지만 세력의 단일화까지는 완벽하게 이뤄지지 않았다는 아쉬움이 있습니다. 하지만 말 그대로 아쉬움일 뿐입니다. 원하는 대로 다 되지 않았다고 그것을 패인이라고 할 수는 없을 것입니다.

실기(失期)에 대한 아쉬움

단일화 과정에서 가장 아쉬웠던 점은, 경쟁에 의한 단일화를 이루지 못한 것이었습니다. 많은 사람이 지적하듯이 정정당당한 경쟁과 승복이란 과정으로 단일화가 이뤄져야 그 효과가 극대화될 수 있는데, 그러지 못했습니다.

그것도 책임을 따지자면 단일후보가 된 저의 책임일 수밖에 없습니다. 여론 조사 방법에 관한 협상이 결렬됐을 때, 제가 양보해서라도 합의를 이끌어 내서 '아름다운 단일화'를 만들었어야 했는데, 그러지 못했습니다.

여론 조사 방법에 관한 이견으로 협상에 어려움을 겪고 있을 때 '담쟁이 포럼'의 한완상 이사장을 비롯한 시민사회의 어른 몇 분이 제게 '통 큰 양보'를 당부했습니다. 그것이 오히려 여론 조사에서 이기는 길이라고 격려도 해 줬습니다.

저도 그분들께 약속드렸습니다. "마지막까지 가서도 안 되면 제가 모두 양보해서라도 단일화 협상을 타결시킬 테니 염려 마시라"고 했습니다. 그 약속을 지키지 못한 결과가 됐습니다. 제게 그럴 의지가 없었던 것이 아닌데도, 시간을 끌다가 기회를 놓치고 말았습니다. 지난 대선에서 가장 후회되는 대목입니다.

제가 밖으로부터는 '통 큰 양보'를 당부받고 있을 때, 민주당 안에서는 제가 혹시라도 무르게 양보할까 봐 정반대의 주문들이 많았습니다. 민주당의 후보이므로, 또 100만 국민경선에 의해 선출된 후보이므로 제 독단으로 양보하면 안 된다는 것이었습니다.

제 생각도 같았습니다. 민주당이 불리하다고 판단하는 여론조사 방법을 쉽게 수용할 수는 없는 일이었습니다. 제가 양보를 하더라도, 막판에 가서 불가피할 때 하는 것이 민주당 후보로서 도리라고 생각했습니다. 또 한편으로는 그렇게 해야 대승적 양보와 극적인 타결의 효과를 높일 수 있다고 판단한 것이 사실입니다. 결과적으로 그게 과욕이 됐습니다.

11월 23일. 전날의 후보 단독 회동에 이어 특사회담까지 결렬됐습니다. 그때 우리 측 협상팀은, 마지막으로 남은 후보 담판에서 더 이상 타협의 여지가 없다고 판단되면 우리가 양보해 안 후보 측 안을 받기로 의견을 모았습니다. 단일화 협상을 깰 수는 없으니 우리가 양보하자는 생각이었습니다.

또 그 무렵에는 우리가 해 온 자체 여론 조사에 의해 안 후보 측 안대로 여론 조사를 해도 제가 지지 않으리란 전망이 우리 내부에서 조심스럽게 제기되기도 했습니다. 시간이 갈수록 좋아지는 여론 조사 추세가 그런 전망을 뒷받침했습니다.

당시 우리가 설정하고 있었던 협상의 최종 마감 시한은 11월 24일 정오였습니다. 후보 등록 마감이 26일이었기 때문에, 늦어도 24일 정오까지만 합의가 이뤄지면, 바로 오후부터 여론 조사를 실시해 26일 오후에 결과를 내고 후보 등록을 할 수 있었습니다. 여론 조사 기관은 방법만 합의되면 곧바로 선정할 수 있도록 양측에서 공감대가 모아진 대상 기관 몇 곳을 타진해 둔 상태였습니다.

한편 23일 특사회담이 결렬될 때, 양측 특사들은 자기들끼리의 협상은 더 이상 의미가 없다고 보고 다시 후보들에게 공을 넘겼습니다. 양 캠프에서는 이제 후보들의 최종 결정이 남았다고 브리핑했습니다. 언론들도 그날 밤 두 후보의 회동이 있을 것이라고 예고했습니다.

그래서 우리는 그날 밤 심야 또는 늦어도 다음 날 이른 아침 두 후보가 만나는 것을 당연히 남은 수순으로 여겼습니다. 그런데 그 회동을 제안하기 위한 논의를 하고 있을 때 안 후보의 기자회견이 예고됐다는 급보가 날아들었습니다. 우리는 그가 마지막 후보 회동을 앞두고 뭔가 제안을 하거나, 촉구하는 내용을 밝힐 것으로 예상했습니다. 후보 사퇴를 하리라고는 전혀 예상하지 못했습니다. 그만큼 그의 전격적인 후보 사퇴는 우리에게도 큰 충격이었습니다.

왜 그렇게 엇갈리게 됐는지 이런저런 추측들이 있지만, 지금도 정확한 이유를 알지 못합니다. 아마도 협상 최종 마감 시한에 대한 양쪽의 생각이 달랐던 게 아닌가 싶습니다. 우리는 협상 마감 시한을 24일 정오로 생각했던 반면, 안 후보 측에서는 23일까지로 생각했던 것 같습니다.

또 우리는 후보들 간에 마지막으로 의견을 교환하거나 최종 의사를 통고하는 마무리 절차가 어떤 형태로든 있을 것으로 예상했습니다. 회동이나, 하다못해 전화 통화라도 있을 것으로 생각했습니다.

그 점에서도 안 후보는 생각이 달랐던 것 같습니다. 전날의 후보 회동과 23일의 특사회담에서 합의에 실패했으니 더 이상 여지가 없다고 본 듯합니다.

오랫동안 협상했고, 후보 간의 직접 대화를 비롯해 여러 대화 채널이 가동되고 있었는데도 그런 생각의 차이를 알지 못했습니다. 그건 우리 측의 큰 실수였습니다. 협상의 마감 시한과 마무리 방법을 미리 합의해 두고서 논의를 했어야 했는데, 막연하게 같은 생각일 것으로 믿었습니다.

어쨌든 저로서는 막판 양보와 극적 합의의 기회를 놓친 것이 무척 아쉽습니다. '좀 더 일찍 양보를 해 버릴걸' 하는 후회도 했습니다. 그러지 못했던 이유를 변명하자면, 저는 민주당의 후보인 만큼 단일후보를 내주는 결과가 될 수도 있는 중대한 양보를 제 마음대로만 할 수는 없는 처지였습니다.

그렇게 하더라도, 협상의 마지막 시한까지 가서 '단일화를 위해 어쩔 수 없었다'는 명분을 내세워야 민주당원들을 설득할 수 있다는 생각이 강했기 때문입니다.

하지만 시간이 없다는 것을 알았으면, 더 일찍 결단할 수도 있었을 것입니다. 물론 그랬을 경우 제가 이기리라는 보장은 없습니다. 그러나 단일화가 목표가 아니라 대선 승리가 목표였던 만큼 모험을 피하지 말았어야 했습니다. 그랬으면 극적인 협상의 타결에 이은 흥미진진한 승부의 과정을 통해 단일화의 붐을 더 키울 수 있었을 것입니다.

또 하나 크게 아쉬웠던 것은 중단된 단일화 협상의 재개를 위해 당 지도부가 사퇴한 일이었습니다. 그로 인해 대선을 지도부 공백 상태에서 치르게 됐습니다. 치명적인 전력의 약화였습니다.

당시에는 저 자신도 그것이 초래할 손실을 제대로 인식하지 못했습니다. 당 안팎의 퇴진 요구가 워낙 도도해서 저도 불가피한 일로 여겼습니다. 그러나 지나고 보니 아니었습니다.

사실 안 후보가 단일후보가 되더라도 민주당의 조직적 지원을 위해서는 필요한 분들이었습니다. 제가 안 후보 측을 적극 설득했어야 했는데, 그러지 못한 것이 후회됩니다.

단일화의 그늘

단일화가 제게 엄청난 도움을 주었지만, 사실은 그늘도 컸습니다. 그 그늘은 지난 대선의 문제로 끝난 것이 아닙니다. 앞으로도 단일화가 있을 경우 되풀이될 수밖에 없는 구조적 문제입니다.

먼저 단일화의 블랙홀이 워낙 커서 단일화가 끝날 때까지 저와 박근혜 후보 간의 대결 구도가 서지 않았습니다. 매일같이 정책을 발표해도 단일화 이슈에 묻혀 버렸습니다. 그 때문에 정책에서 박근혜 후보와의 차이가 부각되지 않았습니다.

경제민주화와 복지정책에서 저와 박근혜 후보는 내용상 큰 차이가 있었는데도, 그 차이가 드러나지 않았습니다. 오히려 박근혜 후보가 의제를 선점한 것처럼 돼 버렸습니다. 대북정책과 지방정책, 그리고 탈(脫)원전정책 등에서 근본적인 차이가 있었는데도 부각되지 않았습니다.

당연히 있어야 할 정책에 관한 논쟁도 이뤄지지 않았습니다.

또 단일화의 구도와 본선 구도가 아주 달랐는데도, 단일화가 늦게 되는 바람에 본선 모드로 전환할 시간이 부족했습니다.

단일화 구도는 세대로는 20대와 30대, 지역으로는 호남, 이념적으로는 상대적으로 진보적인 세력으로부터 누가 더 지지받느냐를 놓고 벌인 경쟁이었습니다.

반면에 본선 구도는 40대와 50대, 수도권과 중부권, 중도 · 중간 · 무당파 층의 지지를 누가 더 끌어내느냐의 경쟁이었습니다. 단일화에 많은 시간을 소모하는 바람에 이 경쟁에 투입할 시간이 절대적으로 부족했습니다.

한편 지난 대선에서 단일화는, 모든 것이 후보 간 협상에 맡겨졌습니다. 언제 협상을 시작할 것인가도 후보 간에 합의해서, 언제까지 단일화할 것인가도 후보 간에 합의해서, 어떤 방식으로 단일화할 것인가도 후보 간에 합의해서, 단일화 후에는 어떻게 할 것인가도 후보 간에 합의해서…. 모든 것을 후보들의 합의에 맡겼습니다.

그래서 한쪽이 협상 시작을 늦춰도 속수무책, 벼랑 끝 전술로 버텨도 속수무책, 협상이 평행선을 달려도 속수무책이었습니다.

그런 방식으로는 '아름다운 단일화'를 해낸다는 것이 불가능한 일이라고 느꼈습니다. 경쟁하는 후보들 간의 협상이 아름답기는 쉽지 않습니다. 어떻게 하는 것이 각자에게 유리한지 불리한지 뻔히 아는 상황에서 양보라는 것도 어려운 일입니다. 서로 유리한 입지를 차지하기 위한 지루한 줄다리기로 국민들에게

짜증을 주기 십상입니다.

이런 문제들은 앞으로도 후보단일화라는 것을 하게 되면 또 다시 겪게 될 문제입니다. 정당과 소속을 달리하는 후보 간의 단일화라는 것이 원래 부자연스러운 일이기 때문입니다. 정당 내의 경선조차 아름답기가 쉽지 않다는 걸 생각하면 당연한 일이기도 합니다. 이 문제들을 근본적으로 해결하기 위한 방안 마련이 꼭 필요하다고 느낍니다. 이 점에 관해서는 나중에 다시 다루겠습니다.

아름답게 손잡는 방법

안 후보가 후보직을 사퇴한 지 이틀 만인 11월 25일, 진보정의당 심상정 후보가 사퇴했습니다. 또 한 번의 야권 후보단일화를 이루게 됐습니다. 심 후보는 "진보적 정권 교체는 국민의 뜻을 더 깊고, 크게 모았을 때 가능하다"며 후보직을 사퇴하고 제 지지를 선언해 줬습니다. 쉽지 않은 결정이었을 것입니다.

진보 정당들로서는 대선 시기 후보를 내 완주하는 것이 대단히 중요한 일입니다. 국민들에게 차별화된 정강정책을 널리 알려서 존재감을 드러낼 수 있는 좋은 기회이기 때문입니다.

그래야 당세 확장과 총선-지방선거를 대비하는 좋은 기회로 삼을 수 있습니다. 과거 민주노동당 권영길 후보의 잇단 출마와 선전이 당세 확장에 많은 성과를 거두는 요인이 됐습니다.

그런 면에서 보면 진보정의당과 심상정 후보가 후보직을 사퇴한 것은, 대단히 힘든 당내 의사결정 과정과 결단을 거쳐야 했을 일입니다. 그럼에도 정권 교체에 대한 열망 하나로 대승적 양보를 해 줬습니다.

통합진보당 이정희 후보는 대선 TV토론을 두 차례 치른 뒤 12월 16일에 후보직을 사퇴했습니다. 이로써 저는 명실상부한 범야권 단일후보가 됐습니다. 모두에게 고마운 일이었습니다.

정권 교체 열망이 어느 때보다 강했기 때문에 가능했습니다. 범야권의 대통합을 위해 지속적으로 노력했던 일련의 과정도 도움이 됐을 것입니다.

후보단일화는 1 대 1 구도를 형성해 여당 후보와 맞경쟁을 펼치는 데 큰 도움이 됐습니다. 하지만 앞으로도 지난 대선과 같은 단일화 방식을 기대하는 것은 쉬운 일도 바람직한 일도 아닙니다.

선거를 앞두고 이념과 정강정책이 다른 정당 사이에 후보를 양보하거나 단일화하는 것은 정당정치에서 자연스럽지 못한 일입니다. 후보를 양보하거나 포기하는 쪽에서는 정당으로서의 기본 목표나 활동을 포기하는 셈입니다.

출마한 후보가 상당한 지지를 받고 있어도, 경쟁 후보와 정책이나 이념이나 정체성에서 적지 않은 차이가 있어도, 사퇴 압박을 받습니다. 야권 표를 분산시켜서 대선 승리에 부정적 결과를 초래한다는 염려 때문입니다.

그런 상황이 이어지면 소수정당 후보들은 완주할 수가 없습니다. 다당제 정당정치에도 맞지 않는 일입니다. 정당들 간의 정체성의 차이가 가려지는 원인이 되기도 합니다.

후보단일화는 야권만의 문제가 아닙니다. 역대 선거를 보면 여권에서도 후보단일화가 필요한 경우들이 꽤 있었습니다. 1997년 대선에서는 이회창 후보와 이인제 후보의 분열이 여권 패배의 원인이 되기도 했습니다.

후보단일화의 제도적 방안은 여권에서도 필요한 일입니다. 말하자면 정치 발전을 위한 공통의 과제입니다.

가장 이상적인 대안은 결선투표제를 도입하는 것입니다. 민주주의 선진국들이 대체로 채택하고 있는 제도입니다. 3명 이상 후보가 난립한 가운데 1위 득표자가 과반수 득표를 못한 경우 차점자와 결선투표를 치르는 것입니다.

3위 이하의 후보에게 투표한 유권자는 결선투표에서 다시 지지 후보를 선택할 수 있습니다. 따라서 후보들은 굳이 인위적인 단일화를 할 필요가 없습니다. 유권자들의 사표(死票)도 막을 수 있습니다.

결선투표 당선자는 과반수 득표를 하게 되므로 불과 30~40퍼센트의 득표로 대통령에 당선되는 것을 피할 수 있어 정치 안정에도 도움이 됩니다.

단일화를 이루면서 했던 약속도 기억해야 합니다. 저와 안 후보는 단일화를 이루는 과정에서 '새정치 공동선언'으로 국민들에게 새로운 정치를 하겠다고 선언하고 약속했습니다.

비록 대선에서 패했지만 국민들에게 한 약속은 반드시 지켜져야 한다고 생각합니다. 더구나 그건 국민에 대한 약속의 차원을 넘어서, 한국 정치가 바로 서는 길이기도 합니다. 그런 면에서 지난 대선 때 논의된 새 정치의 방향에 대해선 야권 특히 민주당이 합의의 정신을 잊어선 안 됩니다. 저 역시 막중한 책임감을 갖고 새 정치를 실현하기 위해 할 수 있는 노력을 다할 것입니다.

저와 안 후보가 합의한 새 정치 합의는 제게 앞으로도 유효합니다. 특히 중요한 일은 기득권 정치의 특권적 근원을 하나씩 고쳐 가는 일입니다.

심상정 후보와도 단일화를 이루면서 약속한 것이 있습니다. 결선투표제와 권역별 정당명부 비례대표제를 도입하는 일입니다. 이 둘은 정당민주주의와 지역주의 정치 구도 타파에 도움이 되는 제도들입니다. 반드시 지키고 노력해야 할 책임이 제게 남아 있습니다.

참 기괴한 TV토론

안철수 후보, 심상정 후보가 사퇴함에 따라, 대선 TV토론은 저와 박근혜 후보 그리고 이정희 후보의 3자 구도로 시작됐습니다. 두 번의 토론이 끝나고 이정희 후보가 사퇴하면서, 마지막 TV토론은 양자 구도로 치러졌습니다.

이정희 후보의 TV토론 태도에 대해서는 저도 아쉽게 생각하는 부분이 있습니다. 진보 성향 유권자들에게는 통쾌함을 줬을지 몰라도, 보수나 중도 성향 유권자에겐 거부감과 불안감을 줬습니다. 젊은 유권자들은 좋아했을지 모르지만, 장·노년층들에게는 아니었습니다. 특히 장·노년층 여성들은 '며느리에게 구박받는 시어머니' 같은 동병상련의 정을 박근혜 후보에게 느끼게 됐다는 말을 많이 했습니다. 그와 같은 보수·중도 성향 유권자들과 장·노년층의 거부감이 제게 역풍으로 돌아왔습니다. 토론의 규칙과 예의와 품격을 지키면서 할 말을 다 했더라면 더 설득력이 있지 않았을까 생각합니다.

지난 대선 TV토론의 근본적인 문제는 따로 있습니다. 첫 번째는 박근혜 후보의 TV토론 기피입니다. 두 번째는 후보자들 각자의 의견을 충분히 피력하는 걸 제약함으로써 활발한 토론을 막는 토론의 방식이었습니다.

지난 대선의 후보자 TV토론은 단 세 번밖에 없었습니다. 중앙선관위 주관으로 반드시 하도록 법적으로 정해진 횟수만 한 것입니다. 이전 대선과 비교할 수조차 없는 적은 횟수입니다.

2002년 83차례(TV와 라디오), 2007년 44차례(대담 및 토론회)에 비하면, 하나 마나 한 수준이었습니다. 순전히 박근혜 후보가 TV토론을 거부하거나 기피했기 때문입니다. 대선후보가 토론을 거부하거나 기피하는 것은, 국민들에게 검증받기를 거부하는 것과 같습니다. 선거에 임하는 정정당당한 태도가 아니었습니다.

겨우 세 번 치러진 토론조차도 서로 간의 심도 있는 토론이 불가능한 방식이었습니다. 이미 정해진 질문과 답변을 도식적으로 이어 가는 '약속 대련(對鍊)' 같았습니다. 상대 후보의 답변이 충분하지 못하면 그에 대해서 반박과 추가 질문으로 파고들어 갈 수 있는 자유토론이 돼야 심도 깊은 토론을 할 수 있습니다. 그래야 유권자들이 후보의 자질을 제대로 검증할 수 있는데, 전혀 그렇게 되지 못했습니다.

지난 대선 TV토론의 방식은, 처음부터 심도 깊은 토론을 가로막기 위한 의도로 만들어진 것이었습니다.

이해찬 · 정세균, 두 분의 헌신

"우리가, 정권 교체를 위한 단일화 거부나 지연의 핑곗거리가 되어서는 안 되기 때문입니다."

안철수 후보 쪽과의 단일화 협상이 중도 파국을 맞았던 11월 18일, 이해찬 당대표와 지도부가 자진 사퇴했습니다. 그날 저녁 단일화 협상이 재개됐으니, 이 대표를 비롯한 지도부가 단일화 성사를 위해 몸을 던진 셈이 되었습니다.

이 대표와 지도부는 사퇴 발표문에서 이렇게 당부했습니다.

고 김대중 대통령님과 고 노무현 대통령님을 존중해 주십시오. 민주당은 그분들이 이끈 정당입니다. 동교동 분들 그리고 이른바 친노는, 그분들과 함께 민주화운동의 사선을 넘었고 평화적 정권 교체와 참여 정치를 위해 일했던 사람들입니다. 민주당을 구태 정당으로 지목하고, 이 사람들을 청산 대상으로 모는 것은, 두 분 전직 대통령님에 대한 모욕입니다. 안 후보께서도 이분들을 존경한다고 하신 바, 그 마음을 잊지 말아 주시기 바랍니다.

착잡하기 이를 데 없었습니다.

그들의 사퇴 전, 이해찬 대표와는 두 번에 걸쳐 단 둘이 만나 사퇴 문제를 허심탄회하게 상의했습니다. 이 대표는, 사퇴 요구가 아무리 부당한 것이어도 단일화를 통한 정권 교체에 도움이 된다면 뭐든 하겠다는 생각이 확고했습니다.

다만 사퇴 시기와 방법에 대해 고민을 많이 하고 있었습니다. 자신의 사퇴가 저에게도, 그리고 단일화를 통한 범야권 화합에도 가장 도움이 돼야 한다는 것이었습니다. 떠밀리듯이 무작정 사퇴하는 것은 어느 누구에게도 도움이 안 된다는 생각이었습니다. 가장 효과적인 타이밍을 보고 있던 중이었습니다. 그러던 와중에 도저히 감당하기 힘든 수위의 전방위 압박이 들어왔습니다.

새누리당이 그 같은 공격을 하는 것은 능히 그럴 수 있는 일입니다. 안철수 후보 진영, 시민사회, 심지어 민주당 내에서까지 이해찬 당대표와 박지원 원내대표의 퇴진을 광범위하게 요구했습니다.

당내에선 이른바 '이-박 담합' 논란이 전당대회 이후에도 이어졌습니다. 일부 최고위원들이 지도부 퇴진 요구에 호응해서 먼저 사퇴한 것도 버티기 어려운 압박으로 작용했습니다.

나중에 TV토론을 통해 안 후보 뜻이 아니었던 것으로 확인됐지만, 안 후보 측 협상팀에서도 이 대표의 퇴진이 마치 단일화의 전제 조건인 것처럼 사퇴를 요구했습니다. 시민사회 인사들도 나서서 이해찬, 박지원 두 분의 퇴진을 제게 압박해 왔습니다. 현실적으로 단일화의 걸림돌처럼 돼 버렸고, 여론도 호의적이지 않았습니다.

사퇴 주장이 너무 거세고 흐름이 도도해 결국 사퇴를 수용하기에 이르렀습니다. 그로 인해 대선을 당 지도부가 없는 상태에서 치르게 됐습니다.

압박과 요구가 너무 강해서, 저도 거부하지 못했습니다. 당 지도부 부재의 심각성을 깊이 인식하지 못한 점도 있었습니다. 지난 대선에서 선거를 치르는 데 가장 컸던 어려움 중 하나가 당 지도부의 부재였습니다. 지난 대선의 전략-전술에서 가장 큰 오류였다고 봅니다.

제게도 큰 책임이 있습니다. 국민참여경선으로 선출된 지도부를 지키지 못했습니다. 당당하게 "아니오!"라고 하지 못했습니다.

이해찬 당대표가 물러나면서, 당장 리더십의 공백 사태가 벌어졌습니다. 민주캠프-시민캠프-미래캠프를 조율하고 조정해줄 사람이 없었습니다. 선거를 코앞에 두고 신속하게 의사결정을 해야 할 사안이 많았는데, 그런 업무를 매사 선대위원장단 회의를 통해 결정하다 보니 한계가 있었습니다.

선대위가 담당하기 어려운 외부 인사 영입 문제, 특히 비중 있는 중도나 보수 인사 영입에서도 후보를 대신해서 결정하고 만나서 담판을 지어 줄 비중 있는 사람이 없었습니다. 사령탑이 없는 합의제 선대위 구도에 공백이 생겼습니다.

당시 지도부의 공백을 훌륭하게 메워 준 분이 선대위 상임고문이었던 정세균 전 대표였습니다. 지도부 공백 상태가 오자, 자청하다시피 상근을 하면서 선대위의 좌장 역할을 기꺼이 감당해 줬습니다. 외부 인사들의 영입 등 선대위가 논의해 결정하기가 어려운 일들을 저 대신 감당해 줬습니다. 선거운동을 위해 전국으로 떠돌아다니는 저를 대신해서 회의를 관장하고, 책임감 있게 중요한 업무를 추진해 줬습니다.

정 전 대표는 당내 후보 경선 때도 언제나 선공후사의 원칙을 지키며, 모바일투표 논란 속에서도 경선이 파탄나지 않도록 지켜줬습니다.

사실 정 전 대표는 정치적 경륜은 물론 분수경제론 등의 정책에서 가장 준비가 잘된 후보였습니다. 하지만 저와 지지 기반이 겹치는 바람에 경선에서 피해를 많이 봤다는 미안함을 제가 갖고 있었습니다. 경선에서도 본선에서도 제가 신세를 많이 진 셈입니다.

선거판에 뛰어든 권력기관

대통령 선거일이 다가오면서 한쪽이 기세가 오르면, 다른 한쪽은 초조해지는 시점이 있기 마련입니다. 초조해진 나머지 수단과 방법을 가리지 않게 되면서, 불행이 시작되는 경우가 있습니다. 거기서 우를 범하게 됩니다. 물불 안 가리고 무리하다가 결국 사건을 저지르고 마는 경우를 우리는 많이 봐 왔습니다. 지난 대선에서 국정원의 대선공작이 대표적 사례입니다.

제가 범야권 단일후보가 되고 지지층의 결집으로 지지율이 상승하면서, 대선은 예측 불가의 상황인 듯 보였습니다. 한 번 해 볼 만하다를 넘어, 이길 수 있다는 자신감이 야권에 팽배했습니다. 기세가 오른 것입니다. 국정원의 대선공작은 당시 대선 흐름과 무관치 않다고 봅니다.

투표를 코앞에 둔 12월 11일, 강남의 한 오피스텔이 선거의 마지막 핫이슈로 부상했습니다. 당직자들이 현장에 출동하기 전까지 저는 전혀 관련 내용을 보고받지 못했습니다. 현장에서 전화를 걸어와, 처음 상황을 알게 됐습니다. 보고받은 현장 상황만으로는 사실 관계를 확인하기 어려웠습니다.

박근혜 후보와의 TV토론회 때까지도 긴가민가했습니다. 국정원은 딱 잡아떼고, 박근혜 후보도 정색을 하며 민주당의 '음해 조작'이니 젊은 여성에 대한 '감금'이니 '인권 유린'이니 단정하면서 역공하는 상황이었습니다. 오히려 '의혹이 사실이 아니면 책임지라'며 저를 맹비난했습니다.

사실관계를 알지 못하던 제가 오히려 수세에 몰렸습니다. TV토론 당일 밤늦게 박 후보의 주장에 맞춰 경찰의 수사 발표가 긴급하게 이뤄졌습니다. 박근혜 후보의 주장을 그대로 뒷받침하는 내용이었습니다. 지금 생각해 보면, 일련의 과정이 모두 황당하기 이를 데 없습니다.

차마 그런 일이 벌어지리라고는 상상조차 할 수 없었습니다. 국민의정부를 지켜봤고, 참여정부에서는 청와대 있는 내내 권력기관을 바로 세우는 일에 제 혼신의 힘을 바쳤습니다. 권력기관을 손에서 놓은 것이 참여정부의 실패 원인이라는 역설적인 비판을 받기까지 했습니다.

참여정부 공과를 둘러싼 어떤 논란이 있더라도, 국정원 등 권력기관을 사유화하지 않고 제자리로 돌린 것만큼은 자랑스럽게 생각해 왔습니다.

그렇게 어렵사리 제자리로 돌려놓은 권력기관이 이명박 정부 아래서 한 방에 민주주의의 적으로, 정권의 하수인으로 추락한 것이 처참할 정도였습니다.

민주주의의 근간은, 자유롭고 공정한 선거입니다. 그런데 국가기관이 개입해 선거의 자유와 공정성을 훼손한다는 것은 민주정치 근간을 무너뜨리는 일입니다. 말 그대로 '국기(國基) 문란'입니다.

그것도 국가 최고의 권력기관이 나서서 조직적으로 범법 행위를 했다는 것은 독재정권체제하에서나 있을 법한 일입니다. 우리나라에서도 과거 군사정권에서나 있었던 일이었습니다.

국정원 요원 한두 명도 아니고, 버젓이 담당 부서를 만들어 조직적 차원에서 했다는 것은 민주주의 국가임을 포기하는 행태였습니다.

이명박 정부의 국정원이 그런 짓을 했다면, 새로 취임한 박근혜 대통령이 올바르게 사건을 처리해서 해결할 수 있는 일이었습니다. 심지어 검찰에서 기소까지 이뤄진 일입니다.

과거 정부 일로 선을 긋고, 책임을 추궁했으면 됐을 일입니다. 자기들도 사과할 일이 있으면 사과를 하고, 그런 과정을 통해 국정원을 바로 세우면 좋았을 것입니다. 그러면 비 온 후에 땅이 더 굳어지듯 다시 역사가 더욱 발전하게 됐을 것입니다.

대통령의 정직성 그리고 정통성

박근혜 대통령은 국정원의 대선공작을 오히려 비호하고 두둔하고 있습니다. 책임 추궁을 못하도록 검찰을 억압했습니다. 그러고도 감당이 안 되니, NLL 포기 논란을 재연하고 정상회담 회의록을 불법 공개하면서까지 국면을 호도했습니다.

정권의 정통성은 그런 행태로 무너지는 것이지 야당이 비판한다고 무너지는 건 아닙니다. 박근혜 대통령이 왜 그런 선택을 하는지 제 머리로는 이해가 가지 않습니다.

미국에서 워터게이터 사건으로 닉슨 대통령이 사임을 하게 된 시발은 도청 사건이 아닙니다. 바로 거짓말 때문이었습니다. 도청 공작의 책임을 지고 사퇴한 것이 아니라, "전혀 모르는 일, 자신과 상관없는 일"이라며 거짓말한 책임을 추궁당해 사퇴를 자초한 것입니다.

지난 대선 때 국정원의 대선공작이 박근혜 후보 측과의 공모로 이뤄졌든, 또 박근혜 후보가 알고 행해진 일이든, 이제 와서 대선 결과는 뒤집어지지 않습니다. 또 국정원의 대선공작 때문에 대선이 매우 불공정했고, 박근혜 후보가 혜택을 받아 부당하게 당선된 것이라 해도 대선 결과를 뒤집을 수는 없습니다.

우리 사회가 감당할 수 없는 일입니다. 국가적 혼란이 너무나 크기 때문입니다. 가능한 일이라고 해도 결코 바람직하지 않습니다.

그런 만큼, 거짓말은 하지 말아야 합니다. 정직하게 사실은 밝혀야 합니다.

박근혜 대통령이 그런 자세로 임하기만 한다면 정통성까지 공격받을 일은 없을 것입니다. 국정원 사건도 저절로 풀려 나갈 것입니다.

지금 박근혜 정부의 대응은 정직하지 않습니다.

어떻게 하든지 진실을 덮으려고 합니다. 오히려 정통성에 대한 공격을 자초하고 있습니다. 이명박 정부에서 있었던 잘못이 박근혜 정부의 잘못으로 넘어가고 있는 형국입니다.

민주주의의 근간인 선거의 공정성을 바로 세우고, 국정원을 바로 세우지 못한다면 비극입니다. 잘못된 역사에서 아무런 교훈도 얻지 못하고 넘어가게 되기 때문입니다. 앞으로 같은 비극이 되풀이되는 것을 막을 길이 없게 됩니다.

당장 2017년 대선에서 불법 관권선거를 되풀이하겠다는 것이나 진배없습니다. 국정원을 비롯한 국가기관들의 대선 개입 사건이 과거의 문제가 아니라 미래의 문제인 이유입니다.

12월 19일, 저는 선거에서 졌습니다. 공정하지 못한 선거였습니다. 선거에서 진 것이 그 때문이라고 단정할 수는 없습니다. 선거가 공정하지 못한 덕으로 박 대통령이 당선됐다고 단정할 수도 없습니다. 그런 논란은 의미 없는 일입니다. 바람직하지도 않은 일입니다.

뿐만 아니라 지난 대선에서 있었던 일이 아직까지 우리 모두의 발목을 붙잡고 있는 것은 불행한 일입니다. 우리 정치가 거기서 헤어나지 못하고 있는 것도 불행한 일입니다.

선거는 끝났습니다. 승패도 끝났습니다. 그러나 선거가 잉태한 불행은 끝나지 않았습니다. 박 대통령에게 남은 과제입니다. 오직 정직하고 겸허한 대응만이 불행을 끝낼 수 있을 것입니다.

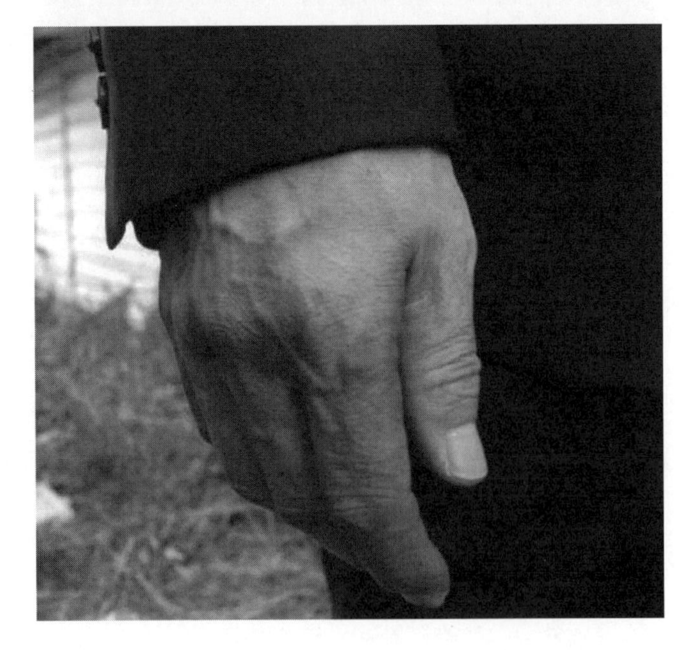

선거에서 만난 '이 땅의 사람들'

대선을 치른 지난 1년을 돌이켜 보면, 참 험한 길을 왔습니다. 그리고 참 멀리까지 왔습니다. 후회는 없지만 회한은 많습니다. 최선은 다했지만, 함께 마음을 모아 주었던 분들의 땀과 눈물을 승리로 승화시키지 못한 것이 아픕니다.

가끔씩 정치에 뛰어든 지난 시기를 돌아보곤 합니다. 제 삶의 너무 많은 것을 바꿔 놓은 시간들입니다. 너무 큰 변화였습니다. 따지고 보면, 그렇게 긴 시간도 아닙니다. 그런데도 그 이전의 제 삶이 가물가물하게 느껴집니다. 우리의 삶이란 게 얼마나 앞날을 알 수 없는 것인가 싶습니다. 어쨌든 여기까지 왔습니다.

선거에서 많은 분들을 만났습니다. 제 평생 만난 것보다 훨씬 많은 분들을 그 1년 동안 만났습니다. 그분들 하나하나가 오늘 우리의 모습입니다. 선거 과정은 고난의 연속이었지만, 그분들에게서 과분한 사랑을 받았습니다. 선거를 통해 이 땅에서 살아가는 사람들의 진솔한 삶과 온몸으로 만날 수 있었습니다. 그것은 큰 축복이었습니다. 그분들에게서 제가 가야 할 길을 봅니다.

노량진 '공시촌'에서 '컵밥' 한 그릇으로 허기를 달래 가며, 고된 하루를 내일의 꿈으로 참고 이겨 가던 젊은이들의 모습이 잊히지 않습니다. 그들의 고통을 보며, 기성세대로서의 책임감을 아프게 절감했습니다.

저도 젊었을 때는 우리 세대가 가장 암울한 시대를 겪고 있다고 생각했습니다. 가난이 힘들었습니다. 엄혹한 독재 속에서 절망스럽게 젊음을 보냈습니다. 우리 세대가 그런 고통을 견뎌 냈기 때문에 지금의 젊은 세대에게 민주화된 세상과 풍족한 삶을 열어 줬다고 믿었습니다. 그게 아니었습니다.

우리 세대의 젊은 시절엔 고통의 원인이 무엇인지, 누구의 책임인지, 무엇을 위해서 싸워야 하는지 비교적 분명했습니다. 경제가 빠르게 성장하는 시기여서 기회도 많았습니다. 어렵게 자랐어도 갈수록 나아지리라는 희망이 있었습니다.

학교 마치고 사회 나갈 때는 더 나은 삶을 기대할 수 있었습니다. 성장기에 어려움을 많이 겪어서, 고난에 대한 강한 적응력 같은 것도 있었습니다.

지금 젊은 세대는 도대체 무엇이 자신의 삶을 이렇게 어렵게 만들고 있는지 알기가 어렵습니다. 사회에는 부가 넘치고, 한편에서는 성공한 사람들이 있기 때문입니다. 자신의 어려움이 자기 탓으로만 보입니다. 그것이 그들을 더 힘들게 만듭니다.

기회 측면에서도 선택의 폭이 훨씬 좁아졌습니다. 과거 어느 세대보다 풍족한 환경에서 사랑받으며 자랐지만, 정작 학교를 마칠 땐 삶이 가혹합니다.

우리 사회의 젊은이들을 힘들게 하는 건 절대빈곤이 아닙니다. 사회적 기회나 부(富)가 더 정의롭고 공평하게 배분되는 사회 구조를 만들어 놓았다면, 젊은 세대가 이렇게 힘든 상황으로 내몰리지 않았을 것입니다. 기성세대가 만들어 놓은 비정한 사회 구조가 그들을 힘들게 만들고 있습니다.

성과 위주의 경쟁지상주의, 승자 독식 구조, 양극화와 정글 경제의 비정한 자본주의가 그들의 삶을 이토록 힘겹게 만들고 있는 것입니다.

고통받는 젊은 세대들을 보면서 정치의 중요성과 책임을 절절하게 느꼈습니다.

더 나은 정치, 좋은 정치로 그들의 삶을 바꿔 주지 않는다면, 앞으로 그들의 상황이 얼마나 더 가혹해질지 절감했습니다.

전북 전주의 한 시장을 찾았을 때 만난 한 할머니도 잊히지 않는 기억으로 남아 있습니다. 시장 노점에서 생선을 파는 분이었습니다. 반갑게 맞아 주면서도, 제가 손을 잡으려 하자 한사코 피했습니다. 손에서 냄새가 난다고 했습니다. 생선 장사 하시는 분이 냄새가 좀 나면 어떠냐고 손을 꼬옥 잡아 드리자 주름진 얼굴에 함박웃음이 퍼졌습니다.

재래시장에서 장사하시는 할머니들은 그 할머니처럼 손이 거칠다며, 더럽다며, 냄새난다며 부끄러워하면서 악수를 사양하는 일이 많습니다. 제 어머니도 자식들 키우기 위해 시장 바닥에서 좌판 장사를 했습니다. 어머니의 고단했던 삶이 지금도 이 땅의 수많은 어머니들에게 고스란히 이어지고 있었습니다.

선거를 치르면서 제가 한동안 잊고 살았던 제 삶의 편린 같은 갖가지 추억들과 재회한 것도 특별한 은총이었습니다.

부산의 작은 분식점을 방문했을 때는, 주인아주머니가 저를 보고는 제 손을 꼭 붙잡고 한동안 눈물을 흘렸습니다. 그분 딸이 대학 다니다 학생운동으로 구속됐을 때 제가 변론을 맡아 줘서 큰 힘이 됐는데, 그동안 인사도 못했다는 것입니다. 기억을 더듬어 보니 20년도 훨씬 지난 일이었습니다.

30년 넘게 인권변호사로, 많은 사건을 변론했습니다. 선거운동 다니면서 제가 변론했던 학생들과 노동자들 또는 그들의 가족들을 꽤 많이 만날 수 있었습니다.

제가 방문한 곳에서 우연히 만나기도 하고, 그들이 유세장에 찾아오기도 했습니다. 선거 사무실에 찾아와서 자원봉사를 해주기도 했습니다. 자기들끼리 모임을 만들어 조직적으로 저를 돕기도 했습니다.

그분들은 20년, 30년 전 일인데도 저를 잊지 않고 있었습니다. 그리고 이제 거꾸로 저에게 많은 도움을 줬습니다.

부산, 울산, 경남, 대구와 포항에까지 곳곳에 그런 분들이 계셔서, 제가 알게 모르게 많은 도움을 줬습니다. 제가 20년, 30년 전에 한 작은 일이, 한참의 세월이 지난 다음에 거꾸로 저에게 훨씬 큰 도움으로 다가올 줄은 몰랐습니다.

따지고 보면 그들은, 한 시대를 바꾸기 위해 자기 몸을 던진 용기 있는 사람들이거나, 한 시대의 희생양이 된 약자들이었습니다. 저는 그들이 어려울 때 제가 할 수 있는 작은 도움을 주었을 뿐인데, 많은 세월이 흐른 후 제가 아쉬울 때 훨씬 큰 보답으로 되돌아왔습니다.

저의 도움으로 복직돼 20년이 지난 지금까지 신발공장에서 일한다는 여성 노동자 한 분은 서울까지 와서 방송찬조 연설을 감동적으로 해 줬습니다. 제가 고마워하자, 자신과 동료들의 오랜 고마움을 그렇게라도 갚을 수 있어서 너무 기쁘다고 했습니다.

사람의 도리와, 이어지는 인연과, 책임의 소중함을 새삼 생각하지 않을 수 없었습니다. 어찌 보면 인생의 묘미가 그런 것이 아닌가 싶습니다. 제가 참 행복한 사람이란 생각이 듭니다.

진주를 갔을 때는, 제 젊은 시절 가장 친했던 친구의 부모님이 행사장으로 저를 찾아와 만나기도 했습니다. 고등학교 동기에 대학 땐 같은 하숙방을 썼던 아주 절친한 친구였습니다. 그런데 제가 군 복무 중에 그 친구가 그만 죽고 말았습니다. 군에 있을 때라 장례도 가지 못하고 가슴에 묻고 지냈던 친구였습니다.

그게 벌써 35년 전 일이었습니다. 집안의 장남을 그렇게 떠나보낸 부모님이 일부러 유세하는 곳에 찾아와, 죽은 자식 대하듯 제 손을 반갑게 잡아 주셨습니다.

고향 거제에 갔을 땐, 제 탯줄을 잘라 줬던 할머니를 60년 만에 만났습니다. 피난민 시절에 저희 가족이 세 들어 살았던 집 주인 어르신과, 제가 태어난 집 주인 어르신도 만났습니다. 그 어른들은 제 부모님이 이북에서 피난 내려와 어렵고 힘들게 살던 시절에 저희 가족을 따뜻하게 보살펴 주신 분들이었습니다.

공수특전사에서 동고동락했던 동기병, 선임병, 후임병, 장교들과도 만났습니다. 35년 전 전우들과 재회한 것입니다. 그들뿐 아니라 전국 각지에서 특전사 출신 전우들을 많이 만났습니다. 모두들 특전사 전우라는 것 하나만으로 열심히 저를 도와줬습니다.

특전사 출신들에게도 현대사의 아픔이 있습니다. '공수부대'가 1980년 광주항쟁 때 했던 악역이 공수특전사 출신들에겐 일종의 트라우마였습니다. 대한민국의 최고 정예 강군이면서도, 그 출신인 것을 자랑하지 못했습니다.

자랑은커녕 공수특전사 출신임을 말 못하던 시절도 있었습니다. '공수특전사' 출신인 제가 대통령 후보가 되니까 자신들의 명예가 회복이라도 된 양 자랑스러워 하면서 열심히들 도와줬습니다.

그들에게 길을 묻다

저마다의 아픔은 다 다릅니다. 우리 세대는 절대빈곤 시기에 자랐습니다. 전쟁과 피난살이의 어려움이 겹쳐졌습니다. 어린 시절 저희 가족의 삶이 그랬고, 그 시절 주변의 삶이 다 그랬습니다. 어려운 시절이었지만, 그래도 희망을 가지려 애를 쓰면서 살았습니다.

지금도 절대빈곤에 허덕이는 분은 많습니다. 사회 전체의 부는 훨씬 풍요해졌어도, 개인들의 삶은 과거 못지않게 빈곤하거나 피폐해서 절망적인 경우가 많습니다. 아직도 우리의 복지와 사회안전망은 턱없이 부족합니다.

살면서 부를 추구하거나 공명을 추구하지 않았습니다. 제 힘이 닿는 한 사회적 약자나 빈자에게 따뜻한 사람이고 싶었습니다. 정치란 것도 크게 보면 다르지 않다고 느낍니다. 정치의 역할이 사람들의 삶에 얼마나 중요한지, 정치에 따라 사람들 삶이 얼마나 달라질 수 있는지 절실하게 느낄 때가 많습니다.

우리가 더 나은 정치를 한다면 국민들 전체 삶이 훨씬 좋아질 수 있습니다. 선거에서 만난 사람들의 소망과 기대는 거창한 것이 아니었습니다.

그것은 바로 '따뜻한 정치'였습니다.

3
부

아픔은 견디는 것이다

무엇이 부족했는가

이기기 위한 대선 평가

모든 선거는 다 중요한 법입니다. 지난 대선은 특히 더 중요했습니다. 이명박 정부의 역사적 퇴행이 심각했기 때문입니다. 우리나라가 또다시 거꾸로 가느냐, 앞으로 나아가느냐를 가늠하는 선거였습니다.

더 크게 보면, 지금까지 계속돼 왔던 '1987년 체제'의 한계를 뛰어넘어 '2013년 체제'를 다시 만들어야 하는 계기였습니다. 시대를 바꾸는 대전환의 선거였던 것입니다. 그런 의미가 합쳐져 표출된 것이 국민들의 경제민주화와 복지국가에 대한 염원이었고, 새 정치에 대한 열망이었습니다.

앞으로 나아가고, 한 시대의 한계를 뛰어넘고, 대전환을 이루고자 하는 국민들의 간절한 소망을 이루지 못했습니다. 저와 민주당은 패배했습니다. 그러나 국민은 패배하지 않았습니다. 주저앉을 수는 없는 일입니다. 2012년 이루지 못한 것이 2017년으로 미뤄졌다 생각하고, 새롭게 시작해 앞으로 나아가야 합니다.

그러기 위해 필요한 일이, 우선 지난 선거를 제대로 평가하는 일입니다. 지난 대선에 관해서는 그동안 꽤 많은 평가가 있었습니다. 공감이 가는 평가도 있었지만, 그렇지 못한 것도 많았습니다.

특히 정당권이나 정치평론가들 것이 그랬습니다. 평가 자체가 정치적이거나 관념적, 도식적인 경우가 많았습니다. 그래서 공허하게 느껴지는 부분이 많았습니다. 특히 전문가들의 평가에서 부족한 것은 '평범한 상식'이라고 느꼈습니다.

지난 대선의 전 과정을 놓고 보면, 저와 민주당은 낮은 지지에서 출발해서 상대와 엇비슷한 수준까지 지지를 크게 확장했습니다. 그럼에도 불구하고 한계를 넘지 못해 결국 패배했습니다. 대선 평가의 과제는, 지지 확장 요인과 한계를 함께 살피는 것입니다. 잘한 일은 정당하게 평가해 격려해야 합니다. 못한 일은 솔직하게 평가해 앞날의 교훈이 되게 해야 합니다.

무엇이 지지를 확장시켜 준 요인이었고 무엇이 한계였는지, 상식의 눈으로 보면 판단하기 어렵지 않습니다. 그렇기에 전문가나 정치평론가 또는 언론보다는, 우리 국민들이 더 잘 판단하고 있다고 저는 믿습니다.

지난 대선 과정에서 저와 민주당은 '혁신과 통합'을 중심으로 한 야권 통합운동, 민주통합당 창당과 새로운 세력 합류, 시민캠프, 안철수 후보와 단일화, 국민연대 결성의 과정을 거치면서 지지가 크게 확장됐습니다. 그런 과정이 없었으면 저와 민주당이 그만큼 지지를 확장할 수 없었을 것입니다.

만약 제가 이겼더라면 승리 요인으로 평가됐을 일들입니다. 따라서 그 과정에서 있었던 아쉬웠던 점들을 패인이라고 평가하는 것은 맞지 않습니다.

민주당이 앞으로 나아가야 할 방향이 시민 참여의 확대에 있다는 것도 자명합니다. 대선 이후 시민 참여가 떨어져 나간 민주당 지지도가 다시 과거로 돌아간 현실이 이런 사실을 잘 말해줍니다.

더 크게 보면 우리 정치가 발전해 가야 할 방향입니다. 민주당뿐 아니라 우리의 정당과 정치가 시민 참여를 적극 확대하지 않으면 발전을 기대하기 어렵습니다.

50퍼센트를 얻지 못한 저와 민주당의 한계가 무엇이었는지도, 대선 결과를 놓고 보면 쉽게 판단할 수 있습니다. '종북좌파' 프레임, 여전히 강고한 지역적 정치 구도, 극심한 세대 투표, 일방적인 언론 환경 등 지난 대선을 결정적으로 좌우한 요인들을 저와 민주당이 넘어서지 못한 것입니다.

결코 외부의 환경에 패배의 책임을 미루려는 것은 아닙니다. 그런 요인들을 강화시켜 준 책임이 우리에게 있다는 것입니다. 그런 요인들을 극복하지 못한 우리의 부족함을 살피는 것이 중요합니다. 선거 때의 부족도 있었고, 평소의 부족도 있었습니다.

짧은 선거 기간의 노력만으로 극복하기 어려운 문제들입니다. 평소에는 없다가 선거에 임박해서 느닷없이 나타난 현상들이 아니었습니다. 평소부터 있었고, 선거 때 더 크게 작용하리라고 예상됐던 현상들이었습니다. 그럼에도 저와 민주당은 그 문제들을 해소하거나 극복하려는 노력을 평소에 하지 않았습니다.

결국 저와 민주당의 평소 실력 부족이 근본적인 패인입니다. 거기에 국정원의 대선공작과 경찰의 수사 결과 조작 발표 등의 관권 개입이 더해졌을 뿐입니다.

미국 공화당의 다른 성찰

민주당 대선 평가보고서와 비슷한 시기에 미국 공화당 대선 평가보고서가 나왔습니다. 그들도 대선에서 패했습니다. 평가의 자세와 방법에서 배울 점이 많았습니다.

그들의 평가는 이런 자문(自問)에서 출발하고 있습니다.

"공화당이 흑인, 히스패닉, 아시안, 여성, 청년 등 소수자들로부터 지지받지 못한 이유가 무엇인가? 공화당이 평소 그들에게 관심을 갖지 않았기 때문이다. 그래서 그들도 공화당에 대해서 관심을 갖지 않았던 것이다. 그들의 지지를 얻으려면, 공화당이 그들에게 더 관심을 기울여야 한다."

우리 상황에 맞게 고치면 이렇게 될 것입니다.

"민주당이 영남, 5060세대, 보수와 중도층으로부터 지지를 제대로 받지 못한 이유가 무엇인가? 민주당이 평소 그들에게 관심을 갖지 않았기 때문이다. 그래서 그들도 민주당에 대해서 관심을 갖지 않았다. 그들의 지지를 얻으려면, 민주당이 그들에게 더 관심을 가져야 한다."

민주당이 평소 관심을 덜 가진 유권자들로부터 관심을 덜 가진 만큼의 대가를 지난 대선에서 그대로 치렀던 것입니다. 바로 이 점이 대선 평가의 핵심 기조여야 합니다.

미국 공화당 대선 평가는, 원론에만 머물지 않습니다. 부족함을 극복해 낼 수 있는 200여 개에 달하는 대안을 제시합니다. 취약했던 유권자에게 관심을 갖고 그들에게 더 적극적으로 다가갈 수 있는 현실적 방안들을 대단히 다양하고 구체적으로 담았습니다.

그들을 위한 정책뿐만 아니라 정서적으로 다가갈 방안까지 내놓습니다. 공직 후보자 영입에서도 소수자들을 대변할 수 있는 공직 후보의 전략적 발탁을 제안합니다.

대선 캠페인에서도, 미국 민주당은 이른바 빅데이터(Big data)를 기반으로 다양한 타깃(target) 홍보 활동을 펼친 데 비해 공화당은 그에 못 미쳤다는 점을 반성합니다. 차별화된 타깃 홍보를 위해선 빅데이터를 제대로 수집하고 분석해야 하는데, 공화당은 데이터 관리에서부터 민주당에 밀렸다는 점을 솔직히 평가하고 있습니다.

그래서 빅데이터를 수집해서 관리하고 분석할 수 있는 데이터 연구소 설치를 대안으로 제시하고 있습니다.

지난 대선에서 새누리당은 민주당보다 훨씬 풍부한 데이터를 확보해서 그걸 선거운동에 활용했습니다. 과거에 비해 상당히 발전된 타깃 홍보를 했습니다. 새누리당이 지역별, 계층별로 차별화된 타깃 홍보를 한 것은 높이 평가할 일입니다. 민주당은 그런 점에서 새누리당에 많이 뒤졌습니다.

미국 공화당은 여론 조사 방법에 대해서도 심도 있게 고민하고 있습니다. 미국은 우리나라보다 여론 조사 기법이 많이 발전했음에도 기존의 여론 조사 방법들이 유권자들의 여론을 정확하게 반영하지 못하고 있다는 고민입니다.

이유는 우리나라와 꼭 같습니다. 휴대전화 사용자의 증가와 낮은 응답률 때문입니다.

민심을 한층 정확하게 파악하기 위해서 미국 민주당에서는 RDD 방식(Random digital dialing, 무작위로 선정된 전화번호를 여론 조사에 활용하는 전화 여론 조사 방법의 일종)에서 표본 추출 샘플에 의한 여론 조사 방법으로 전환했습니다. 공화당도 그걸 벤치마킹할 필요가 있다고 제안합니다. 우리에게도 필요한 고민입니다.

공화당 대선 평가서는 정당 밖에 있는 '제3세력'과의 동맹의 중요성도 비중 있게 강조하고 있습니다. 공화당은 우리나라 정당과는 비교할 수 없을 만큼 충분히 발전된 국민 정당입니다. 미국 민주당보다 당원도 훨씬 많습니다. 이미 경선에서 오픈 프라이머리를 시행하고 있습니다.

그런데도 후보 선출 과정에 어떻게 하면 더 많은 유권자를 참여시킬 수 있을 것인지를 고민하고 있습니다. 동시에 경선 결과를 일반 유권자들 의사와 최대한 합치시킬 수 있는 경선 룰을 어떻게 만들 수 있을지 고민합니다.

경선을 치르는 전당대회 시점이 너무 늦어서, 대선캠프가 늦게 꾸려지는 상황도 지적하고 있습니다. 대선캠프가 대선 캠페인을 더 잘 준비할 수 있도록 전당대회의 시기를 더 앞당길 것을 주문합니다.

미국 공화당의 대선 평가는 평가의 방법 면에서도 우리 민주당과 크게 달랐습니다. 공화당에서 대선 평가의 출발점으로 삼은 것은 유권자들의 의견이었습니다. 폭넓은 유권자들을 직접 접촉하면서 설문 조사를 실시합니다. 그 결과에 나타난 시민들의 의견을 광범위하게 반영했습니다. 결과적으로 정당 내부의 관점이나 정파적인 관점이 아니라 시민적 관점에서 대선 평가가 이뤄졌습니다.

미국 공화당 대선 평가보고서를 보면 우리나라의 현실정치 상황과 놀라울 정도로 비슷한 고민이 많다는 것을 알 수 있습니다. 그런 걸 보면 사람 사는 세상이 어디나 비슷한 모양입니다.

미국이라고 특별하지 않았습니다. 하지만 문제를 돌아보고 평가하는 관점과, 대안을 찾아내는 자세는 너무나 달랐습니다. 공화당 대선 평가보고서는 상식적입니다.

객관적으로 드러난 유권자층의 지지 결과를 놓고, 상대적으로 지지받지 못한 유권자층에 대해 그동안 제대로 다가가지 못한 이유를 성찰합니다. 앞으로 어떻게 다가가서 지지받을 것인가를 고민합니다. 철저하게 시민적 관점에서 반성하고 대안을 모색합니다.

공직 후보자 선출에 관한 반성의 기준도 철저하게 유권자들의 의사입니다.

더 많은 유권자의 참여, 유권자들 의사에 더 부합하는 경선 결과. 바로 이것이 목표입니다. 어떻습니까. 미 공화당 대선 평가보고서를 읽어 본 미국의 유권자들이 고개를 끄덕이며, 그들의 노력을 긍정적으로 봐 줬을 것 같지 않습니까? 우리는 그러지 못했습니다.

객관적으로 드러난 유권자층의 지지 결과를 외면한 채 정파적 관점의 책임론으로 대선을 평가했습니다. 지난 대선 시기 저와 민주당의 지지를 확장시켜 준 많은 긍정적 요인을 오히려 폄훼했습니다.

그래서 내려진 결론이 유권자 참여 확대가 아니라 당원 중심주의였습니다. 지지자들을 속상하게 만들고, 실망하게 하고, 등을 돌리고 떠나가게 만든 대선 평가였다고 해도 지나치지 않습니다.

2017년의 희망을 위해서는 제대로 된 대선 평가가 꼭 필요하다고 생각하는 이유입니다.

사악한 주술(呪術), '종북'

지난 대선을 지배하면서 결과에 영향을 미쳤던 가장 강력한 프레임은 역시 새누리당의 '종북'몰이였습니다. 특히 노령층과 영남, 그리고 농촌 지역에서 굉장한 위력을 발휘했습니다.

새누리당이 또다시 북풍이나 색깔론을 들고 나오리라는 것은 처음부터 예상했던 일이었습니다. 특히 "노무현 대통령이 NLL을 포기했다"고 주장하고 나왔을 때, 이번에도 새누리당이 색깔론을 승부수로 삼으려는 노골적인 의도를 읽을 수 있었습니다.

그래도 저는 색깔론의 위세가 과거만큼은 못할 거라고 봤습니다. 천안함 사건과 연평도 포격 사건을 색깔론에 이용하려는 시도도, 새누리당이 기대하는 만큼 큰 효과를 거두지 못할 거라고 생각했습니다. 이제는 그런 정도의 북풍(北風)이나 색깔론에 흔들리지 않을 만큼 우리 사회와 국민들이 성숙했다고 믿었습니다.

특히 저는 북한 체제를 버리고 남한을 선택한 피난민 출신입니다. 또 저의 공수특전사 경력이 부각돼 있기도 했기 때문에, 그런 이력이 색깔론의 위력을 약화시켜 줄 거라고 기대했습니다.

오산이었습니다. '종북' 공세의 위력은 과거 어느 때보다 막강했습니다. 특히 과거와 달랐던 것은, 후보 개인을 '종북'으로 모는 것이 아니라 민주당과 민주 진영 전체를 '종북'으로 매도하는 것이었습니다. '종북좌파'는 민주당을 비롯한 범야권 전체를 가리키는 대명사가 됐습니다.

"종북 세력에게 나라를 맡길 수 없다"는 말은 차라리 점잖은 축에 속했습니다. 심지어는 "빨갱이들에게 나라가 넘어가면 큰일이다"는 말이 횡행했습니다.

"문 후보는 좋은데 주변에 빨갱이들이 많아서…." 제가 대선 전후에 가장 자주 들었던 말입니다. 연세가 드신 유권자층에서는 선거 때 제게 "종북이 아니라는 확실한 선언을 하고, 진보 정당들과 선을 그으라"는 주문이 많았습니다.

대선 후 영남 지역에서 일반 시민들로부터 가장 많이 들었던 패인 평가도 "통합진보당의 이정희 후보와 선을 분명하게 긋지 못하고 한통속처럼 비쳤다"는 것이었습니다.

"TV토론 때 이정희가 박근혜한테 대들 때 점잖게 나무라는 말 한마디만 했더라도…."

심지어는 이렇게 아쉬워하는 분들도 계셨습니다.

지난 대선에서 '종북' 프레임의 성공이 박근혜 후보의 결정적인 승인이었다고 저는 판단합니다. 거꾸로 말하면 그 프레임에 무력했던 것이 저와 민주당의 결정적 패인이었습니다.

'종북' 프레임은 중도 확장 경쟁에서 불리하게 작용한 것으로 그치는 게 아니었습니다. 보수층 유권자들을 무섭게 결집시켜 투표장까지 동원하는 동력이 됐습니다. 영남을 비롯한 비호남 지역의 지역주의도 크게 강화시켰습니다. 50대와 60대를 한층 보수화시키는 역할까지 했습니다.

'종북' 프레임이 그토록 막강한 위력을 발휘하게 된 배후에, 새누리당과 보수언론과 국정원 등 국가기관들의 공조가 있었습니다. 특히 국정원은 대북심리전이란 미명하에 야권 후보를 비방하는 인터넷과 트위터 활동을 조직적으로 벌였습니다. 또 군(軍)이나 십알단 등의 활동을 지원하고 연계함으로써, 야권에 비해 상대적으로 취약했던 SNS 공간까지 장악하려 했습니다.

국민의정부와 참여정부도 모두 '종북'으로 매도됐습니다. 두 정부에서 추진한 햇볕정책과 평화번영정책은 북한의 핵무기와 미사일 개발을 지원해 준 것으로 공격받았습니다. 전시작전권 환수도 '종북', 한미 FTA 재협상 요구도 '종북', 강정마을 해군기지 건설 비판도 '종북'으로 몰았습니다.

그것만으론 새로울 게 없으니 급기야 나온 게 새누리당과 국정원의 결탁에 의한 NLL 포기 논란이었습니다.

2012년 10월 8일 새누리당 정문헌 의원이 "노무현 대통령의 NLL 포기"와 그 내용이 담긴 '김정일 위원장과의 비밀 대화록 존재'를 주장한 것이 신호탄이었습니다. 그 이후 선거일까지 새누리당과 박근혜 후보는 수십 차례에 걸쳐 '노 대통령의 NLL 포기'와, 그것을 규명하기 위한 '정상회담 회의록 공개'를 주장했습니다.

또 그 사실을 규명한다며 국회에 국정조사 요구서를 제출하고, '민주당 정부의 영토주권 포기 등 대북게이트 진상조사위원회'를 구성했습니다. 국가기록원을 방문해서 자료 열람을 요구하는 정치 공세를 펼쳤습니다.

급기야 김무성 의원은 국정원이 제공해 주지 않으면 입수할 수 없는 정상회담 회의록 원문을, 박근혜 후보와 함께한 유세장에서 낭독하기까지 했습니다.

한편으로 새누리당과 박근혜 후보는 노 대통령의 NLL 포기에 대해 제가 책임져야 한다면서 저를 향해 집중포화를 퍼부었습니다. 저와 민주당이 회의록 공개를 반대하는 것을 비난하면서 '노 대통령 지시에 의한 기록물 폐기' 의혹과 그에 대한 저의 책임을 제기하기도 했습니다.

아직도 우리 선거에서 '종북좌파' 공격이 그토록 위력을 발휘한다는 건 참으로 슬픈 일입니다. 철 지난 빨갱이 타령을 재포장한 것일 뿐 아니라, 저열하기 짝이 없는 흑색선전에 불과합니다.

국민을 분열시키면서 공존을 거부하고, 남북관계 발전을 가로막는 사악한 프레임입니다. 대결정치, 증오정치의 산물입니다.

새누리당이 다시는 이런 프레임으로 선거에 이기려 해서는 안 됩니다. 새누리당에 간곡하게 요청합니다. 지난 대선에서 득본 것으로 만족하고 다시는 선거에서 같은 짓을 되풀이하지 말기를 바랍니다. 국민들께도 절박한 호소를 드립니다. 이런 프레임을 더 이상 용납해서는 안 됩니다. 이건 정상적인 민주주의 국가의 모습이 아닙니다.

제가 특히 아프게 생각하는 것은 그런 비열한 프레임에 우리가 속수무책이라 할 정도로 무력했던 이유가 무엇이냐는 것입니다. 그동안 그렇게 당해 오고도 또 그렇게 당할 수밖에 없었던 요인이 우리 내부에 있지 않느냐는 것입니다.

민주정부 10년은 안보에 있어서 새누리당 정권보다 훨씬 유능했습니다. 김대중 정부는 두 차례의 서해해전을 겪으면서도 NLL을 굳건히 지켰습니다. 노무현 정부 때는 북으로부터 NLL을 공격받은 적이 아예 한 번도 없었습니다. 임기 내내 NLL은 물론 휴전선 전역에서 북한과 단 한 건의 군사적 충돌도 발생하지 않았습니다. 우리 국민 단 한 사람도 억울하게 희생시키지 않았습니다. 철저하게 그 목표로 남북관계와 안보정책을 관리했습니다.

천안함 사건과 연평도 포격 사건으로 NLL이 뚫리고 많은 장병과 국민을 희생시킨 건 이명박 정부였습니다. 우연히 그렇게 된 것이 아닙니다. 안보 대처 능력이 없었기 때문입니다. 이명박 정권은 대통령부터 시작해서 안보를 책임져야 할 안보대책회의 구성원 대부분이 군 복무를 하지 않았을 정도로 병역미필 정권이었습니다.

안보를 뒷받침하는 국방 예산, 사병 복지, 안보 역량 강화에 있어서도 이명박 정부는 노무현 정부보다 못했습니다. 노무현 정부 5년간 연평균 국방예산증가율은 8.8퍼센트였던 데 비해, 이명박·박근혜 정부에선 5.3퍼센트와 4.2퍼센트(2014년 예산안 기준)에 불과합니다. 전체 예산 및 GDP와 대비하더라도, 노무현 정부 5년간 국방예산증가율은 전체예산증가율보다 높았고 GDP 대비 국방예산비율도 증가했습니다.

전시작전권 환수에 대비해서 자주국방 능력을 강화하려는 의지가 있었기 때문입니다. 반면에 이명박 정부는 국방예산증가율이 전체예산증가율보다 낮았습니다. GDP 대비 국방예산비율도 낮아졌습니다.

그뿐이 아닙니다. 6·25와 베트남전 참전수당 지급, 고엽제 피해 보상, 특수 북파공작원들에 대한 국가유공자 예우와 보상도 민주정부 10년 기간에 해결한 일입니다. 군인으로만 한정했던 6·25 참전 경력을, 경찰과 민간 의용군까지 확장해서 공훈으로 인정한 것도 민주정부 때입니다.

객관적 현실이 그러한데도 민주 진영은 "종북이며, 안보에 무능하다"는 공격 프레임에서 벗어나지 못하고 있습니다. 앞으로 민주 세력의 재집권을 위해서도 이 문제를 깊이 고민하지 않으면 안 됩니다.

새누리당은 내년 지방선거는 물론 다음 총선과 대선까지도 종북 프레임을 앞세워서 치르려고 할 것입니다. 대선 후 일 년이 다 돼 가는 지금까지도 계속되고 있는 대대적인 종북몰이가 그 사실을 예고하고 있습니다. 단지 지난 대선을 평가하는 차원에서뿐 아니라 2017년의 희망을 다시 세우는 차원에서도 이 문제의 극복이 절실합니다.

뭐 하나 꿀릴 게 없었건만

민주 진영은 담론에서, 그동안 '국가'나 '애국'이라는 가치에 관심을 덜 가졌던 게 사실입니다.

그로 인해 국가공동체의 공동선을 위해 더 많은 헌신과 희생을 치러 왔음에도 불구하고, '국가'나 '애국'이라는 가치를, 실상과 다르게 보수 세력의 전유물처럼 내줬습니다.

'안보' 문제도 마찬가지입니다. 민주 진영 내에서 민족의 화해와 평화 담론은 무성했지만, 안보 담론은 적었던 게 사실입니다. 심지어 '안보의 강조'를 금기시하는 듯한 분위기도 없지 않았습니다. '안보의 강조'가 오랫동안 독재권력과 보수정권의 유지에 악용되어 온 역사적 경험 때문일 것입니다.

노무현 정부의 국방 예산 증가와 자주국방 능력 강화 노력도 당시 진보적 지식인들로부터 적잖은 비난을 받았습니다. 실제로는 민주 진영이 안보에 더 충실해 왔음에도 불구하고 안보에 무관심한 것처럼 비친 연유라고 봅니다.

또한 진보 진영의 그런 태도가 안보를 보수 세력의 전유물인 것처럼 만들어 준 측면이 있다고 생각합니다. 이런 점들이 우리가 '종북' 프레임에 취약한 배경일 것입니다.

단기적으로 우리가 빌미를 제공한 것도 있다고 생각합니다. 총선 승리를 위한 야권 연대 협상에서 원칙 없이 진보 정당에 휘둘리는 듯한 모습, 한미 FTA와 제주 해군기지 문제에서 집권 시기와 야당일 때 달라지는 듯한 모습 등이 사례일 것입니다.

지난 총선 때까지 야권 연대 후보단일화는 이명박 정부의 전횡에 맞서 승리하기 위한 국민적 요구였습니다. 이제 와서 그 자체가 잘못된 일인 양 비판하는 것은 옳지 않습니다. 그러나 경쟁력이 우월한 후보를 대표선수로 내세워 새누리당 후보와 대적한다는 단일화의 명분과 원칙이 제대로 지켜지지 않은 것이 문제였습니다.

더 큰 문제는 단일화 과정에서 한미 FTA와 제주 해군기지 문제에 대한 민주당의 입장이 흔들리는 듯한 모습이었습니다.

한미 FTA에 대한 민주당의 변함없는 당론은, FTA 자체는 인정하되 독소조항은 재협상을 통해 개정하겠다는 것이었습니다. 저의 대선 공약도 마찬가지였습니다.

따라서 정확하게 말하면, 비준 전에는 재협상 없는 비준을 반대하는 것이었지만, 비준된 후에는 비준된 FTA에 대한 '개정협상'을 주장하는 것이었습니다. 그런데 '재협상'이란 용어가 비준 전의 '재협상' 주장과 달라지지 않았기 때문에 여전히 비준을 반대하는 듯한 혼동을 줬습니다. 게다가 당내 일부의 개인적인 폐기 주장이 오해의 빌미를 제공하기도 했습니다. 그 때문에 민주당이 마치 한미 FTA를 인정하지 않는 듯한 오해를 줬고, 한미 FTA 폐기를 주장한다는 왜곡된 공세에 시달리게 만들었습니다.

안철수 후보 측은 그런 오해를 피하기 위해 아예 '개정협상'이란 표현을 썼는데, 매우 현명한 용어 선택이었습니다.

제주 해군기지에 대한 민주당의 변함없는 당론도 '민군복합미항'이라는 당초의 사업 목적을 지켜야 한다는 것이었습니다. 그리고 그 목적과 민주적 절차에 위배해 공사를 강행하는 것에 반대하는 것이었습니다. 이는 2011년 예산 국회에서 여야 합의로 정부의 2012년도 해군기지 예산을 전액 삭감한 취지와 같았습니다.

그런데 이 역시 일각의 원천적인 반대 주장과 뒤섞이면서 마치 민주당이 해군기지 자체를 반대하는 듯한 오해를 줬습니다.

민주당이 안보 이슈에 대한 대응을 회피하거나 소극적으로 하는 점도 지적하고 싶습니다. 지난 대선에서 저는 새누리당의 북풍 또는 색깔론에 맞서 안보 홍보 활동을 대폭 강화했습니다. 제 자신이 공수특전사 출신임을 최대한 활용하면서, 천안함 방문, 특전사 행사 참석, 여러 차례의 군부대 방문 등 대통령 후보로서의 안보 능력과 의지를 누누이 강조했습니다.

또 해군참모총장, 공군참모총장, 육사교장, 특전사령관 출신

등이 포함된 막강한 안보특보단과 국방자문단을 구성해서, 안보 능력에 대한 국민들의 신뢰를 높이고자 했습니다.

지금까지 역대 야권 대선후보가 갖춰 보지 못한 최강의 안보 진용이었습니다.

새누리당의 NLL 공격이 시작됐을 때 저는 그것이 새누리당의 승부수임을 직감했습니다. 그래서 정면으로 맞서서 강력하게 대응해 줄 것을 선대위에 주문했습니다. 그리고 직접 나서서 노 대통령의 NLL 포기 발언이 사실로 확인되면 제가 모든 책임을 지겠다고 배수진을 치면서 맞대응했습니다.

그런데 안보 이슈에 대한 민주당의 전통적인 대응 방식은 맞부딪치는 것을 피하는 것이었습니다. 안보 이슈는 야당에게 불리한 것이기 때문에 논란을 키우지 않는 것이 상책이라는 것입니다.

그 후 새누리당의 부당한 흑색공격이 계속되는데도 선대위는 정면 대응을 피했습니다. 민주당의 전통적인 대응 방식에 따른 것입니다. 심지어 저에게 NLL에 관한 언급을 최대한 자제해 달라고 주문했습니다. 안보 이슈는 상대편에 말려들수록 우리가 손해이니 할 말이 있어도 참으라는 것이었습니다.

당시 우리의 선대위 국방자문단에는 1차 연평해전을 승리로 이끌어 NLL을 사수한 해군 지휘관이 모두 참여하고 있었습니다. 전체 작전을 지휘한 전투전단장, 현장에서 직접 전투를 지휘한 전투전대장, 현장에서 구축함을 지휘한 구축함 함장 등이 그

분들이었습니다. 그분들의 존재도 제대로 활용하지 못했습니다.

선대위의 그런 방침과 태도는 대선 후 지금까지도 민주당에서 계속 이어지고 있습니다.

NLL 논란에 대한 민주당의 소극적인 대응이 바로 그것입니다. 종북몰이로 연결되는 대단히 중요한 문제인데도, 정면 대응은 고사하고 논란 자체를 거북해 하는 듯합니다. 심지어 '친노'의 문제로 여기는 듯한 경향도 없지 않습니다.

최근 정부의 통합진보당 해산 청구에 대한 민주당의 미온적인 듯한 대응도 마찬가지입니다. 박근혜 정부가 국정원의 불법 대선공작사건 처리와는 정반대로, 이석기 의원 재판이 끝나지 않고 유무죄가 가려지지도 않은 상황에서 밀어붙인 반민주적 폭거입니다.

하지만 '종북'이나 '통합진보당을 편든다'는 비난이 두려워 조심스럽게 대응의 수위를 낮췄을 것으로 이해합니다.

그러나 저는 오히려 그런 소극적인 태도가 종북 프레임의 위력을 강화시켜 준다고 생각합니다.

우리는 분단 상황이면서 아직도 전쟁이 종료되지 않은 정전체제 속에 살고 있습니다. 무엇보다 안보가 중요한 것이 현실입니다. 그리고 정권을 맡아서 국가 경영을 책임지겠다는 정당이라면 국민들의 안보 불안을 해소해 줄 책무가 있습니다.

안보에 대한 신뢰 없이 수권정당이 될 수는 없습니다. 이제는 안보 문제를 피하지 말고 정면 대응해 나가는 것이 반드시 필요합니다.

NLL 포기가 전혀 사실이 아님을 확실하게 해 두는 것은, 앞으로 종북 프레임을 깨는 데에서도 무엇보다 중요하다는 생각입니다. 민주당이 안보 이슈에서도 새누리당에 꿀리지 않고 당당하게 맞서 나갈 수 있도록 각별한 노력을 기울여야 할 것입니다.

강고한 지역주의의 벽

지난 대선에서도 지역 대결 구도는 그대로 재현됐습니다. 전통적인 영남 대 호남의 대결 구도에서 달라진 게 없습니다. 박근혜 후보와 저는 영호남 지역에서 각각 압도적인 지지를 받았습니다. 이런 지역 구도를 넘어서지 못하면, 수적으로 압도적인 영남의 우위 때문에 야권 후보는 언제나 고전할 수밖에 없습니다.

지난 대선에서 영남 유권자 수(1,058만여 명)는 호남 유권자 수(413만여 명)의 2.6배에 달했습니다. 그 차이가 승패를 갈랐습니다. 저는 영남에서 320만 표 넘게 졌습니다. 이는 전국 전체 득표 차인 108만 표의 3배에 달하는 수치입니다. 영남을 제외한 나머지 지역에서 210만 표 이상 이기고도, 영남 지역에서의 패배 때문에 낙선한 셈입니다. 제가 영남 출신인데도 그랬습니다.

지역 구도의 힘이 얼마나 강한지, 제가 태어나고 평생 살아온 부산·경남에서도 박근혜 후보에게 크게 밀렸습니다. 심지어는 국회의원 지역구인 부산 사상구와 고향인 경남 거제에서도 박 후보를 이기지 못했습니다. 지역 발전에 대한 기대로 지역 출신 후보를 지지할 만한데도, 그보다는 지역 구도가 훨씬 강고했던 것입니다. 어쩌면 수도권 지역의 유권자들에게는 도무지 이해가 안 가는 일일지도 모르겠습니다.

결국 우리 정치 지형의 강고한 지역 구도가 지난 대선의 또 하나의 결정적 패인이었습니다. 대부분의 대선 평가를 보면 이런 중요한 사실을 외면하고 있습니다. 오랫동안 계속되어 온 현상이다 보니 지역 구도를 주어진 환경 조건인 것처럼 생각하게 된 것입니다. 그래서 지역 구도에서 패인을 찾으면 '책임을 외부 탓으로 돌리는 반성 없는 태도'인 양 돼 버렸습니다.

그러나 지난 대선 결과를 결정적으로 좌우한 종북 프레임이나 지역적 정치 구도 같은 요인들을 외면하면서, 민주당의 친노 · 비노 분열 같은 내부 요인 때문에 졌다는 식의 평가가 과연 옳은 평가일까요?

그건 진실과 동떨어진 평가입니다. 민주당의 내부 요인에서만 패배 원인을 찾게 되니, 선거 결과를 결정적으로 좌우한 부당한 외부 요인들이 없었던 일처럼 되고 맙니다.

그런 평가가 온전한 평가일 수는 없습니다. 또한 우리 정치를 망치는 지역적 정치 구도를 못 본 척함으로써 망국적 지역 구도에 면죄부를 주는 결과가 된다는 것도 지적할 수 있습니다.

지역 주민들이 자기 지역을 지지 기반으로 하는 정당을 더 선호하는 것은 결코 이상한 일이 아닙니다. 오히려 지극히 자연스러운 현상일 것입니다. 따라서 그런 선택이 잘못됐다거나 후진적이라고 지역 주민을 비판할 수는 없습니다.

더구나 지금 우리나라처럼 정당에 대한 지역적 지지의 쏠림이 극심하면, 그로부터 형성된 지역 정서에서 유권자들이 헤어나기란 쉬운 일이 아닙니다.

심지어 상대편 지역의 결집을 보면서 이쪽 지역의 결집이 강화되는 악순환이 생기기도 합니다. 닭이 먼저냐 달걀이 먼저냐는 식으로 서로 상대 지역에 지역 구도의 책임을 전가하는 것입니다. 그리고 그것을 통해 자신의 지역주의적 성향을 정당화하게 됩니다.

그렇게 지역주의를 자연스러운 현상으로 놓고 보면 사실 지난 대선에서 저와 민주당의 진정한 패인은, 지역 구도의 존재 자체가 아니라 우리가 그런 잘못된 구도를 극복하려는 노력을 거의 하지 않았다는 데 있습니다. 영남 지역 유권자들의 외면에 책임이 있는 것이 아니라 우리가 그들에게 다가가지 못한 것이 패인입니다.

새누리당은 지난 대선에 대비해서 호남의 지지를 더 받기 위해 평소부터 꾸준히 노력해 왔습니다. 그 결과 박근혜 후보는 호남 지역에서 10퍼센트가 넘는 괄목할 만한 득표율을 기록했습니다. 그건 새누리당의 역대 어느 후보보다 높은 득표율이었습니다. 높이 평가하고 축하할 일입니다.

그에 비해 민주당은 영남 지역의 지지도를 끌어올리려는 당

차원의 노력을 거의 기울이지 않았습니다. 과거 김대중 대통령은 영남에서의 지지율을 높이기 위해 '동진(東進) 정책'이라고 불릴 정도로 많은 노력을 기울였습니다.

영남 출신 인사를 정치적으로 상징성 있는 자리에 발탁했습니다. 박정희 대통령 기념사업에 거액의 국고를 지원하기도 했습니다. 영남에 현역 의원이 없는 상황을 감안, 당내에 '동남 특위'를 구성해 영남 지역에 특별한 정책적 지원 체제를 갖추기도 했습니다.

당초 산정된 분양가가 평당 110만 원이 넘었던 녹산공단의 분양가를 60만 원대로 낮추어 조기 분양함으로써, 부산 지역 경제에 활력을 불어넣은 것도 '동남 특위' 활동의 성과였습니다. 노무현 대통령의 당선도 그런 노력의 산물이었습니다. 영남 지역에서 득표율이 크게 오른 것이 이길 수 있었던 요인 중 하나였습니다.

지금의 민주당은 그런 정신이 더 퇴색한 게 아닌가 싶습니다. 노무현 정부 말기 열린우리당이 와해되면서 영남 지역의 지지세력들이 오히려 떨어져 나갔습니다.

이후 영남 지역의 지지를 넓히려는 민주당 차원의 노력은 거의 없었다고 해도 틀린 말이 아닙니다. 또한 노무현 정부 때 있었던 정당의 원내정당화와 지구당 폐지로 인해 현역 국회의원이 없는 원외 지역과 시·도당의 존재감이 더욱 희미해졌습니다. 그 때문에 영남 지역 당세가 오히려 약화되는 결과가 초래됐습니다.

약세 지역의 지지를 넓히려면 원외 시·도당위원장이나 지역 위원장들을 당직에 더 많이 발탁하고 역할을 부여하는 노력이 필요합니다. 중앙당의 권한을 과감하게 시·도당에 이전해야 합니다. 하지만 그런 노력도 별로 없었습니다.

다행히 민주당은 영남 지역 정치인들의 자생적 노력에 힘입어 근래 지지 기반을 크게 넓혀 가고 있습니다. 많은 가능성도 보여주고 있습니다. 지난 대선에서 저와 민주당은 부산·울산·경남에서 40퍼센트 가까운 지지를 받았습니다. 영남 지역의 강고한 지역주의가 부산·울산·경남 지역에서부터 무너질 기미를 보입니다.

거기에 민주당이 지역 정당의 한계에서 벗어나 전국 정당의 면모를 갖추려는 노력을 배가한다면 우리 정치의 지역 구도를 영남에서부터 바꿔 나갈 수 있을 거라고 생각합니다. 전국 정당화를 위한 민주당의 더 각별한 노력을 기대해 봅니다.

세대별로 품지 못한 패착

지난 대선은 세대 변수가 역대 어느 선거보다 크게 작용한 선거였습니다. 세대별로 투표 성향이 다르게 나타나는 것은 우리나라만의 현상은 아닙니다. 미국의 오바마 대통령은 40대 이하의 압도적 지지로, 그보다 높은 연령층에서는 지지가 더 높았던 롬니 후보를 눌렀습니다. 우리나라에서도 과거부터 있어 왔던 경향입니다.

2002년 대선에서 노무현 후보는 이회창 후보보다, 2030세대의 득표율에서 24~25퍼센트 앞섰습니다. 반면 5060세대에서는 비슷한 비율에서 뒤졌습니다. 40대의 득표율은 엇비슷했습니다. 결국 노무현 후보는 2030세대의 지지율 우위에 힘입어 57만 표 차이로 대통령에 당선되었습니다.

지난 대선에서 세대별 투표 성향의 차이는 더욱 극명하게 갈렸습니다. 저는 박근혜 후보보다 20대(19세 포함) 유권자들에게서 32.1퍼센트, 30대에서 33.4퍼센트, 40대에서 11.5퍼센트 더 높은 지지를 받았습니다. 반면 50대와 60대(70세 이상 포함) 유권자들의 지지율은 박근혜 후보가 저보다 각각 25.4퍼센트와 44.8퍼센트 앞섰습니다.

2002년 대선과 비교하면, 저는 2030세대로부터 노무현 후보보다 훨씬 많은 지지를 받았습니다. 40대에서도 높은 지지를 받았습니다. 하지만 5060세대에서는 더 큰 폭으로 뒤졌습니다. 여기서 승부를 바꾼 것은 고령화 사회로 진입하면서 발생된 유권자 구성의 변화였습니다.

2002년 대선 때 전체 유권자 중 2030세대의 구성 비율은 48.3퍼센트, 5060세대의 구성 비율은 29.3퍼센트였습니다. 2030세대의 유권자가 660만 명 이상 더 많았습니다. 상대적으로 낮은 투표율에도 불구하고 실제 투표자 수도 222만 명 더 많았습니다. 이 점이 노무현 후보가 57만 표 차이로 승리할 수 있었던 요인이었습니다.

지난 대선에서는 2030세대의 구성 비율이 38.2퍼센트로 크게 낮아진 반면, 5060세대의 비율은 40.0퍼센트로 대폭 상승했습니다. 유권자 수에서 5060세대가 오히려 72만 명 이상 더 많아졌습니다.

10년 동안 2030세대는 141만 명이 감소한 반면, 5060세대는 무려 596만 명이 증가했던 것입니다. 여기에 5060세대의 높은 투표율을 반영하면 실제 투표자 수는 5060세대가 2030세대보다 262만 명이나 더 많았습니다.

그 차이를 넘지 못했습니다. 2030세대에서 353만 표 더 득표했지만, 5060세대에서 465만 표 뒤진 것이 치명적이었습니다. 전체 유권자 중 구성 비율이 21.8퍼센트였던 40대에서 11.5퍼센트 더 지지받은 것으로 표차를 줄이는 데 그쳤습니다.

저는 2002년 대선보다 20~40대로부터 훨씬 높은 지지를 받는 데 성공했습니다. 기적으로 여겨질 만큼 놀라운 득표율, 놀라운 투표율, 놀라운 결집이었습니다.

하지만 5060세대는 더 무섭게 결집했습니다. 특히 50대의 투표율은 무려 82퍼센트에 달했습니다. 저는 50대와 60대 유권자들로부터는 각각 37.4퍼센트와 27.5퍼센트밖에 득표하지 못했습니다.

지난 대선에서 5060세대는 2030세대의 결집에 위기감을 느꼈던 것 같습니다. 그런 위기감이 그 세대들을 더 결집시켰습니다. 제 나이가 선거 다음 달 만 60세가 됐으니 같은 세대였는데도 그랬습니다. 무엇이 그들을 그렇게 결집시켰는지, 도대체 어떤 점이 그들을 저와 민주당으로부터 그토록 멀어지게 만들었는지를 생각하면 참으로 가슴이 아픕니다.

세대 투표는 저와 민주당이 예상했던 바였습니다. 선거 초반 많은 전문가들은 과거처럼 40대가 '스윙 보터(Swing voter)' 역할을 하리라고 보았습니다. 40대의 표심을 잡는 쪽이 승리할 것이라고 했습니다.

그 예상이 맞았다면 40대에서 11.5퍼센트 더 득표한 제가 승리했을 것입니다. 하지만 전문가들이 그렇게 예상하고 있을 때 저는 이미 선대위로부터, 세대별 유권자 구성의 변화와 5060세대의 압도적인 투표율을 감안하면 50대가 승부처가 될 것이라는 분석 보고서를 받았습니다.

선대위의 세대별 선거 전략도, 20~40대는 투표율 높이기, 50~60대는 지지율 높이기에 초점을 맞췄습니다. 궁극적으로는 50대 유권자들로부터 엇비슷한 지지를 끌어내는 것을 목표로 했습니다. 저와 같은 세대인 것이 도움이 되리라는 기대도 있었습니다.

하지만 결과는 기대에 크게 못 미쳤습니다. 앞서도 언급한 것처럼 50대로부터 37.4퍼센트밖에 득표하지 못한 것이 특히 뼈아픈 패인이었습니다.

선거운동 기간에 저는 50대의 지지율을 끌어올리기 위해서 '50대를 위한 정책'을 특별히 따로 준비해 제가 직접 발표했습니다. 또 저의 방송연설 중 한 편을 '내 친구 50대에게'라고 제목을 붙여 특별히 50대에게 할애하기도 했습니다.

특정 연령대에 맞춰 별도의 정책을 마련해 발표하고 별도의 방송연설까지 한 것은 50대를 위한 것이 유일했습니다. 50대에 대해서만 특별한 노력을 한 것이었습니다.

윤여준 전 장관을 방송찬조 연설자로 모신 것도 다분히 5060세대를 겨냥한 것이었습니다.

50대를 위한 저의 맞춤형 정책 공약은 괜찮았다고 생각합니다. 50대의 마음을 짓누르고 있는 부모, 자식, 건강, 일자리, 그리고 생활에 대한 걱정을 덜어 드릴 나름의 방안을 제시했습니다. 간병비 건강보험 적용, 노인 장기요양보험 확대와 치매환자 요양 확대, 기초노령연금 2배 인상, 반값등록금 실현, 의료비 본인부담 100만 원 상한제 실시, 정년 60세 법제화와 65세로의 단계적 연장, 일자리청과 중고령자 전담조직 설치, 엄마 휴가제와 가족 국내여행 바우처 프로그램 도입 등이 대표적인 정책 공약이었습니다.

박근혜 후보 측에서 저의 공약을 많이 흉내 내는 바람에 정책의 차별성이 희석되긴 했지만, 그런 가운데서도 확실한 우위를 보였다고 생각합니다.

그러나 50대가 당장 생활 속에서 중요하게 여기고 있는 집값 안정이나 전월세 대책, 가계부채 문제 등에서 대책 제시가 충분하지 못했다고 느낍니다.

특히 수도권 아파트 가격의 지속적 하락으로 불안해 하고 있는, 자기 집을 가진 50대 중산층의 불안감을 해소해 주지 못했습니다. 또 일부 대책은 선거일에 임박해서야 발표한 탓에 효과가 반감되기도 했습니다.

'내 친구 세대'의 절망

우리나라의 50대는 그야말로 격동의 현대사를 살았습니다. 대부분이 베이비부머 세대(1955~1963년 출생)에 속합니다. 그들은 가난 속에서 성장한 세대입니다. 가난 때문에 원하는 만큼 교육을 받지 못한 이가 매우 많았습니다.

제 동기들이 대학을 졸업할 무렵 우리 세대의 평균 학업 연수는 8.83년이었습니다. 중학교 졸업에도 못 미치는 수준이었습니다. 대학생만 돼도 대접받던 세대였습니다. 사회에 진출해 한창 일할 나이에 IMF 외환위기 사태를 겪었습니다.

'사오정(45세면 정년)' '오륙도(56세까지 직장에 있으면 도둑놈)'와 같은 유행어들도 50대가 처한 아픈 현실을 풍자한 것들입니다.

현재의 모습도 그다지 희망적인 것 같지 않습니다. 직장이 있는 사람들도 집단 퇴직이 시작됐지만, 대부분 마땅한 노후 대책이 없습니다. 이른바 '낀 세대'여서 부모를 모셨지만 자식들의 부양은 기대하기 어렵습니다.

오히려 힘들여 자식을 대학까지 뒷바라지했으면서도 자식들이 취업을 제대로 하지 못해, 은퇴한 50대와 60대가 도로 취업 전선에 나서는 형편입니다.

50대의 현실에 대한 불안이 지난 대선에서 '변화' 대신 '안정'을 선택하게 만들었다는 분석이 많습니다. 그렇다면 저와 민주당은 지난 대선에서 50대에게 안정감을 주지 못한 것을 깊이 반성해야 합니다. 물론 선거 때만의 문제가 아니라 민주당이 평소에 부족했던 모습이었습니다.

더 근본적인 문제는 저와 민주당의 행태가 5060세대에게 정서적으로 다가가지 못하고, 오히려 거리감을 느끼게 했다는 점입니다. 지난 대선 때 저와 민주당은 5060세대보다 2030세대에 훨씬 많은 노력을 기울였던 것이 사실입니다. 10년 전에 치러졌던 2002년 대선을 떠올리며, 2030세대의 투표율을 높이는 것이 이기는 길이라는 환상을 가졌기 때문입니다.

단일화의 그늘도 컸습니다. 안철수 후보와의 단일화 경쟁이 처음부터 끝까지 2030세대의 지지를 놓고 경쟁하는 양상으로 진행됐기 때문입니다. 단일화 경쟁이 끝날 때까지 5060세대에게 더 많은 노력을 기울일 수가 없었습니다.

민주당은 국회의원 비례대표 선출 때도 2030세대를 향해서는 이른바 '슈퍼스타 K' 방식의 청년 비례대표 후보 발탁을 대대적으로 홍보해서 그들의 마음을 잡으려고 노력했습니다. 하지만 노령층에 대해서는 아무런 배려를 하지 않았습니다. 결과적으

로 5060세대에 상대적으로 소홀했던 것을 부인하기 어렵습니다.

민주당이 2030세대에만 신경을 쓰는 것처럼 보이면서 5060세대는 소외감이나 거리감을 느꼈을 것입니다. 5060세대는 저와 민주당을 자신들의 편으로 생각하지 않았습니다. 그것이 그들이 저와 민주당에게서 등을 돌린 이유라고 생각합니다.

이제, 그 세대의 마음을 얻기 위한 평소 노력이 필요합니다. 정책의 우위만으로는 부족합니다. 정서적으로도 다가가야 합니다. 진심으로 관심을 갖고 있고, 문제를 해결할 의지와 성의를 갖고 있다는 걸 끊임없이 실천해서 보여 주어야 합니다.

홍보와 캠페인으로도 활발하게 표출해야 합니다. 그리고 무엇보다 그 세대에게 평소부터 안정감을 드려야 합니다.

2030세대에 대해서도 다시 생각해야 합니다. 물론 지난 대선에서는 과거보다 2030세대의 지지를 끌어올리는 데 성공했습니다. 투표장에 많이 오게 하는 데에도 성공했습니다.

하지만 지난 대선에서 나타난 2030세대의 지지조차, 평소 확보된 지지가 아니라는 점을 명심해야 합니다. 그들은 민주당이 좋아서가 아니라 새누리당이 싫어서 저를 찍은 것으로 봐야 합니다. 우리를 지지한 것이 아니라 상대를 반대한 것이고, 차선으로 선택한 것이라는 점을 잊으면 안 됩니다. 정당의 행태만 놓고 보면 여나 야나, 새누리당이나 민주당이나 똑같다는 게 2030세대의 일반적 정치 불신입니다.

젊은이들과 함께하고 젊은이들이 스스럼없이 참여할 수 있는 정당으로 민주당을 변모시키지 않으면 안 됩니다. 젊은 세대로부터 평소 믿음이나 지지를 충분히 확보해 두었더라면, 지난 대선 때 5060세대를 향해 더 많은 노력을 기울일 수 있었을 것입니다.

2017년 대선 때 우리 사회는 더 고령화됩니다. 2030세대의 유권자 구성 비율은 35.7퍼센트로 떨어지는 반면, 5060세대는 44.4퍼센트로 늘어날 전망입니다. 5060세대로부터 균형 있는 지지를 받지 못하면 정권 교체가 아예 불가능한 시대로 들어서는 것입니다.

또한 극심한 세대 투표로 인한 세대 간 균열을 치유하고 세대 화합을 도모하기 위해서라도 5060세대로부터 균형 있는 지지를 받을 수 있도록 지속적으로 노력하는 것이 절실합니다. 그것이 민주당이 가야 할 방향일 것입니다.

기울어진 운동장

한국의 정치 지형은 구조적으로 공정하지 않습니다. 보수 세력에게 일방적으로 유리하고, 민주진보 세력에게는 일방적으로 불리한 모습입니다. 정치 세력 간의 경쟁에서 '기울어진 운동장'이라고 할 수 있습니다.

보수와 진보 세력이 맞붙는 선거는 마치 '기울어진 운동장'에서 축구경기를 벌이는 것과 같습니다. 보수 세력은 일방적으로 유리한 위쪽에서, 민주진보 세력은 구조적으로 불리한 아래쪽에서 경기를 할 수밖에 없기 때문입니다. 민주진보 세력은 악조건 속에서 온갖 역경과 싸워야 합니다. 1987년 민주화 이후 26년이 흐른 지금에도 운동장 기울기는 여전히 수평적이지 않습니다.

그런 점에서 한국의 정치 지형은 서구나 미국과 매우 다릅니다. 서구의 경우 국제적 냉전의 역사 속에서도 좌우의 극단적인 정당들을 주변화하면서 주로 중도우파 정당과 중도좌파 정당이 경쟁하는 정치 지형을 만들어 왔습니다.

미국도 국제 냉전 질서의 선두에 있었지만, 서구의 중도좌파 정당을 대신하는 리버럴 정당인 민주당이 보수 정당인 공화당과 대등하게 경쟁하고 있습니다.

한국의 정치 지형이 '기울어진 운동장'이 된 근원은 해방 이후 상호 적대의 분단 상황과 동족상잔의 전쟁까지 겪었던 격렬한 좌우갈등에 있다는 데 아무도 이견이 없습니다. 전쟁 이후 이어진 상호 적대의 분단 상황은 남한 내부에 이승만, 박정희, 전두환 정권 등 반공을 앞세운 강력한 권위주의 체제를 낳았습니다.

1987년 6월항쟁으로 그 체제가 무너진 후에도, 그 맥을 잇는 보수 정치 세력은 늘 존재하는 '북한 변수'를 최대한 악용했습니다. 안보를 내세워 민주진보 세력을 탄압하거나 약화시키는 '안보 정치'를 해 왔습니다.

지금도 우리 정치는 거기서 벗어나지 못하고 있습니다. 오히려 민주정부 10년 동안 이뤄졌던 남북관계의 개선이 파탄 나고 남북관계가 거꾸로 후퇴하면서 안보 정치는 더 맹위를 떨치게 된 듯합니다.

지난 대선도 어김없이 '잔뜩 기울어진 운동장' 위의 '안보 정치' 속에서 치러졌습니다. 대선 내내 새누리당과 국정원에 의해 대대적이고 조직적으로 전개됐던 NLL 포기 논란과 '종북' 공세가 그것이었습니다. 그런데도 많은 대선 평가에서, '기울어진 운동장'을 말하는 것은 패배 책임을 외부 탓으로 돌리는 것이라 하여 외면됐습니다.

우리 내부에서 패배의 원인을 찾고 치열하게 반성하자는 취지와 달리 그런 태도는 △우리 정치를 왜곡시키는 근원적 요인들 △선거 때마다 작용하는 구조적 불공정 요인들 △그리고 실제로 지난 대선에서 선거를 좌우했던 '안보 정치'와 편파적 언론환경의 효과를 없었던 일인 양 덮어 주는 결과를 만들었습니다.

또 그런 근원적인 문제에 무력했던, 또는 해결 노력에 태만했던 우리의 책임까지도 가려 버렸습니다.

민주정부 10년을 거치면서, 그리고 그 이후 '기울어진 운동장'은 '안보 정치'와 보수언론의 합작에 의해 더 심해지는 느낌입니다.

지난 대선 때 일방적으로 편파적인 언론 환경은 사상 최악이었습니다. 거대 신문과 방송들이 몽땅 한편이 되어 특정 후보를 편든 것은 과거에도 없었던 일입니다.

게다가 새로 출범한 종편들까지 가세했습니다. 제가 대선 후 지방을 다니며 가장 많이 들었던 말이 종편 때문에 졌다는 것이었습니다. 시청률이 1퍼센트도 채 안 됐지만 같은 내용을 하루 종일 반복해서 방송했기 때문에, 또 음식점 등에서 낮 시간 내내 종편을 틀어 놓기 때문에 SNS 등을 통해 다양한 정보를 접하지 못하는 노령층이나 주부들에겐 종편이 거의 유일한 정보원이었다는 것입니다.

저는 언론이 선거와 정치에서 중립적일 것을 요구하는 것은 무리라고 생각합니다. 언론도 나름의 지향이 있는데, 정치에 중립적인 양 표방하는 것은 위선입니다. 언론도 스스로의 표현의 자유를 정정당당하게 누리는 것이 옳을 것입니다.

언론의 선거 보도 공정성은 미국식 전통이 바람직해 보입니다. 매체별로 사설 등을 통해 특정 정당, 특정 후보를 공개적으로 지지하는 것을 허용하는 것입니다. 특정 정당, 특정 후보를 지지하거나 편들고 싶으면 정정당당하게 의견을 밝히면 됩니다. 그것이 유권자의 선택에 도움이 될 수도 있습니다.

다만 보도만큼은 미국처럼 언제나 공정성을 지켜야 합니다. 정작 사실에 관한 보도는 편파적이면서 정치적으로는 중립인 양 하는 것보다 더한 위선은 없습니다. 언론이 국민들의 신뢰를 잃어 가는 이유일 것입니다. 언론 내부에서 스스로 선거 보도의 준칙을 만들어 정치 영역에서도 공정보도를 지켜 나가는 새로운 전통을 세워 나갔으면 좋겠습니다.

그나마 인터넷 매체들을 비롯한 대안언론의 힘이 이전보다 강해진 것이 저로서는 다행이었습니다. 특히 팟캐스트 '나꼼수'의 역할이 매우 컸습니다. 제도언론이 공정보도를 외면하던 시기에 대안언론의 역할을 훌륭하게 수행했습니다.

팟캐스트 등을 활용한 대안언론이 많이 태어나게 하는 선도 역할을 했습니다. 또 젊은이들의 정치의식과 참여의식을 일깨우는 데도 큰 기여를 했습니다. 덕분에 여론 시장에서 일방적으로 밀리지 않을 수 있었습니다. 제가 학생이나 직장인 등 사회 활동을 하며 대안매체를 접하는 층으로부터 압도적인 지지를 받을 수 있었던 연유라고 생각합니다.

그러나 대안매체가 미치지 못하는 층이 아주 많다는 것이 우리의 고민입니다. 그 점에서 신문과 방송 같은 전통적인 매체도 중시하지 않을 수 없습니다. 제가 민주당 후보가 됐을 때 조·중·동(《조선일보》《중앙일보》《동아일보》) 신문과 인터뷰하지 않는 암묵적 금기가 우리 내부에 있었습니다. 저는 바람직하지 않다고 생각했습니다. 후보가 된 후 제일 먼저 《조선일보》와 인터뷰해서 금기를 깼습니다.

그에 이어 대두된 고민이 종편이었습니다. 종편은 아예 상대하지 않는 것이 그때까지의 민주당의 당론이었습니다. 민주당이 강력하게 반대하는 가운데 날치기 통과된 법에 따라 많은 문제점을 안고 출범했기 때문이었습니다.

그 당론이 대선 시기에서까지 유지돼야 하는지 논의가 벌어졌습니다. 다수가 입장을 바꿔야 한다는 데 찬성했습니다. 그러나 반대 의견이 소수였지만 매우 완강했습니다. 그 반대에 막혀 저와 선대위는, 법 통과 이전부터 있었던 MBN에만 출연하고 새로 태어난 종편과는 끝내 거리를 두었습니다.

이제 와서 생각하면, 대선에 실제로 영향을 미치는 엄연한 실체를 모른 체할 일은 아니었던 것 같습니다. 특히 그렇게 중요한 선거의 마당에서 아무것도 하지 않은 것은 가장 나쁜 선택이었습니다.

적극적으로 출연해서 편파성을 조금이라도 완화하려는 노력을 하든가, 정 아니라면 국민들이 편파 방송에 휘둘리지 않도록 강력한 호소 내지는 캠페인이라도 벌였어야 했다고 생각합니다.

더 근본적으로는 입법을 반대했고 입법 과정에 문제가 있었긴 해도 법률이 무효화되지 않았다면, 법제화된 제도를 인정하는 것이 대중정당이 취할 태도라고 봅니다. 선거 때까지도 그러지 못했던 것은 사회운동 하는 사람들의 근본주의 같은 것이 우리 속에도 있었던 게 아닌가 싶습니다.

물론 종편 방송의 편파성과 선정적 저질 보도에 대해서는 언제든지 문제를 제기하고 항의해야 할 것입니다. 인허가 과정에서 있었던 하자와 각종 특혜를 바로잡는 노력도 계속해야 하는 것은 두말할 나위가 없습니다.

상상도 못한 범죄 행태

기울어진 운동장 위쪽에 국정원과 경찰이 박근혜 후보와 함께 있었습니다. 권력기관이 직접 나서서 운동장을 더 기울어지도록 했습니다. 권력기관의 대선 개입이나 선거공작은, 과거 군부독재정권의 행태가 부활한 망국적 범죄 행위입니다. 감히 상상도 못했던 일입니다.

출마 선언을 한 얼마 후, 국정원이 그런 짓을 하는 것을 단단히 방비해야 한다고 조언해 주는 사람들이 있었습니다. 이명박 정권 측에 제가 당선돼도 '어떤 정치 보복도 없을 것'임을 약속하고 보장해 줘서 국정원이 중립을 지키도록 해야 한다는 것이었습니다.

그럴듯한 얘기였지만, 거래를 할 수는 없는 일이었습니다. 일국의 국정원장이, 그리고 경찰청장이 그렇게 상상을 초월하는 범죄 행위까지 조직적으로 저지를 것이라고는 상상할 수 없는 일이기도 했습니다.

국정원장의 지시에 의한 조직적 트위터 활동과 댓글 활동, 2012년 10월 8일 새누리당 정문헌 의원의 NLL 포기 비밀 대화록 존재 주장부터 그해 12월 14일 박근혜 후보가 참석한 부산 유세장에서 김무성 선대위 총괄본부장의 정상회담 회의록 원문 낭독에 이르기까지 새누리당과 박근혜 후보가 제기한 수십 차례의 NLL 포기 논란, 그리고 거기에 악용된 국정원 회의록 유출….

이런 일련의 과정을 보면, 지난 대선을 좌우했던 '종북' 프레임이 철저히 기획된 것임을 알 수 있습니다.

대선공작의 화룡점정은 선거를 불과 사흘 앞둔 12월 16일 밤 11시, 경찰이 전격적으로 발표한 수사 결과의 조작이었습니다. 국정원 댓글 활동의 일단이 드러나자, 서울지방경찰청장이 조작된 수사 결과를 발표해 진실을 은폐하는 한편 오히려 민주당에 책임을 뒤집어씌웠습니다.

또한 "선거 승리에 혈안이 된 민주당의 사건 조작이며 젊은 여성을 장시간 감금한 인권 유린이었다"는 박근혜 후보의 되치기를 도와줬습니다.

국정원 대선공작과 경찰의 대선 개입이 대선 결과에 어느 정도 영향을 미쳤는지는 이제 와서 계량할 방법이 없습니다. 그러나 여론 조사 전문기관 리얼미터의 이택수 대표는 2013년 7월 열린 '정국현안 전문가 좌담회'에서 이렇게 밝힌 바 있습니다.

"지난 대선에서 문재인 후보와 박근혜 후보가 골든크로스(지지율 역전 지점)에서 만났을 때 당시 김용판 서울지방경찰청장의 긴급 기자회견이 있었고, 그건 여론의 향방에 영향을 준 측면이 있다."
"국가정보원 댓글 사건이 지난 대선에 큰 영향을 준 것은 사실이다."
"방송 3사와 리얼미터의 당시 여론 조사에 따르면 김용판 전 서울지방경찰청장의 긴급 기자회견이 있었던 16일과 17일 사이에 후보 지지율이 요동을 쳤다."
"당시 리얼미터와 방송 3사의 조사를 보면, 딱 하루 골든크로스가 있었다. 그런데 16일 늦은 밤 경찰청장의 중간 수사 발표 뒤에 흐름이 다시 박근혜 후보의 우세로 원상 복귀했다."

아래는 리얼미터가 제공한 당시의 여론 조사 결과 추세표입니다.

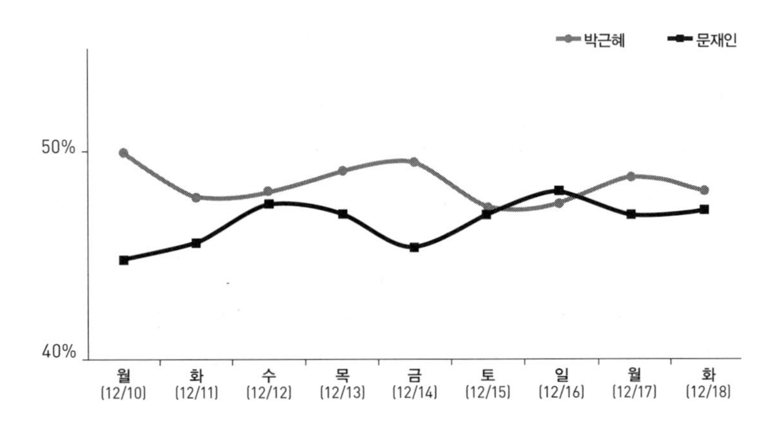

한편 여론 조사 전문기관인 리서치뷰는 2013년 8월에 인천시민 1,000명을 상대로 여론 조사를 실시했습니다. 그 결과에 따르면, 국정원의 대선 개입과 경찰의 왜곡 수사 발표가 대선 결과에 영향을 미쳤다고 보는 응답자가 52.8퍼센트에 달했습니다. 영향이 없었다는 의견은 38.9퍼센트에 그쳤습니다.

그리고 박근혜 후보를 지지했던 응답자 가운데 13.8퍼센트가 경찰이 사실대로 수사 결과를 발표했다면 문재인 후보에게 투표했을 것이라고 답변했습니다. 지난 대선 때 인천은 두 후보 득표율이 전국 득표율과 거의 같아서, 전국 여론의 바로미터라고 볼 수 있는 곳입니다.

박근혜 후보의 인천 지역 득표율 51.58퍼센트의 13.8퍼센트이면, 7.12퍼센트에 해당하는 수치입니다.

이 조사 결과만 보더라도 투표일 3일 전에 서울지방경찰청장이 수사 결과를 왜곡해서 발표한 것이 대선 투표에 얼마나 큰 영향을 끼쳤는지 확인할 수 있습니다.

또 같은 여론 조사 기관이 2013년 10월 27일 전국 만 19세 이상 유권자 1,000명을 대상으로 한 여론 조사에서도 비슷한 결과가 나왔습니다. 즉, 박근혜 후보를 찍었던 투표층 중 8.3퍼센트는 경찰이 지난해 대선을 앞둔 12월 16일 중간 수사 결과를 사실대로 발표했을 경우 문재인 후보를 찍었을 것이라고 답했습니다. 그럼에도 박근혜 후보를 찍었을 것이라는 응답자는 86.8퍼센트였습니다.

리서치뷰는 "문재인 후보에게 투표했을 것이라고 응답한 8.3퍼센트를 박근혜 후보 득표율 51.55퍼센트에 대입하면 4.28퍼센트에 해당하는 수치로, 이 값을 두 후보의 최종 득표율에 반영할 경우 박근혜 후보는 51.55퍼센트→47.27퍼센트, 문재인 후보는 48.02퍼센트→52.3퍼센트로 나타났다"고 밝혔습니다.

이런 자료들을 제시하는 것은, 다른 뜻이 아닙니다.

박근혜 대통령과 새누리당이 이런 사실 앞에서 정직하고 겸허해야 한다는 것을 말하고 싶은 것입니다. 박근혜 대통령과 새누리당은 지난 대선 때 있었던 국정원 등 국가기관들의 선거 개입과 그로 인해 발생한 불공정성에 대해 정직하지 못하고 겸허하지 못합니다.

박 대통령과 새누리당이 국정원 대선 개입 사건의 진상 규명을 한사코 방해하거나 모르는 일이라며 비켜 가려는 것도 이런 사실을 잘 알고 있기 때문일지 모릅니다. 정권 정통성에 대한 일종의 콤플렉스가 아닐까 싶습니다.

그러나 이미 발생한 엄연한 사실을 없는 사실로 만들 수는 없습니다. 수차 지적했듯이 진상을 제대로 밝히고 책임을 엄중하게 묻고 재발 방지를 위한 개혁을 확실하게 하는 길만이 정통성 시비에서 벗어나게 해 줄 것입니다. 박근혜 대통령과 새누리당의 정직하고 겸허한 자세만이 문제를 해결해 줄 수 있습니다.

참여정부 시절에도 국정원법 규정은 지금과 똑같았습니다. 하지만 국정원이 물의를 일으킨 적은 5년 내내 일체 없었습니다. 특히 정치 개입, 도·감청이나 국민 사찰, 인권 유린 수사나 고문 등 권력이나 권한 남용이 문제된 경우는 단 한 번도 없었습니다.

대공 수사도 북한과 직접 연계된 사건만 수사하도록 국정원 스스로 지침을 정해 지켰습니다. 따라서 수사권이 논란이 된 적도 없습니다. 완벽하게 정치적 중립기관, 국민을 위한 정보기관으로 거듭났습니다.

△국정원장 독대를 없애고 △정치정보 수집과 보고를 금지하는 한편 △정권 목적을 위해 국정원을 일체 활용하지 않았던 노무현 대통령 의지가 그렇게 만들었습니다.

지금 국정원 개혁 방안이 논란이 되고 있지만, 결국은 박근혜 대통령의 의지에 달린 문제라는 것을 강조하고 싶습니다.

분열의 프레임, '친노-비노'

정치학자들의 대선 평가 중에서 '민주당 디스카운트'란 말이 있었습니다. 민주당의 평소 지지율이 새누리당보다 많이 낮고, 유권자들의 불신이 심각해서, 그것이 저의 패인 중 하나가 됐다는 것입니다. 국민들의 민주당에 대한 불신은 지금도 계속되고 있습니다. 대선 패배 후 자체 평가 과정 등을 거치면서 그 불신은 더 커진 느낌입니다.

지난 대선 기간 '새 정치' 바람 속에서, 민주당은 정치 혁신을 위한 쇄신 대상으로 몰렸습니다. 여야를 함께 놓고 따지자면 새 정치와 훨씬 거리가 먼 쪽은 새누리당입니다.

하지만 새 정치를 열망하는 유권자들이 주로 야권 성향이기 때문에 민주당이 1차적으로 쇄신 요구의 표적이 된 것입니다.

민주당은 오랜 군부독재와 권위주의 체제 속에서도 야당의 본류를 지켜 왔습니다. 민주화를 이끌어 내고, 두 번의 민주정부를 배출해 우리나라를 '정상적인 국가'로 만들었습니다. 민주당의 그러한 헌신의 역사를 생각하면 서글픈 일입니다.

김대중 대통령과 같은 카리스마 있는 지도자가 사라진 뒤에 나타난 계파주의, 계파 간 공직 후보와 당직 배분의 카르텔 체제, 당의 노선과 주도권을 둘러싼 끊임없는 당내 분열과 갈등 등으로 인해 민주당이 자초한 일이었습니다. 특히 총선이나 대선 같은 중대한 일을 앞두고도 힘을 하나로 모으지 못하는 지리멸렬한 모습이 국민들에게 큰 실망감을 줬습니다.

그 모습이 '친노-비노' 분열로 표현되는 것이 저는 너무 아픕니다. '친노 책임론' '친노 패권주의'라는 말과 함께 '친노'는 오래전부터 부정적 의미, 낙인찍는 말이 돼 버렸습니다.

새누리당도 당이 깨질 것 같았던 '친박-친이' 계파 대립과 갈등이 있었습니다. 그런데 그 대립과 갈등이 아무리 격렬하게 오래 지속됐어도 '친박-친이'라는 용어 자체가 부정적으로 사용되지는 않았습니다.

오히려 '친박'이란 말은 박근혜 계파를 이명박 정부와 차별성을 갖게 만들어 줬습니다. '친박-친이'는 새누리당을 더 건강하게 보이고, 인상을 좋게 만드는 긍정적인 언어였습니다. 이명박 정부의 국정 파탄으로 인해 정권 교체 요구가 매우 높은 가운데서도, 새누리당의 총선 승리에 이어 박근혜 후보가 당선되게 하는 데 큰 도움이 됐습니다.

오랫동안 이어진 '친박-친이' 구도가 새누리당을 약화시키기는커녕, 오히려 박근혜 대통령과 친박으로의 정권 승계가 마치 정권 교체인 것처럼 차별화된 이미지를 심어 준 것입니다. 언론이 의도적이든 아니든 새누리당을 도와준 언어 프레임이었습니다.

'친노-비노'는 반대입니다. 분열의 정치 언어입니다. 용어 자체에 부정적인 의미가 담겨 있습니다. '친노'라는 말 속에는 '참여정부의 실패' 또는 '잃어버린 10년'의 책임을 묻고 비난하는 적의가 담겨 있습니다.

저는 '친노-비노'가 새누리당과 보수언론이 민주당을 분열시키고 공격하기 위해 사용하는 분열의 프레임이라고 생각합니다. 거기에 민주당은 물론 진보적이라는 언론들까지도 말려들고 있다고 생각합니다.

국정원 대선 개입 사건을 규탄하는 민주당의 장외 투쟁을 '친노'와 결부시키거나, 지도부와 의견이 다른 강경론을 '친노'로 낙인찍는 수법 등이 최근의 사례들입니다.

두려운 것은 바깥의 공격이 아닙니다. 우리 자신이 그 프레임에 말려들어서 분열을 자초하고 있다는 게 문제입니다. 나아가서 당권 경쟁 등 계파적인 목적을 위해 그 프레임을 우리 스스로 악용함으로써 민주당을 해치고 있다는 게 문제인 것입니다.

지난 대선에서도 '친노-비노' 프레임이 저와 민주당의 전력을 크게 약화시켰습니다. 총선 패배도 '친노 패권주의' 탓으로 돌렸습니다. 대선을 불과 몇 달 앞두고 지도부를 퇴진시켰습니다.

이어서 선출된 지도부도 '친노 패권주의'에 의해 선출됐다는 공격으로 무력하게 만들었습니다. 그리고 끝내 대선 기간 중에 퇴진시켰습니다. 대선캠프 실무진에서 참여정부 출신을 배제했습니다. 대선이 끝난 후 대선 패배의 책임도 '친노 패권주의' 탓이었습니다.

'친노 책임론'과 '친노 패권주의'는 제가 정치에 발을 딛는 순간부터 당 안팎에서 저를 공격하는 무기가 됐습니다. 총선 때 부산 지역 후보 단수 공천도 '친노 패권주의', 이른바 '이-박 담합'도 '친노 패권주의'였고 그 배후에 제가 있다는 식이었습니다.

심지어 민주통합당 창당도, 대선후보 경선 룰도 '친노 패권주의'였습니다. 저는 정치에 입문함과 동시에 '친노'의 대표로 규정지어졌고, '친노 패권주의'의 책임자가 됐습니다.

그 분열의 프레임을 우리 스스로 거부하고, 깨뜨리지 않으면 안 됩니다. 민주당을 다시 일으켜 세우고, 신뢰받는 정당으로 바꿔 나가는 데 꼭 필요한 절실한 과제입니다.

민주당은 당내 민주주의가 활발한 정당입니다. 새누리당처럼 일사불란하지 않습니다. 그것은 민주당의 장점입니다. 그 장점을 단점으로 뒤바꿔 버리는 것이 '친노-비노' 분열의 프레임이라고 생각합니다.

단언컨대 하나의 정파 또는 계파로서의 친노는 존재하지 않습니다. 참여정부 때 청와대, 당, 행정부처 등에서 함께 일했던 사람들 사이의 동지의식이나 인간적 유대가 있을 뿐입니다. 노무현 대통령의 비극적인 서거를 겪는 과정에서 그런 의식이나 유대가 더 깊어졌을 수도 있습니다.

범위가 막연하지만, 이들을 '친노 정치인' 또는 '친노 정치 세력'이라고 부를 수는 있을 것입니다. 하지만 이들이 '친노'를 매개로 해서 정파나 계파로 모인 적은 없습니다. 모두가 그런 배경에서 각자 자신의 정치를 할 뿐입니다.

저도 그렇거니와 이해찬, 정세균, 한명숙, 송영길, 안희정, 김두관, 유시민, 천호선…. 모두 각자의 길을 걸을 뿐입니다. 저와 정세균 전 대표, 김두관 전 지사의 대선 출마와 후보 경선도 각자의 선택일 뿐 '친노'의 결의가 아니었습니다.

'이-박 담합'이 설령 문제라 쳐도 이해찬-박지원 두 분의 선택이었을 뿐, '친노'의 결정이 아니었습니다. '친노' 정치인들이 동의하고 따른 것도 아니었습니다.

제가 지난 대선 과정이나 대선 후의 NLL 회의록 국면에서 혹여 잘못 판단하고 말한 일이 있었다 해도, 저 개인이 책임져야 할 일일 뿐입니다. 친노 전체를 도매금으로 비난할 일이 아닙니다.

지금 이 책도 저 개인이 쓰는 것입니다. '친노'가 의논해서 쓰는 것이 아닙니다. 그럼에도 만약 이 책의 내용에 논란을 제기하려는 사람들이 있다면 또 '친노'를 들먹일지 모릅니다. 제발 '친노 세력의 세 결집을 노렸다'는 따위의 분석은 하지 말기 바랍니다. '친노'라는 막연한 공격과 비난은 이제 더 이상 없었으면 합니다.

'친노-비노' 구도에 대해 '친노 정치 세력'에게는 책임이 없다는 말이 아닙니다. 민주당의 오늘의 모습에 대해 가장 크게 책임져야 할 세력이 '친노 정치 세력'이라고 생각합니다.

'친노 정치인' 가운데는 개혁성이나 상대적인 진보성으로 인해 대중적으로 높은 지지를 받는 분이 많습니다. 자연히 그분들이 민주당의 중심이었습니다. 지난 총선과 대선 과정을 주도했던 것도 사실입니다. 그러므로 실패의 책임도 가장 많이 져야 합니다. 민주당을 국민이 바라는 만큼 혁신하지 못하고, 기대에 못 미치게 만든 점도 통렬하게 반성해야 합니다.

'친노 패권주의'라는 말이 당내에서 상당한 공감을 얻고 있는 것도 깊이 반성해야 할 대목입니다. 저 자신을 포함해서, 그렇게 만든 요인이 우리의 행태 속에 있지 않았는지 되돌아봐야 합니다. '친노-비노' 프레임을 깨는 데 우리가 더욱 각별한 노력을 기울여야 합니다. 그것은 민주정부 10년을 바라보는 민주당의 자부심이기도 합니다.

우리 안의 근본주의

지난 대선의 패인을 한마디로 압축한다면 저와 민주당의 평소 실력 부족일 것입니다. 민주, 인권, 평화, 복지, 연대, 환경, 생명, 사람 등 좋은 가치가 모두 우리 쪽에 있습니다. 그런데 왜 선거에서 지는 것일까요? 왜 국민들이 더 많이 지지하지 않는 것일까요? 심지어는 왜 거리감을 느끼기까지 하는 것일까요? 불가사의한 일입니다. 도대체 무엇이 부족한 것일까요?

저는 제 자신도 포함해서 우리 안에 남아 있는 일종의 근본주의에서 해답을 찾고 싶습니다. 이석기 의원 사건이 보여 준 것은, 철 지난 교조주의와 근본주의의 한계였습니다.

그와는 비교할 바 아니지만 우리에게도 일종의 근본주의가 남아 있다고 느낍니다. 독재권력에 맞서 싸우던 민주화운동 시절 우리가 지켰던 원칙이나 순결주의 같은 것이 우리 내부에서 우리를 유연하지 못하도록 막고 있다는 느낌입니다.

앞에서 국가, 애국, 안보에 대한 담론이 우리에게 부족했다고

문재인

지적한 바 있습니다. 성장 담론도 마찬가지입니다. 국민들에게 무엇보다 큰 관심사가 경제성장입니다. 분배도 복지도 일자리도 경제성장에서 비롯되니 당연한 일입니다.

그런데 우리는 국민들의 가장 큰 관심사인 성장에 대한 담론도 부족했습니다. 경제성장 방안이나 국가경쟁력에 대해서는 관심을 덜 가졌던 게 사실입니다. 성장은 보수 쪽의 영역이고, 우리가 관심 가져야 할 것은 분배와 복지라고 생각하는 듯한 경향이 없지 않았습니다.

저는 대선 출마선언문에서 포용적 성장, 창조적 성장, 생태적 성장, 협력적 성장이란 4대 성장 전략을 제시했습니다. 그러자 어느 진보적 매체는 "또 성장 타령이냐?"고 힐난하는 칼럼을 싣기도 했습니다. 성장을 바라보는 진보 진영의 근본주의 같은 것을 보여 주는 것이었다고 생각합니다.

성장과 안보에 관한 담론 부족은 확실히 우리의 큰 약점이었습니다. 국민들은 그 점을 꿰뚫어 보는 것입니다. 경제성장 전략 없이 국가를 책임질 수 없습니다. 보수 진영보다 더 뛰어난 경제성장 전략을 가지고 있어야 국가 경영을 맡을 수 있습니다.

보수 진영의 신자유주의 또는 시장만능주의 성장론을 따라가자는 것이 아닙니다. 경제민주화와 복지국가 전략을 뒷받침하는 새로운 성장 전략이 필요하다는 겁니다. 우리의 정체성이나 정책을 '우 클릭'하자는 것이 아닙니다.

정체성을 지키면서도 우리의 사고를 확장해야 한다는 것입니다. 이제부터라도 우리의 확장을 가로막았던 근본주의에서 벗어나야 합니다. 더 유연한 진보, 더 유능한 진보, 더 실력 있는 진보가 돼야 합니다.

독일의 메르켈 총리가 진보 진영의 좋은 정책들을 수용한 '따뜻한 보수'로 국민들의 지지를 받는 데 성공한 것과 같습니다. 우리도 보수 진영이 갖고 있는 좋은 가치와 정책을 적극 수용할 수 있어야 더 폭넓은 진보가 될 수 있습니다.

이념이나 정책뿐 아니라 세력과 지지 기반을 넓히는 데 있어서도 마찬가지입니다. 우리에게는 통합을 말하면서도 선을 긋고 편을 가르는 근본주의 같은 것이 없지 않습니다.

지난 대선 때 종편 방송을 상대하지 않았던 것도 일종의 근본주의에서 비롯되었다고 생각합니다. 그러한 근본주의가 우리의 세력과 지지 기반을 넓히는 데 스스로 발목을 잡았습니다.

지난 대선에서 제가 외연 확장에 가장 성공한 사례가 윤여준 전 장관의 영입이었다는 데 많은 분의 평가가 일치합니다. 저도 생각이 같습니다. 그런데 그분을 영입할 때 내부에서 반발이 있었습니다. 5공, 6공 인물이라는 것입니다. 그분을 국민통합추진위원장으로 모셔서 외연 확장을 더 힘 있게 추진하려던 구상이 주춤할 수밖에 없었습니다. 그런 분위기 속에서 그분도 역량을 마음껏 발휘하기가 어려웠습니다.

그 후 정운찬 전 총리와 손잡을 때도, 구 민주계(YS계) 인사들을 영입할 때도 똑같은 일이 되풀이됐습니다.

자유선진당이 새누리당과 합당할 때도 비슷한 일이 벌어졌습니다. 당시 자유선진당 내에는 새누리당과의 합당에 반대하면서 저를 지지하거나 민주당을 선택하려는 분들이 의외로 많았습니다. 세종행정중심복합도시를 반대하고 지방분권과 국가균형발전에 역행한 새누리당과 합당하는 것은 지역 민심과 배치된다는 이유였습니다.

우리가 좀 더 성의를 가지고 공을 들이면 새누리당과의 합당을 막거나 핵심 주요 인사들이 우리 쪽을 선택하리라고 전망하는 분들도 자유선진당 내부에 있었습니다. 그런데 민주당 내부의 반발이 매우 심했습니다. 그 반발을 무마하지 못하고 엉거주춤하는 사이에 새누리당과 합당이 이뤄졌습니다. 그 바람에 우리 쪽으로 오려던 분들까지 여러 명 놓치고 말았습니다.

무척 어려운 문제이긴 합니다. 외연 확장을 어디까지 할 수 있는 것인지, 판단이 쉽지 않습니다. 많은 논의가 필요한 문제입니다. 하지만 우리 내부에는 아예 논의가 되지 않는 근본주의적 반대가 많았습니다.

자칫 논란과 반발이 커지면 득보다 실이 클 수 있으니 대선을 앞두고 강하게 밀어붙일 수도 없는 일이었습니다. 앞으로 깊이 고민해야 할 문제라고 생각합니다.

저 자신도 반성을 합니다. 제 내부에도 꼭 같은 근본주의가 있었기 때문입니다. 그 때문에, 필요한 일이라고 생각하면서도 저 역시 반대 앞에서 자신이 없었던 게 사실입니다.

앞서 말했듯이 우리는 좋은 가치를 많이 갖고 있습니다. 새누리당과는 비교가 안 됩니다. 양극화가 심해지고 중산층과 서민들의 삶이 무너진 이 시기에 더욱 절실한 가치들입니다.

지난 대선 때 경제민주화와 복지국가에 대한 국민들의 폭넓은 지지가 그 사실을 증명해 줍니다. 하지만 성장과 안보 등의 가치 영역에서 부족한 부분이 있습니다. 폭도 좁습니다.

그 부족한 부분을 채우기만 한다면, 국민들은 우리를 수권 세력으로서 더 신뢰하게 될 것입니다. 통합의 정치에도 한 걸음 더 다가서게 될 것은 물론입니다.

권력의지와 '선한 의지'

지난 대선 기간에 저의 가장 큰 약점으로 많이 거론된 것이 '권력의지'가 부족하다는 것이었습니다. 그에 대해 저는, 대통령이 되려는 사람에게 진정으로 필요한 것은 권력의지가 아니라 '역사의식'과 '소명의식'이라고 답하곤 했습니다.

'권력의지'라는 말의 개념이 말하는 사람마다 다르기 때문에 어느 쪽 말이 맞는지 가리기 어려운 문제였습니다. 니체에서 비롯된 '권력의지(Will to power)'란 말은 개인적 욕망의 냄새가 짙습니다. 저는 정치가 국민에게 고통을 주고 있는 이 시기에 지도자에게 필요한 것은 '선한 의지'라고 생각합니다. 그것이 현실정치에서는 아마추어적인 순진한 생각으로 폄하될지는 모르겠습니다.

저의 권력의지가 부족했다는 말은 대선 후 여러 사람의 평가에도 등장합니다. 저도 그런 평가에 동의하는 부분이 있습니다. 적어도 대통령이 되려는 열정이나 절박함이 부족했던 것은 사실입니다.

제게 그 열정과 절박함이 넘쳐 나야 민주당에도 전염이 되는 법인데, 그러지 못했습니다. 무엇보다 제가 출마 의지를 갖게 된 시기 자체가 늦었습니다.

지난 25년 동안 역대 대통령 선거에서 징크스라고 부를 수 있을 만큼 반복되는 몇 가지 현상이 있습니다. 그중 하나가 '가장 먼저 대선후보로 확정된 정당의 후보가 승리한다'는 것입니다.

그런 징크스는 지난 대선에도 이어졌습니다. 박근혜 후보가 새누리당 후보로 선출된 것은 2012년 8월 20일이었습니다. 반면 제가 민주당 대선후보가 된 것은 그보다 한 달 가까이 늦은 9월 16일입니다. 야권 단일후보로 확정된 날은 11월 23일이었습니다.

사실 박근혜 후보는 공식적인 후보 선출일이 별 의미가 없었습니다. 그보다 훨씬 전부터 새누리당의 사실상의 후보였기 때문입니다. 새누리당은 일찍부터 박근혜 후보를 중심으로 대선을 치르는 데 필요한 각종 전략과 정책, 홍보 마케팅 등의 준비를 해 왔습니다.

총선을 몇 달 앞두고는 비대위를 통한 당 쇄신과 공천 물갈이의 전권을 줘서, 박근혜 후보의 지지율을 정점으로 끌어올렸습니다.

그에 비해 저는 2012년 6월 17일, 대선 출마를 선언한 다음에야 준비에 들어갔습니다. 그때부터 최선은 다했지만, 그야말로 벼락치기 시험 준비 같았습니다. 당내 경선과 야권 후보단일화까지는 통했지만, 본선에 가서는 결국 평소 실력 부족의 한계를 드러낸 셈이었습니다.

또한 그 몇 달 전까지도 대선을 꿈꾸지 않았기 때문에 대선 전략이 충분히 정립돼 있지 못했습니다. 대선 과정에 대한 사전 시뮬레이션도 충분하지 않았습니다. 그것이 대선 과정에서 닥쳐 온 상황들을 결단력 있게 돌파해 내지 못한 원인이었습니다.

후보의 결단력이라는 것

되돌아보면 저의 결단력이 부족했다고 느끼는 대목도 많습니다. 대표적인 것이 '이-박 담합' 논란과, '친노 패권주의' 공세에 밀려 이해찬 당대표와 박지원 원내대표 두 분의 퇴진, 이른바 '친노 측근 그룹 9인'으로 불린 참여정부 청와대 출신 실무진의 사퇴를 막아 내지 못한 일이었습니다.

'이-박 담합'의 경우, 저는 처음부터 그에 대한 비난과 공격이 과도하다고 생각했습니다. 물론 대선을 앞두고 당이 새로운 모습을 국민들에게 보여 주는 것이 매우 중요한 시기였습니다. 당의 얼굴부터 신선한 인물로 바뀌어야 한다는 요구가 당 안팎에 있었습니다.

그 점에서 두 분이 당대표와 원내대표를 나눠 맡기로 한 것은, 새로운 모습에 역행하는 측면이 있어서 비판의 소지가 있었습니다. 그런데 그 점을 비판하는 것이 아니라 '담합'이라고 매도하는 것은 맞지 않다고 생각했습니다.

당내의 모든 선거에서 연대나 제휴는 늘 이뤄지기 마련입니다. 유독 그 두 분 사이의 연대 · 제휴만 '담합'으로 공격받을 이유가 없다고 봤습니다.

당내 경쟁자들이야 그렇게 비판할 수도 있었습니다. 그런데 외부 언론에서 과도하게 논란을 증폭시키며 비난하는 것은 온당하지 않다고 생각했습니다. 그래서 '담합'이란 비난에 대해 두둔했더니 저까지 '이-박 담합'의 주체로 몰려 호된 공격을 받았습니다. 정치권에 들어와서 저 자신의 행위로 처음 쓴맛을 본 일이었습니다.

어쨌든 당대표 선거로 딱 끝났어야 할 논란이었습니다. 많은 국민까지 참여한 국민참여경선을 거쳐서 이해찬 대표가 선출되었으니, 그 후에는 당대표를 중심으로 코앞으로 다가온 대선을 준비해 나가야 했습니다.

그러나 논란은 좀처럼 가라앉을 줄 몰랐습니다. 제가 대선후보로 선출된 후 선대위 구성에서 두 분을 부득이 제외했는데도, 집요한 공격이 이어졌습니다. 끝내 선거 중에 당대표를 퇴진시켰습니다.

후회가 되는 것은 그 대목입니다. 제가 결단력 있게 상황을 헤쳐 나가 그 일을 막아 내지 못했습니다. 시민사회까지 퇴진 요구에 가세하고 나선 것이 부담스러웠습니다. 두 분의 퇴진이 얼마나 큰 전력의 손실인지 미처 깨닫지 못했기 때문이었습니다.

저로서는 개인적인 미안함도 큽니다. 이해찬 전 총리가 저의 대선 출마를 권유했지만, 저도 그의 총선 출마에 역할을 했기 때문입니다.

당시 언론에 보도된 바와 같이, 이 전 총리는 총선을 앞두고 개혁 공천이 안 되는 것에 경종을 울리고자 탈당을 결심했던 일이 있습니다. 그때 제가 부산에서 급히 상경해, 만류했습니다. 민주당이 대선을 치르는 데 꼭 필요한 분이어서, 정치를 그만두려는 분을 제가 붙잡은 것입니다.

그 후 다른 지역의 총선 후보 공천자가 모두 결정되고 세종시만 남았을 때, 당에서는 마땅한 후보감이 없어 고심했습니다. 세종시는 참여정부 국가균형발전정책의 상징인 곳이었습니다.

민주당으로서는 충청권 전체의 지지세를 좌우할 수 있는 대단히 중요한 전략 지역이기도 했습니다. 그래서 당에서는 총선 출마 의사가 없었던 이 전 총리에게 출마를 부탁하며 설득했습니다. 저도 그 설득에 힘을 보탰습니다.

결국 이 전 총리는 국회의원이 되기 위해서가 아니라 대선에 도움이 되기 위해 총선 출마 결심을 하게 됐습니다. 또 대선 승리와 정권 교체에 앞장설 마음으로 당대표 출마까지 한 것이었습니다.

그런데 오히려 대선 승리의 걸림돌처럼 돼 정치적 치욕 속에 불명예 퇴진할 수밖에 없도록 했으니, 저로서는 여간 미안한 노릇이 아닐 수 없습니다.

이른바 '친노 측근 그룹 9인'의 사퇴도 그 일이 얼마나 큰 전력 손실로 이어질지 미처 인식하지 못했습니다. 특히 방송연설이나 토론 준비에 공백이 매우 컸습니다.

당에서 뒷받침해 준 분들이 손색없는 역량으로 혼신의 힘을 다해 줬지만, 아무래도 평소 저의 생각이나 스타일을 꿰고 있지 못하는 한계가 있었습니다. 부득이 제가 직접 손보고 준비해야 할 몫이 많아져서, 시간상으로나 체력적으로 고생을 많이 했습니다.

선거 홍보나 캠페인의 면에서도 충분한 사전 준비가 없었던 데서 비롯된 부족함이 많았습니다. 경선 때부터 저와 호흡을 맞춰 왔던 홍보팀과, 후보가 된 후 확대된 당의 홍보 역량 사이에 화학적 결합을 이뤄 내지 못했습니다. SNS를 이용한 홍보나 캠페인도 출마 선언을 준비하거나 경선 때만큼 활발하지 못했습니다. SNS 분야에서 가지고 있는 우리의 우위를 충분히 살리지 못했습니다.

그에 비하면, 새누리당은 일찍부터 준비한 홍보 전략에 따라 당명을 바꾸고, 당의 상징색까지 대담하게 바꾸면서 달라진 이미지로 훨씬 산뜻한 홍보를 했습니다. 충분한 준비 기간이 만든 성과였습니다.

지난 대선을 총체적으로 놓고 보면, 저는 역시 준비와 전략이 부족했다고 인정하지 않을 수 없습니다. 상대편이 NLL 공세나 종북 프레임 등 흑색선전까지 미리 준비한 전략에 따라 선거를 이끌어 간 데 비해, 우리는 공을 좇아 우르르 몰려가는 동네 축구 같은 선거를 했다는 느낌입니다.

그로 인해 국민들이 정권 교체를 열망하며 함께 모아 준 그 많은 열정과 노력들까지 헛되이 만들었다는 회한이 있습니다. 전적으로 제가 부족했기 때문입니다.

4
부

끝이 시작이다

무엇을 준비할 것인가

패배가 주는 가르침

패배는 아픕니다. 지난 대선의 패배는 더 아팠습니다. 그러나 패배에서 교훈을 얻고, 패인을 극복한다면 약이 될 수 있습니다. 지난 대선의 꿈은 2017년으로 미뤄졌습니다. 이제는 패배를 보는 시각도, 패배에서 얻는 교훈도 모두 2017년에 맞춰야 합니다.

제가 민주당의 대선 평가와 다른 시각의 평가를 시도하는 이유는 단 하나입니다. 민주당의 대선 평가가 지난 대선 시기를 미시적으로 분석하는 데는 유용할지 몰라도, 2017년에 대한 준비를 제시하는 데는 크게 부족해 보였기 때문입니다.

우리가 2017년을 위해 무엇을, 어떻게 준비해야 할 것인가? 저는 답하기가 어렵지 않다고 생각합니다. 지난 대선의 패인은 한마디로 평소 실력 부족이었습니다. 그리고 그것은 준비 부족으로 인한 것이었습니다.

후보인 저만 그런 것이 아니라 민주당도 마찬가지였습니다. 평소에 놀다가 벼락치기 준비로 시험을 치렀기 때문입니다. 그

때 벼락치기로 준비했던 일들을 5년 내내 하면 됩니다.

야권과 시민사회가 지난 대선을 준비한 것은 2011년 9월 '혁신과 통합'의 출범으로 시작된 야권 대통합운동부터였습니다. 민주당으로서는 대선을 불과 1년여 앞둔 그해 12월 '민주통합당'의 창당부터였습니다.

민주통합당 창당 이전의 민주당은 당 지지도나 당내 후보군들의 지지도만 갖고선 대선에서 이기는 게 불가능해 보였습니다. 그런 엄연한 현실을 돌파하기 위해 야권 대통합운동과 민주통합당 창당으로 민주당의 외연을 넓혔습니다. 확장된 외연으로 총선에서 약진했습니다. 그 토대 위에서 대선 때 민주당을 중심으로 범야권이 그야말로 하나가 됐습니다. 계속해서 확장, 또 확장을 해서 대선에서 48퍼센트라는 최대 확장된 결과를 이루게 됐습니다.

더 확장하지 못하고 진 것이 통한스럽지만, 무엇이 확장하는 길이었고 무엇이 확장을 방해했는지 알 수 있게 됐습니다. 확장을 도운 것은 지난 대선의 성과였고, 확장을 방해한 것은 한계였다고 할 수 있습니다.

성과로 평가되는 일은 우리가 해야 할 일이고, 한계로 평가되는 일은 극복해야 할 일입니다. 그 준비를 또다시 선거가 닥쳤을 때가 아니라, 평소부터 해 나가면 되는 것입니다.

지난 대선을 평가하면, 저와 민주당은 졌지만 그 정도 성과를 거둘 수 있었던 것은 전적으로 시민들 힘입니다. 대선 평가의 핵심도 그것이고, 대선 성과의 핵심도 그것입니다. 후보인 제가 부족했던 부분, 민주당이 부족했던 부분을 시민들이 채워 준 겁니다.

저와 민주당의 부족한 모습을 보면서 시민들이 위기감을 느꼈을 것입니다. '우리가 나서지 않으면 안 되겠다'는 인식이 시민들을 참여하게 했을 것입니다. 시민들의 그 같은 인식과 참여가, 2017년에도 가야 할 방향입니다.

패배에 가려져 평가받지 못한 소중한 성과 속에 '깨끗한 선거'와 '새로운 선거문화'도 있습니다. 역시 시민들의 아름다운 참여로 이뤄 낸 성과입니다. 대선자금 면에서 거의 완벽할 정도로 깨끗한 선거를 치를 수 있었습니다.

시민들이 스스로 대선자금을 마련해서 깨끗한 선거를 치르게 해 준 건 우리 정치사에서 대단히 의미 있는 일이었습니다. 선거운동 방식에서도 기존의 선거 유세 방식에서 벗어나 다양한 축제 방식의 문화 행사 같은 유세가 도입됐습니다. 이 또한 시민들의 자발적 참여 덕분에 가능한 일이었습니다.

> "사루만은 위대한 힘만이 악을 감시하고 통제할 수 있다고 믿고 있소. 하지만 내가 경험한 것은 그게 아니오. 내가 알게 된 건, 어둠을 몰아내는 것은 바로 평범한 사람들의 일상이라는 것이오. 사랑이나 친절과 같은 사소한 행위들 말이오."

영화 〈호빗: 뜻밖의 여정〉에 나오는 간달프의 대사입니다. 그렇습니다. 김대중 대통령처럼 카리스마 있는 정치 지도자의 시대는 지나갔습니다.

영웅이나 위대한 힘이 역사를 바꾸는 것이 아닙니다. 시민들의 작은 선의들이 모여서 역사를 바꿉니다. 시민들의 작은 선의들이 담쟁이처럼 얽혀서 벽을 타 넘을 때 비로소 새로운 시대를 맞이할 수 있습니다.

시민들 속에서 답을 찾아야 합니다. 시민들과 함께하고, 시민들의 소리에 귀를 기울이고, 시민들이 간절히 원하는 것을 말해야 합니다. 그것이 우리가 해야 할 준비일 것입니다.

진보-보수를 뛰어넘어

독일 메르켈 총리의 3선 연임 성공은 우리에게도 시사하는 바가 큽니다. 그녀는 명문대학 물리학 박사이지만, 정치적으론 가난한 목사의 딸, 동독 출신에 이혼 경력이 있는 '변방인' 출신이었습니다. 그리고 수수한 주부 스타일의 '카리스마 없는 여성 정치인'입니다.

그런 그가 3선 연임에 성공하여 영국 대처 총리의 장수 기록을 뛰어넘을 수 있게 된 것은 '엄마(Mutti) 리더십'으로 불리는 온화하고, 타협적이며, 실용주의적 리더십에 기인한다는 게 일반적 평가입니다.

특히 탈원전, 최저임금 보장, 임대료 인상 제한, 징병제 폐지 등 진보 진영의 정책을 폭넓게 수용한 '따뜻한 보수'가 정파를 뛰어넘는 신뢰와 인기의 비결이 됐습니다.

영국의 사회학자 앤서니 기든스가 1998년 발간한 저서《제3의 길》에서 좌우 이념을 초월하는 실용주의적 중도좌파 노선을 주장한 이후 서구 정치는 진보 정당과 보수 정당이 각각 상대 진영의 가치를 채택해 자신의 한계를 보완하는 것이 일반화됐습니다.

사회주의 국가인 중국도 필요하다면 자본주의적 정책의 채택을 주저하지 않습니다. 옛날 같으면 자본가로 타도 대상이 됐을 신흥 슈퍼부자들이 사회적인 존경과 대접을 받습니다. 중국 인민을 대표하는 최고의결기구 '전국인민대표대회(전인대)'에 그들이 인민 대표로 줄줄이 들어가 있는 상황은 사뭇 상징적입니다.

바야흐로 세계는 진보-보수 융합의 시대입니다. 좌파는커녕 중도에도 미치지 못하는 한국의 중도우파 노선 정치 세력이 극우 세력으로부터 '종북좌파'로 몰리는 건, 한국만의 후진적 정치 현실일 뿐입니다.

우리도 진보-보수를 뛰어넘는 노력이 필요합니다. 그동안 진보 진영의 담론에서 부족했던 성장과 안보에서도 보수와 경쟁해서 지지 않아야 합니다. '성장과 안보에서도 유능한 진보'를 지향해야 합니다. 지금까지 보수 진영이 추구해 온 신자유주의 또는 시장만능주의 성장론은 극심한 양극화와 불평등을 초래해서 중산층과 서민들의 삶을 파괴했습니다. 그뿐 아니라 성장 자체가 더 이상 지속 가능하지 않다는 게 드러났습니다.

노벨경제학상 수상자인 조지프 스티글리츠는 그의 저서인 《불평등의 대가》에서 불평등은 시장경제의 역동성과 효율성, 생산성을 마비시켜서 성장성을 떨어뜨리고, 결국에는 사회 전체를 침몰시킨다고 경고했습니다.

미 클린턴 행정부의 노동부 장관이었던 로버트 라이시도 저서 《위기는 왜 반복되는가》에서, 그리고 또 다른 노벨경제학상 수상자 폴 크루그먼도 저서 《미래를 말하다》에서 시장만능주의 성장론이 초래한 지나친 소득의 불평등이 세계적 경제 위기의 원인임을 통계 자료를 통해 입증했습니다.

우리나라에서는 이명박 정부가 실증적으로 보여 주었습니다. 이명박 정부는, 감세정책과 투자 증대를 통해서 대기업과 부유층의 부를 먼저 늘려 주면 중소기업과 소비자에게 혜택이 돌아감은 물론, 경기도 활성화되고 경제 발전과 국민 복지도 향상된다는 낙수효과(Trickle Down)를 주장했습니다.

하지만 허구였음이 드러났습니다. 양극화만 심화됐을 뿐 일자리는 늘지 않고, 고용의 질도 나빠졌습니다. 경제성장은 더 저하됐습니다. 무엇보다, 그렇게 해서는 지속적인 경제성장이 불가능하다는 것이 확인됐습니다.

지속 가능하면서 더 정의롭고 더 따뜻한 성장 방안을 마련하는 것이 우리의 과제입니다. 저는 지난 대선 출마선언문에서 그 방안으로 '포용적 성장(Inclusive growth)'을 주장했습니다.

지금까지 했던 것처럼 경제성장에 기여한 많은 사람들을 배제하고 경제성장의 혜택을 일부가 독점하는 배제적 성장은 더 이상 성장을 지속시킬 수 없습니다. 그에 대한 반성으로 성장의 과실이 사회 전체에 골고루 배분되고 경제성장에 기여한 모든 사람들이 다 함께 혜택을 누리도록 하자는 성장 전략이 포용적 성장입니다. 그래야만 사회 전체의 소비능력이 늘고 내수가 진작돼, 경제가 성장하고 일자리가 늘어나는 선순환이 가능해집니다.

'포용적 성장'은 얼마 전 박근혜 대통령이 참석한 '2013 APEC(아시아 태평양 경제협력체) 정상선언문'에도 채택되었을 만큼, 근래 세계적으로 지속 가능한 성장 방안으로 인정받고 있습니다.

하지만 아직까지 구체적인 실현 방안이 정립되지 않았습니다. 박근혜 대통령도 최근 세계무대에 나가면 포용적 성장을 강조하고 있습니다. 하지만 구체적인 방안으로 막연하게 '창조경제'를 말하고 있을 뿐입니다.

이제는 우리가 구체적인 방안을 마련함으로써 성장 담론에서도 보수 진영보다 우위를 확보해야 합니다. 그 기본 방향은 중산층과 서민들의 가처분소득을 높여 주는 것이 핵심이라고 봅니다.

수출 주도 성장 전략에서 내수 주도 또는 적어도 내수와 수출의 균형을 갖추는 성장 전략으로 경제의 패러다임을 근본적으로 바꿔야 합니다.

이명박 정부의 신자유주의적 성장 전략에 의해 소득의 불평등이 심화되면서 노동분배율이 처음으로 지속적으로 하락했습니다. 노무현 정부 5년간 연평균 실질임금 상승률이 3.7퍼센트였던 것에 비해, 이명박 정부 5년간은 연평균 0.14퍼센트에 불과했습니다.

그 결과 경제성장률도 노무현 정부 때 연평균 4.3퍼센트에서 이명박 정부 때는 연평균 2.9퍼센트로 떨어졌고 8분기 연속 0퍼센트대 성장률을 기록하기도 했습니다.

노동분배율이 하락하고 실질임금 인상이 정체된 것이 소비 감소와 내수 위축을 초래해서 성장을 떨어뜨린 것입니다. 새누리당 정권이 지금까지 취해 온 신자유주의적 성장 전략의 파탄을 보여 줍니다.

국제노동기구(ILO)가 제시하는 '소득주도 성장(Wage-led growth)'이 대안의 하나일 수 있습니다. 일자리를 확충하고 고용의 질을 개선해서 중산층과 서민들의 소비능력을 높이는 것을 주된 성장 동력으로 삼는 것입니다.

그러기 위해선 비정규직 감축과 고용 평등, 노동 시간 단축을 통한 일자리 나누기, 최저임금 인상 등이 필요합니다. 또 커뮤니티 비즈니스, 사회적 기업, 협동조합 같은 사회적 경제에서 포용적 성장의 해법을 찾을 수도 있습니다.

포용적 성장은 경제민주화와 복지, 노동권 보장과 맞닿아 있습니다. 성장이 경제민주화, 복지, 노동권과 따로 가거나 선후의 개념이 아니라, 전자가 후자를 촉진하고 후자가 전자의 방안이 된다는 새로운 패러다임이 필요합니다.

보수 진영의 시장만능주의 사고로는 불가능한 일이므로, 우리만이 새로운 경제 패러다임을 만들어 낼 수 있다고 생각합니다.

유연함과 강함의 조화

한편으로, 우리의 행태에 대해서도 많은 반성이 필요하다고 생각합니다. 민주화를 위한 우리의 헌신과, 우리가 가진 좋은 가치들에도 불구하고 왜 많은 사람들이 우리와 거리를 두는지 돌아봐야 합니다. 심지어는 그 가치를 통해 우리가 보듬고자 하는 분들까지도 왜 우리에게 등을 돌리는 것인지 통렬한 반성이 필요합니다. 근본주의적 사고가 우리를 경직되게 하고 폭을 좁히지 않았는지 되돌아봐야 합니다.

혹시 우리가 민주화에 대한 헌신과 진보적 가치들에 대한 자부심으로, 생각이 다른 사람들과 선을 그어 편을 가르거나 우월감을 갖지는 않았는지 되돌아볼 필요가 있습니다. 우리가 이른바 '싸가지 없는 진보'를 자초한 것이 아닌지 겸허한 반성이 필요한 때입니다.

이낙연 의원은 지난 대선의 패인을 이렇게 분석한 바 있습니다.

"민주주의, 인권, 복지 같은 진보적 가치를 충분히 중시하지만, 막말이나 거친 태도, 과격하고 극단적인 접근을 싫어하는 성향을 '태도 보수'라고 말한다. 지난 대선에서도 민주당이 '태도 보수'의 유탄을 맞지는 않았을까."

'태도 보수'란 말이 우리에게 익숙한 개념이 아니지만, 핵심을 찌른 면이 있다고 생각합니다. 우리의 이념, 정책, 주장 자체가 아니라 그걸 표현하는 '태도' 때문에 지지를 받지 못한다면 그건 대단히 안타까운 일이 아닐 수 없습니다.

공[球]을 사용하는 구기 스포츠 가운데, 공의 속도가 가장 빠른 것은 뜻밖에도 배드민턴의 셔틀콕이라고 합니다. 한 실험 결과 배드민턴 셔틀콕의 순간 속도는 무려 시속 345킬로미터에 달했습니다. 골프공이 시속 273킬로미터, 테니스공 201킬로미터, 야구공 144킬로미터, 아이스하키 퍽 140킬로미터, 축구공 125킬로미터, 탁구공 118킬로미터, 배구공 103킬로미터 순이었습니다.

겨우 5.5그램에 불과한 셔틀콕이 그토록 빠른 것은 셔틀콕 코르크 헤드의 단단한 탄력 때문이라고 합니다. 거기에 배드민턴 라켓에 맞을 때 라켓의 탄력이 더해져 최고 속도를 내는 것이지요.

그런데 더 중요한 것은 초속 1킬로미터에 가까운 셔틀콕이 불과 6~7미터의 코트를 벗어나지 않고, 코트 안 원하는 지점에 정확하게 내리꽂히는 것입니다. 그 역할을 하는 것이 코르크 헤드 뒤쪽에 붙은 16개의 깃털입니다.

라켓에 맞는 순간 엄청난 힘과 속도에 잠시 오므려졌던 16개의 깃털이 공중에서 다시 펼쳐지며 셔틀콕 속도를 제어하는 것입니다. 속도를 제어하는 깃털의 부드러움이 없으면 코르크 헤드의 강함과 속도는 아무 소용이 없습니다.

정치도 그럴 것입니다. 원칙의 강함이나 단단함만으로는 목적을 이룰 수 없습니다. 부드러움과 유연함이 따라 주지 않으면 좋은 원칙도 사람들의 공감을 얻을 수 없다는 점을 잊지 말아야겠습니다.

북한을 대하는 새로운 발상

남한의 강경 냉전 권력은 북한의 교조적 지배 세력을 공식적으로는 그토록 규탄하고 악마화하면서, 결과적으로 그리고 역설적으로는 지배 세력의 지배력을 강화시켜 준다. 그러니 남한의 극우는 북쪽의 극좌 모험주의 세력을 도와주고 있다. 그 반대도 사실이다. 이것이 바로 오늘 한반도에서 놓쳐서는 안 될 가장 심각한 모순이요, 비극이요, 아픔이다. 이것이 바로 적대적 공생관계의 비극이다. 한마디로, 남북관계가 악화될수록 이것을 빌미로 이득을 보는 세력이 있다. 곧 남북의 극단적 반민주 세력이다. 여기서 나오는 아픔은 참으로 아리다.

– 한완상 《한반도는 아프다》에서

중요한 선거 때마다 북한은 늘 복병입니다. 평상시엔 안보 · 통일 · 평화의 대상이지만, 선거 때가 되면 늘 진보 진영을 곤란하게 만드는 진원지입니다. 우연인지 필연인지 구분이 안 갈 정도로, 선거 때만 되면 북한 악재가 늘 우리의 선거판을 흔듭니다.

보수 진영이 북한 이슈를 최대한 부각해 안보 의제를 선거에 악용하는 요인도 큽니다. 하지만 어떤 때에는 우리의 수구 세력과 북한이 적대적 공존을 도모하는 것 같기도 합니다.

그에 대한 대책은 평소 북한에 대한 기본 입장과 원칙을 분명히 하는 것밖에 없을 것입니다. 여러 차례 강조한 바와 같이, 이념적으로는 '종북', 군사적으로는 안보에서 결코 밀리지 않아야 합니다.

'종북' 시비엔 단호하게 선을 그어야 합니다. 안보에서도 우리가 더 유능하다는 자신감을 가져야 합니다. 민주정부 10년, 영토와 영공과 영해가 뚫린 적이 없습니다. 국민들 안전을 못 지킨 일이 없습니다. 새누리당 안보 공세에 단순히 수세적으로 방어만 해서는 안 됩니다. 오히려 안보와 평화 역량에서 새누리당의 무지와 무능이 제대로 심판받도록 해야 합니다. '종북 프레임'과 '안보 프레임'이 다시는 이 땅의 선거에서 발붙일 수 없게 평소부터 단호히 대응해 나가는 것이 필요합니다.

더 적극적으로는, 남북관계에 대한 발상을 바꿀 필요가 있습니다. 우리 국민들은 북한을 두 가지 관점에서 이중적으로 인식하고 있다고 봅니다.

하나는, 우리의 체제와 평화를 위협하는 위험한 존재라는 인식입니다. 다른 하나는, 경제 협력을 통해 이익을 얻을 수 있는 곳이고 그럴수록 평화와 안보도 보장된다는 인식입니다. 특히 후자와 같은 관점은 민주정부 10년의 경험으로 인한 성과라고 할 수 있습니다.

여기서 한 발 더 나아가야 합니다. 평화가 안보이기도 하지만 평화가 경제고, 새로운 성장 동력이 될 수 있습니다.

지난 대선 때 실시한 각종 여론 조사 결과를 보면, 많은 국민이 새 정부의 중요 의제 가운데 남북관계 개선을 까마득한 후순위에 두고 있었습니다. 남북관계를 안보와 평화의 문제로만 보기 때문입니다. 우리가 더 노력해야 할 대목입니다.

이제는 남북관계를 우리 국민들의 먹고사는 문제, 남한 경제에 직접 실익이 되는 문제로 전환시켜야 합니다. 남북관계를 개선하는 일이 국민들 먹고사는 문제와 어떻게 직결되고, 경제에 얼마나 많은 실익이 되는지 계속 알려야 합니다.

보수 진영이나 수구 세력들의 대북관은 북한을 붕괴시켜 흡수통일 해야 한다는 것입니다. 그런 사고를 갖고 있으니, 남북화해와 경제 협력을 '북한 체제를 유지시켜 주는 퍼 주기'로 보는 것입니다.

그러나 북한 붕괴와 흡수통일은 현실적으로 가능하지 않습니다. 지금처럼 북한이 중국에 의존하고 있는 상황에서는 설령 북한에 급변 사태가 생기더라도 흡수통일로 이어지기가 어렵습니다.

우리가 지금처럼 북한과 적대하다가는 북한에 급변 사태가 생기더라도 북한은 중국에 기대게 될 것입니다. 우리의 통일에 도움이 될 것이라는 아무런 보장이 없습니다.

또 급작스러운 흡수통일은 남한이 그 비용을 감당하기도 어렵습니다. 그런 상황이 벌어질 경우, 우리 경제와 국민들 삶이 어떻게 될 것인지를 잘 보여 주는 통계가 있습니다.

몇 년 전 우리나라 경제전문가들을 대상으로 통일비용을 추정한 적이 있습니다. 설문에 응답한 대다수 전문가들이 적게는 2,000조 원에서 많게는 5,000조 원이 들 것이라고 답변했습니다. 미국 스탠퍼드 대학교 아태(亞太)연구소는 그 비용을 2,340조~2,850조 원으로 추정했습니다.

우리 정부 1년 예산이 300조 안팎임을 감안하면, 그건 재정적으로 감당하기 어려운 비용입니다. 북한 붕괴와 흡수통일은 북한뿐 아니라 우리 경제와 국민들의 삶까지 붕괴시키는 대재앙이 될 수도 있습니다.

한편으로는 정반대의 호재도 있습니다. 북한에는 세계 수준급 품질을 자랑하는 광물자원이 다양하고 매장량도 매우 많습니다. 마그네사이트, 중석, 몰리브덴, 흑연, 금 등 세계 10위권 이내 매장량을 가진 광물만 8종이 됩니다. 우리가 해외에서 수입하는 광물은 북한에 다 있습니다.

매장량의 잠재적 가치가 7,000조 원을 넘을 것으로 추정됩니다. 그 이상으로 추정하는 통계도 있습니다. 우리나라 정부 예산의 20년치 이상, 총통일비용의 두 배 이상이 북한 땅에 묻혀 있다는 뜻입니다.

그것만으로도 북한은 우리에게 기회의 땅입니다. 북한으로서도 당면한 경제난을 돌파하기 위해서는, 자원 개발이 중요한 숙제입니다. 그 숙제를 남북이 함께 풀면 얼마든지 경제적 윈윈이 가능합니다.

실제로 노무현 정부 때는 북한의 광물자원 개발에 관한 남북간 협력 사업이 많이 진행됐습니다. 우리가 북한의 광산을 채굴하는 대신 경공업 제품으로 대가를 지급하는 방식입니다.

한국 광물자원공사가 몇 차례 북한에 가서 광물 매장 실태를 조사하기도 했습니다. 일부 광산 채굴권에 대해서는 우리 기업과 양해각서(MOU)를 체결하기까지 이르렀습니다.

이명박 정권 출범 후 남북관계 파탄으로 모든 게 중단됐습니다. 우리가 확보했던 광산 채굴권까지도 하나하나 중국으로 넘어가고 있는 실정입니다.

당장 개성공단만 해도 북한보다는 남한이 얻는 경제적 이익이 수십 배에 달합니다. 개성공단에 진출해 있는 123개 기업의 협력업체 수만 해도 6,000여 개에 달합니다. 전체 생산품의 원자재와 부자재가 100퍼센트 남한에서 조달되기 때문입니다.

안보상의 이익은 돈으로 환산할 수 없을 정도입니다. 개성공단은 천안함과 연평도 사건이 발생했을 때도 가동을 멈추지 않아서, 남북관계의 결정적 파탄을 막는 안전판 역할을 했습니다. 10·4 정상선언에서 합의한 경협 사업만 이행되더라도 북한은 남한 경제에 새로운 활력을 주는 새로운 성장 동력이 됐을 것입니다.

대륙경제로 가는 비전

지난해 대선 레이스를 앞둔 6월 7일, 저는 일본을 방문한 적이 있습니다. 재일교포 출신의 세계적 기업가인 소프트뱅크 손정의 회장을 만났습니다. 그 전에 손 회장이 시마 사토시 비서실장을 제게 보내 자신이 구상하고 있는 '아시아 슈퍼그리드' 프로젝트에 대해 설명하고 협력 방안을 타진해 온 데 따른 것이었습니다.

'아시아 슈퍼그리드'는 몽골에서 태양광과 풍력으로 전력을 생산해서 이를 동아시아 국가들에 공급하려는 국가적 친환경 생태에너지 프로젝트입니다. 태양광과 풍력자원이 풍부한 몽골의 고비사막을 연결해서 중국, 북한, 한국, 일본으로 이어지는 거대한 에너지 공급 및 순환 인프라를 구축하겠다는 구상입니다.

슈퍼그리드에 연결된 나라들은 부족한 전력을 공급받고 남는 전력을 판매할 수도 있습니다. 발전 원가가 싼 나라는 전력을 수출하고 비싼 나라는 저렴한 전력을 수입함으로써 모두가 윈

원할 수 있습니다.

나아가서는 동북아 에너지 공동협력체로 발전시켜서 동북아 경제공동체의 기틀이 될 수도 있습니다. 손 회장은 해당 국가들 간에 협력만 이뤄지면 슈퍼그리드 건설의 모든 비용을 민자(民資)로 감당하겠다는 야심 찬 구상을 하고 있었습니다.

제가 그 프로젝트에 주목한 것은 신재생에너지 생산을 통해 우리나라의 탈원전 대안이 될 수 있다는 점이었습니다. 더 의미를 둔 것은, 그 프로젝트가 남북경제협력의 아주 중요한 매개가 될 수 있을 것으로 내다봤기 때문입니다.

손 회장과 만나서 진지하고 유익한 대화를 많이 나눴습니다. 그 방안에서 특히 중요한 것은 남북이 함께 슈퍼그리드를 이용할 수 있는 협력 체제의 구축입니다.

그 협력이 가능하다면 시베리아의 천연가스를 중국과 북한으로 이어지는 가스관을 통해 공급받음으로써 에너지 비용을 획기적으로 낮출 수 있습니다. 원유도 마찬가지로 송유관을 통해 공급받을 수 있습니다.

박근혜 대통령은 지난번 러시아 방문 때 부산에서 출발한 열차가 중국, 러시아를 거쳐 유럽까지 가는 꿈을 말했습니다. 그렇게만 된다면 물류비용을 획기적으로 낮춰서 우리 경제를 대륙경제로 확장시킬 수 있을 것입니다.

그 환상적 꿈도 남북 간 협력 체제를 구축해야 실현할 수 있습니다. 북한 퍼 주기라는 인식부터 버리지 않으면 결코 이룰 수 없는 꿈입니다. 10·4 정상선언을 인정하고 그걸 서로 이행하겠다는 의지를 가져야만 이룰 수 있는 꿈입니다.

저는 지난 대선 때 남북이 가야 할 방향을 '남북경제연합'이라는 비전으로 발표했습니다. 남북경제연합은 통일로 가는 전 단계의 과정입니다. 물론 통일까지는 염두에 두지 않아도 좋습니다. 그것을 통해 얻는 우리의 경제적 이익만 생각해도 됩니다. 앞에서 말한 사업들이 그런 비전 속에서만 실현될 수 있습니다.

지금 우리나라는 북한을 통하지 않으면 대륙과 직접 연결되지 않는 섬과 같습니다. 동북아시아 공동 번영을 이루는 데 우리나라가 중심 역할을 하겠다는 미래 비전도 남북 간 협력이 전제되지 않으면 그림의 떡일 뿐입니다. 이런 구상과 비전을 더 발전시켜 남북관계에 대한 발상의 대전환을 이뤄 나가야 합니다.

NLL 지키기

NLL(Northern Limit Line, 북방 한계선)은 한국전쟁 정전협정에서 합의한 남북 간의 해상경계선이 아니었습니다. 정전협정에는 육상 군사분계선 같은 해상 군사분계선이 아예 담겨 있지 않았습니다. NLL은 정전협정이 발효된 한 달 후 당시 클라크 주한 미군 사령관 겸 유엔군 사령관이 임의로 설정한 것이었습니다. 남측 함정이 북측 해역에 접근해서 해상 군사 충돌이 일어나는 것을 막기 위해, 그 이상 북쪽으로 갈 수 없도록 통제한 선이었습니다. 그래서 명칭이 NLL(북방 한계선)입니다. 그러나 NLL은 설정 후 지금까지 사실상 남북 간의 해상 경계선으로 기능해 왔습니다.

노태우 정부 때인 1992년 발효된 '남북기본합의서' 제10조는 "남북의 해상 불가침 경계선은 앞으로 계속 협의한다. 해상 불가침 구역은 해상 불가침 경계선이 합의될 때까지 쌍방이 지금까지 관할하여 온 구역으로 한다."고 규정하고 있습니다. 남북

해상 불가침 경계선이 새로 합의될 때까지는 기존의 NLL이 남북 간의 해상 불가침 경계선임을 북한도 인정한 것입니다.

우리 헌법은 한반도 전체와 부속도서를 대한민국의 영토로 규정하고 있습니다. 그래서 NLL을 영해선이라고 하는 것은 사실 헌법과는 맞지 않습니다. 하지만 북한을 하나의 국가로 인정한다면 NLL은 실질적인 영해선이라고 할 수 있습니다. 결국 NLL은 북한도 인정한 바 있는 남북 간의 불가침 경계선이며, 실질적인 영해선입니다.

그러나 NLL은 북한과 합의 없이 임의로 그어진 선이므로 분쟁의 소지가 있습니다. 앞에서 본 남북기본합의서에서도 남과 북은 그런 실정을 인정해서, 남북 간의 해상 불가침 경계선을 앞으로 계속 협의하기로 합의했습니다.

북한으로서는 적어도 남한에게 해상 불가침 경계선 재획정을 위한 협의를 하자고 요구할 나름의 근거가 있는 셈입니다. 그런 연유로 1970년 이후 오늘날까지 NLL 주변은 늘 분쟁 수역이 돼 왔습니다. 그로 인해 점차 높아지던 서해상의 위기가 결국 군사적 충돌을 불러온 것이 김대중 정부 때 발생한 두 차례의 서해 해전이었습니다. 1999년 6월의 제1차 연평해전과 2002년 6월의 제2차 연평해전이 그것입니다.

김대중 정부는 그 해전들을 겪으면서도 NLL을 굳건하게 지켰습니다. 하지만 그로 인해 많은 장병이 사상되는 희생을 치러야 했습니다.

또한 그러한 군사적 충돌은 언제든지 확전으로 치달을 위험이 있는 것이어서, NLL상의 분쟁 위험을 해소하고 예방하는 것이 국가적으로 대단히 절실한 과제가 됐습니다.

생각할 수 있는 하나의 방안은 남북기본합의서에서 합의했듯이, 북한과 협의해서 남북 해상 불가침 경계선을 새로 획정하는 것입니다. 하지만 그것이 NLL을 조금이라도 양보하는 결과가 된다면 우리 국민들의 정서상 받아들이기가 쉽지 않습니다. 그래서 남북관계가 아주 좋아지는 먼 훗날이라면 몰라도 당장에는 선택할 수 있는 방안이 아닙니다.

그래서 강구된 방안이 NLL상에 남북 공동어로구역을 설정해서 NLL을 그대로 두고서도 분쟁과 군사적 충돌의 소지를 원천적으로 없애자는 것이었습니다.

남북 공동어로구역 방안은 노무현 정부에서 처음 나온 구상이 아닙니다. 전두환 정부 때인 1982년 2월 처음 제안돼, 1984년 11월부터 열린 남북경제회담에서 남북 간에 논의되기 시작한 방안이었습니다. 이후 노무현 정부에 이르기까지 역대 정부는 모두 남북 공동어로구역 설정을 추진했습니다.

노태우 정부 때의 남북기본합의서 제1조 제1항에도 수산자원의 남북 공동 개발을 규정했습니다. 김영삼 정부 때는 1994년 6월 남북 경협 3단계 추진안의 1단계 사업 중 하나로 '해상 분계선 일대에 공동어로구역 설정'을 발표했습니다. 김 대통령은 그 해 광복절 경축사에서 공동어로구역 설정을 북한에 공식 제안

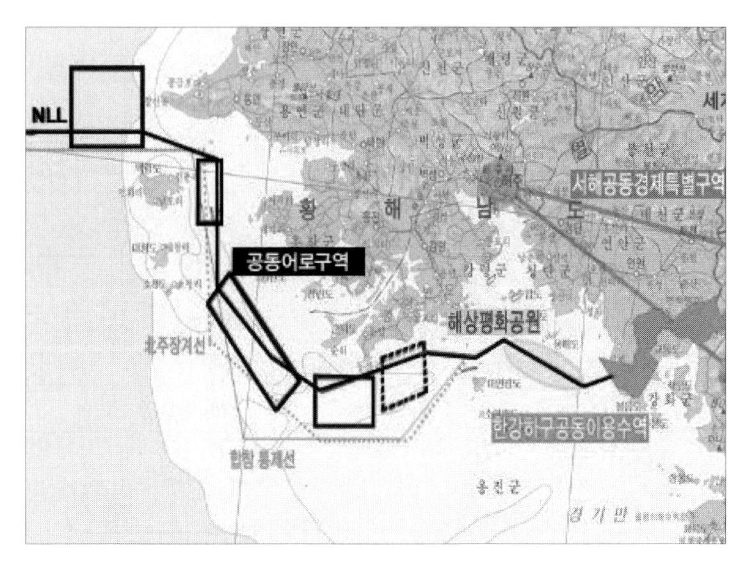

그림 1 10 · 4 남북정상회담에서 북측에 제시한 서해평화협력특별지대 위치도(2007.10)

하기도 했습니다.

따라서 NLL상에 공동어로구역을 설치하는 것이 NLL을 무력화하는 것이라거나 NLL을 사실상 포기하는 것이라는 새누리당의 주장은 참으로 무지한 주장이며, 자기 얼굴에 침을 뱉는 것이나 다름없는 일입니다.

〈그림 1〉은 2007년 10월의 남북정상회담에서 노무현 대통령이 김정일 위원장에게 준 서해평화협력특별지대 위치도입니다. 공동어로구역 네 곳이 NLL을 기선으로 해서 남북 간에 등면적으로 표시돼 있습니다. '등거리'가 아닌 '등면적'인 이유는 남과 북의 지형상 일률적으로 등거리로 설정하기가 어렵기 때문입니다.

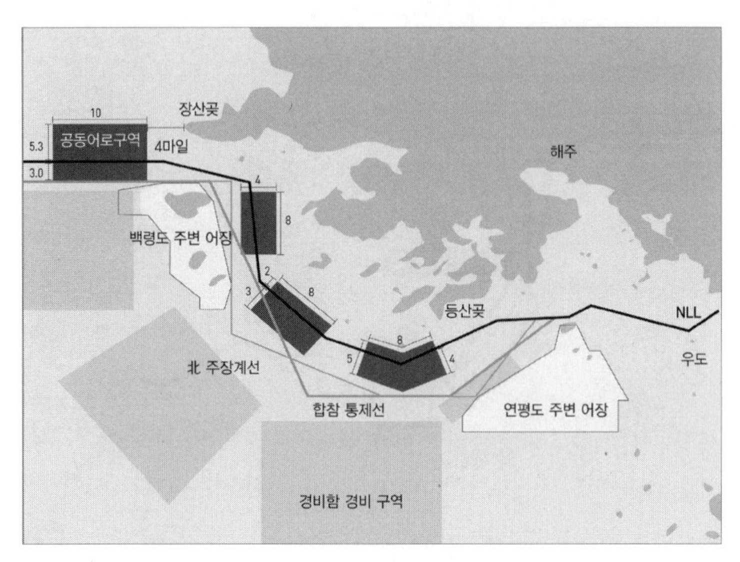

그림 2 2차 국방장관회담 시 우리 측 등면적 안(2007.11. 27~29)

그래서 어떤 곳은 남쪽 수역이 더 넓고 어떤 곳은 북쪽 수역이 더 넓게 해, 전체적으로 등면적으로 제안한 것입니다. 물론 이것은 개념도이고, 실제 공동어로구역은 등면적의 원칙하에 남과 북의 어장 공동 조사에 의해 설정하게 될 것입니다.

〈그림 2〉는 정상회담 후속으로 2007년 11월에 열린 제2차 남북국방장관회담 때 우리 측에서 제안한 공동어로구역 설정 방안입니다. 〈그림 1〉보다 공동어로구역이 좀 더 정교하게 표시됐습니다.

그때의 회담에 우리 쪽에서 대표로 나간 분이 지금 박근혜 정부 청와대 국가안보실장인 김장수 당시 국방부 장관이었습니다.

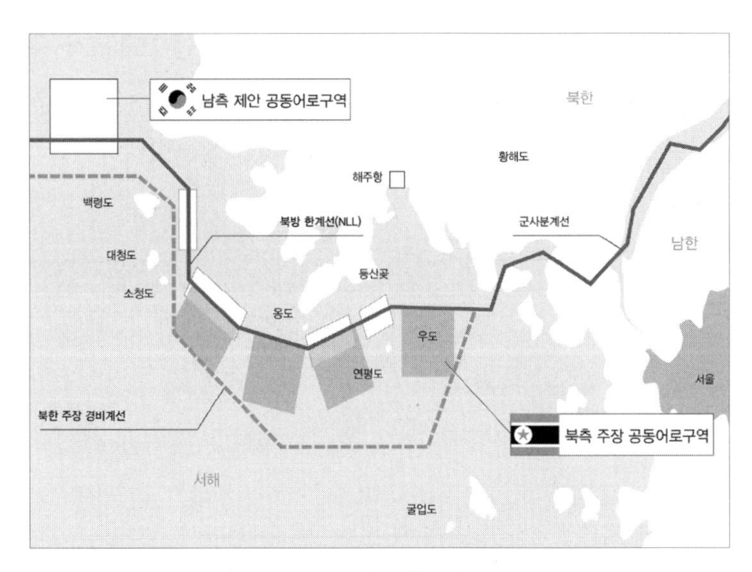

그림 3 공동어로구역에 대한 국내 언론 보도

〈그림 3〉은 당시 《한국일보》가 공동어로구역에 관한 남북 간 주장의 차이를 알기 쉽게 비교해 보도한 위치도입니다. 이것으로 NLL 포기 논란은 더 설명할 필요가 없을 것입니다. 노무현 대통령이 NLL을 포기했다는 주장이 얼마나 터무니없는 주장인지 명확하게 확인됩니다.

노무현 정부 기간 NLL상에서 단 한 건의 군사적 충돌도 없었습니다. 물론 그로 인해 희생당한 국민도 한 명도 없었습니다. 노무현 정부는 NLL을 확실하게 지켰을 뿐 아니라 가장 이상적으로 지켜 냈습니다.

그러나 이명박 정부 출범 후 2009년 11월 대청해전이 발발하고, 2010년 3월 천안함 침몰 사건, 2010년 11월 연평도 포격 사건 등이 이어지면서 서해는 다시 화약고가 됐습니다. 아까운 우리 장병들의 고귀한 목숨이 많이 희생된 것은 물론입니다.

평화를 여는 더 좋은 방법

서해는 남북 간에 언제든지 군사적 충돌이 발생할 수 있는 가장 위험한 화약고 같은 곳입니다. 남북 간의 평화는 서해상의 위험을 어떻게 잘 통제하느냐에 달려 있습니다.

박근혜 정부에서도 서해 NLL상의 평화 유지는 무엇보다 중요한 과제입니다. NLL 포기 논란이 어리석은 이유는, 공동어로구역 설정이란 유일한 해법을 폐기하는 결과를 초래하기 때문입니다.

NLL상에 남북 등거리 또는 등면적으로 공동어로구역을 설정하는 것은 NLL을 건드리지 않으면서 평화를 확보할 수 있는 최선의 방안입니다.

우리 어민들의 조업 구역이 북쪽으로 크게 확장되고, NLL 일대에서 중국 어선을 몰아낼 수 있는 일거삼득의 방안입니다. 박근혜 대통령이 제안한 DMZ상의 세계평화공원도 육지와 해상의 차이가 있을 뿐 공동어로구역과 같은 취지의 구상입니다.

박근혜 정부와 새누리당에게, 어리석은 NLL 포기 논란을 끝내고 남북 공동어로구역의 설정을 다시 추진할 것을 촉구합니다.

2002년 6월의 2차 연평해전에서 희생된 장병이 6명입니다. 부상자도 18명에 달했습니다. 2010년 3월 천안함 침몰로 46명의 장병이 순직했습니다. 그해 11월 연평도 포격 사건으로 해병 장병 2명이 순직하고 16명이 중경상을 입었습니다. 민간인도 2명이 사망하고 10명이 부상당했습니다. 이렇듯 NLL은 우리 장병들과 국민들이 고귀한 목숨을 바쳐 가며 지켜 왔습니다. 숭고한 일입니다.

하지만 정치가 해야 할 일은 더 이상 장병과 국민들의 고귀한 목숨을 희생시키지 않으면서 NLL을 지키는 것입니다. 국민들의 안전을 지키는 것보다 더 중요한 정부의 책무는 없을 것입니다.

새 정치와 정당 혁신의 길

1. 비대한 중앙당 권한과 기구를 축소하고 당의 분권화, 정책 정당화를 추진하며, 국회가 생산적 정치의 중심이 되도록 하겠습니다.
2. 정당의 의사결정이 민주적으로 이루어지도록 하며, 강제적 당론을 지양하겠습니다.
3. 정당에 대한 국고보조금 제도를 합리적으로 정비하며, 현행 정당 국고보조금을 축소하되, 정당의 정책연구소를 독립 기구화하여 지원을 더욱 강화하도록 하겠습니다.
4. 공천권은 국민에게 완전히 돌려 드리겠습니다.
5. 기초의회 의원의 정당공천제도는 폐지하되, 여성의 기초의회 진출을 확대하기 위한 비례대표제 등 제도 개선을 추진하겠습니다.
6. 기존의 정당 구조에 인터넷과 SNS를 활용하는 참여플랫폼을 탑재하여 온라인과 오프라인이 결합된 네트워크 정당을 실현하겠습니다.

- 문재인 · 안철수 〈새정치 공동선언〉 중

지난 대선에서 저와 안철수 후보가 단일화의 전제 조건으로 합의해서 발표한 '새정치 공동선언' 중 민주당의 혁신을 약속한 내용입니다.

'새정치 공동선언'은 당시 민주당의 대국민 약속이었으므로 지금도 여전히 유효합니다. 집권해야만 가능한 일 혹은 여야 합의가 필요한 것은 어쩔 수 없다 하더라도, 민주당이 독자적으로 할 수 있는 일은 실천할 책임이 있습니다. 내용상으로도 민주당이 수권정당이 되려면 반드시 추진해야 하는 혁신 과제들이기도 합니다.

그중에서도 민주당 혁신에 특히 중요한 것은 공천권을 국민들에게 완전히 돌려 드리는 국민경선제 실천 약속과, 참여플랫폼을 통해서 온·오프가 결합된 네트워크 정당을 만들겠다는 약속입니다. 사실 이 두 약속은 '새정치 공동선언'에서 처음 나왔던 게 아닙니다. 2011년 12월 민주통합당이 창당될 때 창당선언문으로 국민들에게 이미 약속했던 내용이었습니다. 또 저의 대선 공약이기도 합니다.

그런 약속들을 외면한 채 민주당은 대선이 끝난 뒤 '당원 중심제'로 간다는 논리로 국민경선제를 폐기했습니다. 온·오프 결합 네트워크 정당 약속도 없었던 일인 양하고 있습니다. 참으로 유감스러운 일입니다.

정당정치의 측면에서 '당원 중심제'라는 것은 원론적으로 틀린 말이 아닙니다. 하지만 대중정당으로서는, 당원 수가 충분히 많고 지역이나 세대별로 당원들이 골고루 분포해 있어서 이른바 '당심(黨心)'과 '민심(民心)'이 일치하는 구조가 될 때, 비로소 '당원 중심제'를 채택할 수 있을 것입니다.

특히 당직은 별개로 보더라도, 대통령이나 국회의원, 단체장 같은 당 공직 후보의 경우 당원들끼리 민심과 일치하지 않는 후보를 선출한다면 그것이 무슨 의미가 있는 건지 모르겠습니다.

집권을 목표로 하지 않는 이른바 '운동 정당'에서나 할 수 있는 선택이라고 생각합니다.

중앙선관위의 발표에 의하면, 지난해 2012년은 총선과 대선이 있었던 해여서 각 정당의 당원 수가 늘었습니다. 그런데도 당비를 납부한 당원 수는 새누리당이 20만 2,722명, 민주당이 11만 7,634명에 불과했습니다.

민주당은 2013년 7월 기초선거 정당공천제 폐지 당론을 전 당원의 투표로 결정했습니다. 그때 투표권자는 최근1년간 당비 1회 이상 납부 당원이었습니다.

당의 전수 조사 결과 그 수는 14만 7,125명으로 집계되었습니다. 거기서 휴대폰 중복 대상자 475명을 빼고 나니 실제 권리당원 수는 14만 6,650명이었습니다. 휴대폰 중복자를 빼지 않은 14만 7,125명의 지역별 분포를 보면, 지역별로 극심한 편중 현상이 나타나고 있음이 확연합니다.

더구나 대다수 지역의 경우는 권리당원 수가 너무 적어서 지역의 민심을 대표 또는 대변한다고 보기가 대단히 어려운 실정

광역	계(단위: 명)
서울	24,129
부산	1,693
대구	883
인천	3,796
광주	16,842
대전	1,598
울산	617
세종	394
경기	24,598
강원	1,645
충북	2,089
충남	2,301
전북	44,240
전남	19,200
경북	883
경남	1,522
제주	695
계	**147,125**

민주당 권리당원 현황

입니다.

민주당 대선후보 경선 제도의 역사는, 2002년 처음으로 국민참여경선제를 도입한 이래 일반 시민의 참여를 확대해 온 과정이었습니다. 2012년 대선 경선에서는 드디어 일반 시민이 당원과 동등한 투표권을 갖는 완전국민경선이 실현됐습니다. 106만 명 이상이 선거인단 참여를 신청했습니다. 그리고 61만 명 이상이 투표를 했습니다. 민주당으로서는 참으로 고마운 일이었습니다.

지난 대선을 되돌아보더라도, 민주당 지지 확장의 유일한 비결은 시민들과 함께하는 것이었습니다. 민주당이 이제 와서 국민경선제를 폐기하는 것은 시민들의 정치 참여 확대 요구를 외면하는 퇴행일 뿐입니다.

국민경선이 자신들에게 불리하다는 생각, 또는 '친노'에게 유리한 방식이라는 계파적 사고가 그런 선택을 하도록 만든 솔직한 이유일 것이라고 짐작합니다.

온·오프 결합 정당에 대한 거부감도 마찬가지 이유에서 비롯된 것이라고 봅니다. 하지만 다른 것은 몰라도 당의 공직 후보를 선출하는 과정에 더 많은 시민이 참여하게 하고, 당도 더 많은 시민이 참여할 수 있도록 개방해야 한다는 기본 방향만큼은 계파적 유불리의 관점에서 바라볼 문제가 아닙니다.

다시 시민 속으로

시민 정치 참여 확대를 위해 공직 후보 선출에 더 많은 시민이 참여하도록 국민참여경선을 확대하고, 당원 구조의 개방을 위해 온라인 방법을 도입하는 것은 비단 우리만의 요구가 아닙니다. 세계적으로 정치 선진국 정당들이 가고 있는 방향이기도 합니다.

프랑스 사회당은 2011년 10월 치러진 대선후보 경선 때 1유로(1,600원가량)의 후원금을 내고 진보 이념을 지지한다고 서약하면 누구나 당원과 같은 자격으로 투표에 참여할 수 있는 임시당원 자격을 부여했습니다.

이른바 '1유로 경선'이었습니다. 그 결과 무려 288만 명의 시민이 투표에 참여했습니다. '1유로 경선'에서 선출된 프랑수아 올랑드 후보는 그 힘으로 평소의 열세를 극복하고 대선에서 승리함으로써, 17년 만의 정권 교체와 좌파 집권에 성공할 수 있었습니다.

오바마 대통령은 초선 때, 민주당 조직에 더해 무브 온(Move On)이란 인터넷 기반 시민 정치 네트워크의 도움으로 당선될 수 있었습니다. 미디어 정치의 등장으로 활동가와 당원의 시대가 막을 내린 가운데, 무브 온을 중심으로 한 새로운 형태의 넷(Net) 운동이 미국 민주당과 유기적으로 결합하면서 당의 토대와 대중성을 크게 강화시켜 주었던 것입니다.

2012년에는 한발 더 나가서 인터넷에 SNS를 더해 온·오프 순환 구조를 구축하고 이른바 빅데이터 선거 전략을 구사했습니다. 그 덕택에 오바마 대통령은 여러 가지 불리한 여건을 극복하고 재선에 성공했습니다.

2012년 대선에서 패배한 미 공화당도 대선 평가에서, 후보 선출 과정에 더 많은 시민을 참여하게 할 수 있는 방안은 무엇인지, 어떻게 하면 경선 결과를 전체 유권자들의 의사와 합치될 수 있도록 경선 룰을 만들 수 있을지 깊이 고민하는 모습을 보여 줬습니다.

이미 대선후보 경선을 오픈 프라이머리로 해서, 우리가 말하는 국민경선제를 하고 있으면서도 미 공화당은 그에 만족하지 않고 더 많은 시민들의 참여 방안을 고민하고 있는 것입니다.

영국 노동당도 보수당에 정권을 넘겨준 후 시민 참여형 플랫폼을 당에 설치하고, 2015년 선거 승리를 위해 노동당을 진정한 시민 참여형 정당으로 혁신할 것을 선언했습니다. 당원이 아닌 노동당 지지자들이 쉽게 온라인 당원으로 가입할 수 있도록 개방하는 방안입니다.

또한 다음 지방선거에서는 런던 시장 후보를 오픈 프라이머리로 선출하겠다고 천명했습니다. 런던 시민 누구나 당 홈페이지에서 온라인 서포터로 가입하면 투표권을 부여하겠다는 것입니다.

우리가 이미 민주통합당 창당 때부터 국민들에게 약속했던 시민 참여플랫폼 설치에 의한 온라인 당원제 등의 혁신 방안을 그대로 따라 하고 있는 셈입니다.

심지어 새누리당 정치쇄신특위에서도 2013년 7월 개방형 국민참여경선제의 도입을 제안했습니다. 또 지난 대선 때 박근혜 후보도 국회의원 후보 선출을 여야 동시 국민참여경선으로 하는 것을 법제화하겠다고 공약했습니다.

국민경선제를 포기하거나 대폭 축소한다는 대선 후 민주당의 방침이 얼마나 시대의 흐름에 역행하는 것인지 새삼 확인할 수 있습니다.

다만 민주당의 지난 대선후보 경선에서는 모바일투표의 신뢰성에 대한 문제 제기가 있었습니다. 또 지난 총선 때 전국 80여 개 선거구에서 모바일 국민경선을 실시했는데, 투표 참여자가 적어서 민심을 제대로 반영하지 못했다는 지적도 많았습니다.

이런 문제점들을 보완해야 하는 것은 물론입니다. 하지만 모바일투표제는 국민들의 참여를 쉽게 해서 최대한 늘리기 위한 방안입니다. 그 취지는 살려 나가야만 합니다.

국회의원 후보 선출을 여야 동시 국민참여경선으로 하자는 박근혜 대통령의 후보 시절 공약은, 중앙선관위의 관리하에 하자는 것이라면 매우 좋은 공약이라고 생각합니다.

국회의원 후보 경선이든 대선후보 경선이든, 희망하는 정당은 같은 날 중앙선관위의 관리하에 국민참여경선을 치르게 할 것을 제안합니다. 경선의 공정성 시비가 없어지고, 다른 당 지지자들에 의한 이른바 '역선택'도 방지할 수 있어 박근혜 대통령의 공약 취지를 잘 살려 줄 것입니다.

민주당은 이미 지난 총선 직후 문성근 당대표 대행이 이런 의견을 제시하면서 당시 박근혜 비대위원장에게 여야 대표 회담을 제안한 바 있습니다. 박근혜 대통령의 공약 사항이기도 한 만큼, 국회정치개혁특위 같은 기구를 통해 여야가 함께 논의하기를 기대합니다.

물론 민주당으로서는 새누리당과 합의가 되지 않더라도 민주당 독자적으로 공직 후보 선출 과정에 시민들의 참여가 더 활성화될 수 있도록 노력을 기울여 나가야 할 것입니다.

그와 더불어 민주당 정당 구조에 인터넷과 SNS를 활용하는 참여플랫폼을 탑재해서 온 · 오프 결합 네트워크 정당으로 혁신하는 것 또한 민주당의 사활이 걸린 문제입니다.

지금의 민주당 정당 구조로는 대학생과 젊은 사람들, 직장인 등이 당원으로 참여해 활동하기가 어렵습니다. 그런 뜻을 가진다고 해도 참여할 시간과 방법이 마땅찮습니다. 그래서 지금 민주당은 대부분의 당원이 50세가 넘은 고령화 정당입니다.

기초의원, 광역의원, 기초단체장을 거쳐 국회의원이 된 어느 동료 의원은, 자신이 기초의원이던 20년 전이나 지금이나 지역의 민주당 당원이 같은 사람들이라고 토로했습니다. 새로운 젊은 당원의 유입이 없다는 것입니다. 그래서 20년 전의 당원이 40대가 60대로, 30대가 50대로 달라졌을 뿐이라는 한탄이었습니다. 자신이 지역 관리를 열심히 잘하는 편인데도 그러니 다른 곳은 어떻겠냐며 걱정했습니다.

저만 해도 오랫동안 민주당을 지지하면서 민주당의 집권을 바랐지만, 당원이 되고 싶지는 않았습니다. 2002년 대선 때 노무현 후보 부산선대본부장을 할 때도 입당은 하지 않았습니다. 아마 민주당을 지지하는 많은 시민들의 생각이 대체로 비슷하지 않을까 싶습니다. 지지는 해도 당원이 되는 것은 내키지 않을 것입니다. 그것이 민주당의 현실입니다. 그런 현실을 깨지 않으면 민주당의 혁신도 시민 참여 정치도 공염불일 수밖에 없습니다.

참여플랫폼은 온라인상을 통한 정당 참여와 활동을 가능하게 해서 시민들이 쉽게 참여할 수 있도록 당을 개방하자는 것입니다. 플랫폼 속에 인터넷 사이트나 카페 같은 다양한 형식의 정치 커뮤니티들을 만들어 대학생, 직장인, 주부 등 일반 시민 누구나 자유롭게 들어와 회원으로 활동하거나 놀 수 있게 하고, 이들의 의견을 민주당의 정책과 각종 의사결정 그리고 공직 후보자 공천에 반영하는 것입니다. 그런 방법으로 민주당의 당원 구조를 근본적으로 혁신하지 않고서는 국민들이 염원하는 새정치에 다가갈 길이 없습니다.

새누리당이 떵떵거리는 재벌이라면 민주당은 낡고 부실한 영세기업 같은 오랜 이미지에서 환골탈태하지 않으면 안 됩니다. 그것이 바로 대선 이후에 다시 고착되고 있는 새누리당 지지율 40퍼센트대, 민주당 지지율 20퍼센트대의 구도를 깰 수 있는 유일한 길입니다.

2017년의 승리를 바란다면 민주당이 가야 할 피할 수 없는 외길이라고 생각합니다.

지역주의 정치 구도를 넘으려면

지난 대선에서 새 정치는 국회의원 정수, 세비, 연금 등 주로 국회의원들이 누리는 부당한 특권 폐지를 요구하는 방향으로 강조됐습니다. 국민들이 정치 혁신을 바라는 1차 대상이 국회이기 때문일 것입니다. 우리 정치의 기득권적인 모습을 상징적으로 보여 주는 문제들이기도 합니다.

하지만 저는 그보다 더욱 중요한 것이 기득권 정치를 만들어 내는 근본 원인을 바로잡는 일이라고 생각합니다. 그것은 바로 지역주의 정치 구도를 타파하는 것입니다.

특정 지역의 특정 정당에 대한 무조건적인 지지, 그리고 그로 인한 지역정치의 일당 독점과 경쟁 없는 정치가 우리 정치의 발전을 가로막고 기득권 정치 구조를 만들어 냈습니다.

앞에서도 말했듯, 지역 주민들이 자기 지역을 지지 기반으로 하는 정당을 더 선호하는 것은 자연스러운 인지상정입니다. 그러니 그런 선택이 잘못됐다거나 후진적인 행태라고 지역 주민을 나무랄 수 없습니다.

문제는 우리의 정당정치가 지역주의 정치 구도를 이용하고, 그에 편승하면서 안주하는 데 있습니다. 이를 통해 정치는 기득권을 누리고, 그 기득권을 유지하기 위해 지역주의 정치 구도를 고착화시킵니다. 그것을 가능하게 해 주는 것이 국회의원 선거에서의 승자 독식 소선거구 제도입니다.

우선 승자 독식 소선거구 제도는 소수 정파나 정당 기반이 없는 새로운 인물들의 정치 진출을 어렵게 합니다. 새누리당과 민주당 양대 정당의 정치 독과점 구조를 심화시킵니다. 그리고 양대 정당은 각각 특정 지역을 주된 지지 기반으로 삼아 정권의 향방과 무관하게 공생하면서, 각 지역의 정치를 경쟁 없이 독점합니다. 이것이 우리 정치의 발전을 가로막는 기득권 구조입니다.

승자 독식 소선거구제는 선출되는 국회의원들의 대표성에 심각한 왜곡이 발생합니다. 예를 들어, 지난 총선에서 야권 후보들은 부산, 울산, 경남에서 전체적으로 40퍼센트 가까운 지지를 받았습니다. 그렇다면 국회의원 의석도 그 비율에 따라 배분돼야 민주주의 대의제도의 취지에 부합합니다.

그런데 승자 독식 소선거구제로 인해, 부산은 18개 의석 중 16개, 경남은 15개 의석 중 14개, 울산은 의석 6개 모두를 새누리당이 가져갔습니다.

말하자면 40퍼센트 가까운 지역 유권자들은 자신들의 대표를 거의 혹은 전혀 내지 못하게 된 것입니다. 같은 이유로 대구, 경북 유권자들 중 20퍼센트가량은 오랫동안 자신들의 대표를 국회에 보내지 못했습니다. 야권만의 문제가 아닙니다. 영호남만의 문제도 아닙니다. 예를 들면 서울 지역의 경우 여권이 불과 몇 퍼센트의 지지율 차이로 득표 비율만큼 의석을 배분받지 못하고 거의 전 지역에서 전멸하다시피 한 경우들도 있었습니다.

극단적인 경우를 상정하면, 어느 지역의 정당별 득표 비율이 51퍼센트와 49퍼센트로 나뉘어도, 모든 선거구에서 같은 비율일 경우 49퍼센트의 유권자는 자신들의 대표를 단 한 명도 국회에 보내지 못하게 되는 것입니다.

대의(代議)민주주의 '대의성'에 심각한 결함이 아닐 수 없습니다. 그러고 보면 우리 정치의 지역주의는 지역 주민들에게 있는 것이 아니라 선거제도에 있는 셈입니다.

대의성을 높이는 선거제 개혁

국회의원 의석 배분의 대표성과 대의성을 정상화하는 한편, 지역정치의 독점을 깨고 경쟁 구도를 만들 수 있는 선거제도의 개혁이 절실합니다. 가장 바람직한 방안은, 지난 대선 때 저와 정의당의 심상정 후보가 단일화와 함께 합의했던 것이 권역별 정당명부 비례대표제 도입입니다.

권역별 정당명부 비례대표제를 설명하면 이렇습니다. 어떤 권역 내에서 정당투표에 의해 정당별 득표 비율이 나오면 정당별 득표 비율만큼 우선 의석을 배분합니다. 그 다음에 그 의석에서 지역구에서 획득한 의석을 뺀 나머지 의석수만큼을 비례대표로 배정해 줍니다. 결국 지역구와 비례대표를 합쳐 정확하게 정당별 득표율에 부합하게 의석을 가져가게 하는 선거제도입니다. 소수파의 국민들도 사표(死票) 없이 완벽하게 지지한 비율에 해당하는 대표를 낼 수 있는 합리적 제도입니다.

그렇게 되면 예를 들어 영호남 지역에도 정당 득표 비율만큼

각 정당의 의원이 배출되므로, 지역 구도 완화 효과는 물론 지역정치에 경쟁이 생기게 됩니다. 자연히 정치 발전을 도모할 수 있게 될 것입니다.

다만, 권역별 정당명부 비례대표제를 도입하려면, 지역구 의석수를 줄이고 비례대표 의석수를 늘리는 의석수 조정의 어려운 과정을 거쳐야 합니다. 현역 국회의원들의 기득권과 부딪힐 수 있으므로 결코 쉬운 일이 아닙니다.

하지만 우리 정치의 지역 구도 타파와 정치 발전을 위해 꼭 필요한 일이고, 언젠가는 해내야 할 일입니다. 저는 그런 정치가 이뤄지는 것이야말로 진정한 새 정치라고 생각합니다. 정치권과 시민사회의 허심탄회한 논의를 바랍니다.

권역별 정당명부 비례대표제처럼 지역 구도 타파를 위한 근본적인 방안은 못 되지만, 차선의 방안으로 생각할 수 있는 것이 비례대표에 석패(惜敗)율 제도를 도입하는 것입니다.

석패율 제도는 이런 것입니다. 각 정당 자율로 지역구에서 당선이 어려운 지역의 출마자 전원에게 공동으로 특정 순위의 비례대표 후보 자격을 부여합니다. 그중 가장 선전해서 가장 아쉽게 떨어진[惜敗] 후보가 비례대표 의원으로 당선되도록 하는 것입니다.

예를 들면 민주당의 경우, 대구 또는 경북 지역 출마자 전원에게 당선 가능 순위의 비례대표 후보 자격을 부여한다면, 지역에서 전원 낙선하더라도 그중 가장 선전한 후보를 비례대표 의원으로 당선시킬 수 있게 되는 것입니다.

우리 정치의 극심한 지역 구도 때문에 이른바 불모 지역에서는 정당이 좋은 후보를 내는 것 자체가 쉽지 않은 게 냉정한 현실입니다. 석패율 제도를 도입하면, 불모 지역에서 낙선하더라도 비례대표로 당선될 수 있는 길을 열어 줄 수 있습니다. 그러면 정당이 불모 지역에서도 좋은 후보를 낼 수 있게 됩니다. 정당의 지역 기반을 넓히는 데도 크게 도움이 될 수 있습니다. 불모 지역의 정치인들과 지지자들에게 큰 희망이 될 것은 물론입니다.

그런 장점 때문에 지난 총선을 앞두고 여야 간에 의견 접근이 있었으나 성사되지 못했습니다. △진보 정당들의 반대와 함께 △지역구에서 낙선한 이른바 '실세 정치인'을 구제하는 방편으로 악용될 수 있다는 여론의 오해 때문이었습니다.

그러나 모두 타당하지 않은 반대들이었습니다. 석패율 제도는 진보 정당에도 도움이 됩니다. 진보 정당의 역사를 보면 지역에서 진보 정당의 깃발을 부여잡고 선거 때마다 출마와 낙선을 감수하는 사람이 따로 있고, 비례대표의 혜택을 보는 사람이 따로 있다는 느낌을 갖습니다.

진보 정당으로서도 석패율 제도를 잘 활용하면 지역에서 고생하면서 출마하는 사람들에게 기회와 희망을 줄 수 있을 것입니다.

'실세 정치인 구제용'이란 비판은, 당시 논의됐던 제도의 취지를 잘 알지 못한 데서 생긴 오해였다고 봅니다.

권역별 정당명부 비례대표제의 도입이 어렵다면, 그 도입 때까지 차선책으로 석패율 제도라도 도입해서 지역주의 정치 구도를 완화시킬 것을 정치권에 제안하고 싶습니다.

힘을 모을 수 있는 경선의 지혜

지난해 저는 박근혜 후보와 대선에서 맞서기까지 당내 경선과 야권 후보단일화 과정을 거쳤습니다. 본선 승리를 위해 꼭 거쳐야 할 일이고, 미리 예정돼 있던 과정이었습니다.

저는 두 과정에서 모두 성공을 거뒀습니다. 지역별 경선에서 13연승으로 압도적 승리를 거뒀고, 이어서 범야권 단일후보가 됐습니다.

그렇지만 저는 그 과정에 여러 가지 문제가 많았다고 생각합니다. 너무나 중차대하고, 뻔히 예정돼 있던 과정이었습니다. 그런데도 그 과정이 잘 운영될 수 있는 사전 준비 같은 게 전혀 돼 있지 않았습니다.

당내 경선과 야권 후보단일화의 목적은 단지 후보를 결정하는 것만이 아닙니다. 결정된 후보에게 힘을 모아 주고 시너지 효과를 높여 주는 데 궁극적 목적을 둬야 합니다. 그런 목적에 맞게 절차와 룰이 설계돼 있어야 하는데, 전혀 아니었습니다.

제도적인 미비도 있고, 민주당과 우리 진영의 부족함일 수도 있습니다.

당내 경선의 시기와 룰은 민주당이 정합니다. 그렇기 때문에 사전에 충분한 시간을 두고 지혜를 모으면 적절한 시기 선택뿐 아니라 잡음 없이 경선 효과를 최대로 얻을 수 있는 경선 룰도 미리 만들어 둘 수 있었습니다.

더구나 몇 번의 경험도 있는 터여서 객관적이고 중립적인 룰을 만드는 것이 크게 어려운 일도 아니었습니다. 필요하면 외부 전문가를 참여시켜 객관성과 중립성을 더 높일 수도 있었습니다.

그런데 민주당의 이상한 관행은, 경선을 코앞에 두고 각 후보의 대리인들이 모여서 룰 세팅을 하는 것입니다. 당의 전체적 관점에서 객관적이고 공명정대하게 마련돼야 할 룰 만들기가 후보들 간의 협상처럼 됐습니다. 말하자면 선수들이 각자의 유불리를 따져 가며 경기 규칙을 만드는 것이나 같습니다.

지난 대선의 민주당 경선에서 일부 후보들이 막판에 전례 없는 결선투표제를 요구하는 바람에, 룰 협상이 한동안 표류한 것도 그 때문이었습니다. 또 그로 인해 룰 협상은 밀고 당기는 진통 끝에 법정 시한 마지막에 가서야 끝나고, 정작 중요한 내용들은 깊은 검토 없이 과거의 방식을 답습하는 것으로 넘어가기 일쑤입니다. 지난 당내 경선이 국민들에게 좋은 모습을 보여 주지 못한 것도 그 때문이라고 생각합니다.

달라진 상황을 전혀 고려하지 않은 '어게인 2002년'의 콘셉트 자체가 2012년에 맞지 않았습니다. 경선 시작하자마자 제기된 모바일투표 불공정 시비에 속수무책이었습니다.

처음으로 야심 차게 실시된 100만 명 참여의 모바일 국민경선이 창피한 모양이 돼 버렸습니다. 패배한 후보를 지지한 분들에게도 상처가 됐고, 앙금으로 남았습니다. 경선을 축제로 마치지 못했고, 끝난 뒤에도 후유증이 남았습니다.

지난 당내 경선을 겪어 보고 다음과 같은 개선책이 필요하다고 느꼈습니다.

우선 충분한 시간을 두고 경선 룰과 경선 일정을 미리 확정해 두는 것이 좋겠습니다. 경선 제도와 룰은 정치개혁특위처럼 외부 인사가 많이 참여하는 중립적인 기구에서 논의하는 것이 바람직합니다.

경선 도중 경선 룰이나 경선 관리에 관한 이의가 제기될 경우 즉시 조사해서 유권적 판단을 내려 줄 수 있는 객관적 심사기구도 운용할 필요가 있습니다. 상황에 따라서는 경선 절차를 잠시 중단하고서라도 의혹을 확실하게 해소한 후 절차를 속행하는 것을 검토할 필요가 있습니다.

아울러 정해진 절차에 따라 이의를 제기하고, 심사기구의 조사와 판단에 승복하도록 절차를 미리 규정해 두는 것이 바람직합니다. 경쟁의 도를 넘어 경선 분위기를 해치는 행위에 대해서는 경선관리기구가 단호하게 경고하고 조치해야 합니다.

컷오프 과정을 별도로 둬서 지역 순회 합동 토론회를 두 번 되풀이하도록 할 게 아니라, 일정한 기준을 두거나 아니면 지역 경선을 거치면서 탈락돼 나가도록 하는 게 더 좋을 것 같습니다. 미국처럼 지역 경선이 진행될수록 경쟁이 압축되도록 하는 방식이 좋을 듯합니다.

경선을 거쳐 대선후보가 선출되면, 별도로 전당대회를 열어 전국의 당원과 지지자들이 모인 가운데 후보를 최종 확정하고 후보 수락 연설을 하도록 하는 게 바람직하지 않을까 생각합니다. 그런 과정을 통해 당의 화합과 결속을 과시하는 축제의 한 마당으로 경선을 마무리하는 것이 반드시 필요한 일이라고 느꼈습니다.

제가 겪어 본 경험으로는 후보들 간의 '선의의 경쟁'이란 게 결코 쉬운 일이 아니었습니다. 따라서 후보들 간의 선의에 맡길 것이 아니라 잘 준비된 경선 제도와 경선 룰로 선의의 경쟁을 유도하고 만들어 내는 노력이 반드시 필요합니다.

온전히 하나가 되기 위해

단일화도 참 막막한 일이었습니다. '아름다운 단일화'를 하라는 사회의 요구만 가득할 뿐 단일화를 위한 제도나 방안은 전혀 마련돼 있지 않았습니다. 단일화를 주관하거나 중재하는 기구 같은 것도 없었습니다.

오로지 경쟁자들의 협상에 맡겼습니다. 단일화 논의를 언제 시작할 것인지, 어떤 방안으로 단일화할 것인지, 언제까지 단일화할 것인지, 모두가 경쟁하는 두 사람 사이의 합의에만 맡겨졌습니다.

단일화 논의의 시작 시기나 단일화 방안에 대해 두 사람의 계산이 다르고 유불리가 엇갈릴 경우, 접점을 찾기가 매우 어렵습니다. 두 사람의 지지율이 극도로 비슷할 경우 버티기 싸움이 될 가능성이 높습니다. 반면에 지지율의 우열이 뚜렷한 경우에는 양보해야 하는 쪽에 대한 보상 방안을 논의하지 않을 수 없는데, 연합정치의 경험이 없기 때문에 미묘한 상황이 될 수도 있습니다. 자칫 야합으로 비난받게 될 것은 물론입니다.

어쨌든 두 사람의 협상에만 맡겨서는 아름다운 단일화를 한다는 것이 지극히 어렵다는 점을 말씀드리지 않을 수 없습니다. 지난 후보단일화 과정에서 저와 안철수 후보 모두 선량한 편이었다고 저는 생각하는데, 후보들의 선량함만으로 해결될 일이 아니었습니다.

또한 단일화는 마치 블랙홀과 같았습니다. 국민과 언론의 관심이 온통 단일화에 쏠려 있어서 모든 것을 가려 버렸습니다.

예를 들면 이런 식이었습니다. 단일화 논의가 시작되기 전 저는 매일 몇 군데 현장을 방문하고 정책을 발표했습니다. 많을 때는 하루에 정책을 세 번이나 발표한 적도 있습니다. 타운홀미팅 같은 새로운 방식으로 나름 열심히 준비한 정책을 발표하고 나오면, 기자들은 발표한 정책에는 관심 없고 후보단일화에 대해 질문합니다. 거기에 몇 마디 답변을 하면, 다음 날 언론에는 공들인 정책 발표는 오간 데 없고 단일화에 대한 저와 안 후보의 반응으로만 기사가 도배되는 식이었습니다.

도대체 현장을 방문해서 전달한 메시지나 정책이 국민들에게 제대로 전달될 수가 없었습니다. 아마 안 후보 측의 사정도 마찬가지였을 겁니다.

박근혜 후보는 열심히 본선을 향해 뛰고 있는데, 저와 안 후보는 마치 다른 세계에 가 있는 것 같았습니다. 전적으로 그런 것은 아니겠지만, 제가 민주당 후보가 된 2012년 9월 16일부터 단일화가 끝난 11월 23일 밤까지의 기간이 대체로 그랬습니다.

뿐만 아니라 박근혜 후보와의 본선 경쟁과 안 후보와의 단일화 경쟁은 구도가 많이 달랐습니다. 본선 경쟁이 4050세대의 지지를 다투는 것이었다면, 단일화 경쟁은 상대적으로 2030세대의 지지를 다투는 성격이 강했습니다.

단일화 경쟁이 2030세대의 지지를 높이는 데는 큰 기여를 했지만, 반대로 4050세대 또는 5060세대에게는 거리감을 주는 측면이 있었으리라고 생각합니다. 단일화가 끝난 후 선거일까지 한 달도 채 안 되는 기간 동안 단일화 이슈 때문에 가려졌거나 하지 못했던 부분을 만회하는 것은 어려운 일이었습니다.

지난 대선에서의 야권 후보단일화는 정권 교체의 절박성 때문에 불가피하게 도모된 측면이 강했습니다. 하지만 원론적으로 그건 그리 바람직한 일은 아닐 것입니다. 유권자들의 후보 선택권을 빼앗는 결과가 되기 때문입니다. 정당정치와 다당제에도 맞지 않는 일입니다.

소수정당일수록 대선을 자기 당의 선전과 홍보의 기회로 삼아야 함에도, 표의 분산에 대한 비난 때문에 꼭 필요한 정당 활동을 포기해야 하는 까닭입니다.

가장 바람직한 해법은 프랑스를 비롯한 많은 나라에서 시행하고 있는 결선투표제를 도입하는 것입니다. 그러면 부자연스럽고 인위적인 단일화를 도모할 필요가 없습니다.

각 정당의 후보들 모두 최선을 다한 다음 1위 득표자가 과반수를 넘지 못하면, 1위와 2위 득표자를 놓고 결선투표를 하는 것입니다.

그러면 자연히 결선투표에서 최종 승리하는 후보는 과반수의 득표를 하게 됩니다. 과거 노태우 대통령처럼 불과 36.6퍼센트의 득표로 당선되는 사태를 막음으로써 정치 안정에도 크게 도움이 됩니다.

지금은 야권에서만 단일화 요구가 제기되고 있어서 마치 후보단일화는 야권에만 필요한 제도인 양 인식될 수 있습니다.

하지만 1997년 대선에서 이인제 후보의 표 분산으로 이회창 후보가 패배한 사례 등을 되돌아보면, 결선투표제는 여야 모두에게 필요한 제도임을 알 수 있습니다.

다만, 현행 헌법 조문상 결선투표제를 도입하려면 개헌이 필요한 것으로 해석되고 있는 것이 걸림돌입니다. 여야 간에 개헌의 과제 속에 포함시켜 논의할 필요가 있습니다.

결선투표제가 도입되지 않아서 지난 대선처럼 후보를 단일화해야 할 경우에도, 저는 결선투표제 같은 단순한 방식이 적용될 필요가 있다고 봅니다.

후보단일화는 결국 지지율 2위 이하의 후보들 중에서 1위 후보와 함께 결선투표에 나설 후보를 선정하는 과정이나 다름없기 때문입니다. 단일화의 붐을 최대한 키운다는 측면까지 고려하면, 가장 바람직한 방안은 대규모 선거인단에 의한 국민경선으로 단일후보를 결정하는 것입니다. 결선투표제와 가장 유사

한 방식이라고 할 수 있습니다.

지난 대선에서 저는 애초에 이 방식을 제안했지만 단일화 논의가 늦게 시작되는 바람에 시간상 할 수가 없었습니다. 여론조사 방식으로 할 경우에는 1위 후보를 포함한 다자간의 지지율을 조사해서 앞서는 후보로 단일화하는 방안을 생각할 수 있습니다.

물론 그것 말고도 얼마든지 다른 방식도 생각할 수 있습니다. 다만 단일후보로서의 '적합도'나 상대 후보와의 '가상 대결'과 같이 각자 유리한 방식을 주장하는 것이 아니라, 뭔가 객관적인 기준 같은 게 필요하다는 점을 강조하고 싶은 것입니다.

다음 대선에서도 야권의 후보단일화가 필요한 상황이 올 수 있습니다. 그럴 경우 시민사회가 미리 논의기구를 만들어서 단일화 논의 시작 시기, 결정 시기, 단일화 방안 등을 객관적으로 제시해 주는 것이 바람직합니다. 그렇게 해서 비록 강제력은 없더라도 그것이 일종의 가이드라인으로 작용할 수 있도록 하는 것이 합리적이지 않을까 생각합니다.

왜 민주당인가

대선 후 "민주당 때문에 졌다"는 말도 많이 들었습니다. 대선 패배 이후에도 여전한 분열의 모습을 보면서 민주당에 대한 기대를 접었다는 분도 많았습니다. 민주당 갖고는 도저히 안 되겠다며, 저와 박원순 시장, 안철수 의원이 함께 힘을 합쳐 '새 정치'를 하면 좋겠다는 말도 꽤 들었습니다.

저로서는 동의할 수 없는 말입니다. 저도 사실 민주당이 '당원중심주의'란 이름으로 국민경선제를 폐기한 데 이어, 당명에서조차 '통합'을 뺌으로써 민주통합당의 창당 정신을 저버리는 모습을 보면서 크게 실망했습니다. 하지만 저는 민주당의 선택을 받아, 민주당 의원들과 당원들과 지지자들의 눈물과 땀으로 대선을 치렀습니다.

아직 그 빚을 갚지 못한 처지입니다. 민주당이 어려울수록 민주당을 지키고 다시 일으켜 세울 의무와 책임이 제게 있습니다. 제가 다른 선택을 생각할 수는 없는 노릇입니다.

개인적인 정치 신의 때문만은 아닙니다. 지난 대선에서 보여준 건, "민주당만으로는 안 되지만 민주당 없이도 안 된다"는 것이었습니다. 그것이 정당정치의 현실입니다.

의원내각제에서는 연정을 전제로 한 실질적인 다당제가 가능합니다. 엇비슷한 규모의 정당이 여러 개 있을 수 있습니다. 그러나 대통령제에서는 형식적으로는 다당제라 해도 양대 정당을 근간으로 하지 않을 수 없습니다.

민주당은 지난 수십 년 동안 새누리당 계통 정당과 맞서 온 양대 정당의 한 축으로서 민주화 세력을 대표했습니다. 우리나라의 발전이 산업화와 민주화를 함께 이룬 것이라고 한다면, 민주당은 적어도 대한민국 발전에 절반의 공로가 있는 셈입니다.

물론 민주당 혼자만의 힘으로 이룬 공로가 아닙니다. 재야, 청년 · 학생, 노동계, 학계, 종교계 등 수많은 세력이 민주화에 이바지했습니다. 그 가운데서 줄곧 정치적 토대가 되었던 것이 민주당입니다.

많은 사람이 이미 오래전에 "민주-반(反)민주의 구도는 끝났다"고 진단했습니다. 저는 그렇게 생각하지 않습니다. 여전히 우리 사회는 충분히 민주화되지 않았고, 더 교묘해진 비민주 세력과 맞서고 있습니다.

민주-반민주의 구도가 많이 흐려진 것은, 민주주의가 끊임없이 진화하기 때문입니다. 과거의 시민적, 정치적 민주주의에서 한편으로는 사회경제적 민주주의로, 다른 한편으로는 공감과 개방을 기반으로 하는 참여민주주의로, 시민들의 민주주의에 대한 요구가 높아졌습니다.

지금 민주당이 시민들의 마음에 들지 않는 것은 그 높아진 요구에 부응하지 못하기 때문입니다. 그러나 그렇다고 민주당을 대체할 정치적 구심을 새롭게 만들어 내는 것은 현실적으로 지극히 어렵다고 생각합니다.

민주당이 시민들의 높아진 요구에 부응하도록 변화시키는 것, 그것이 지난 대선을 앞두고 풍미했던 '새 정치'며 '정당 혁신'일 것입니다. 저는 그것이 가능하다는 희망을 가지고 있습니다. 저는 그 일을 위해 노력하는 것이 다른 가능성을 모색하는 것보다 현실적이라고 생각합니다.

민주당에 절망해서, 또는 민주당 갖고는 도저히 안 되겠다는 생각으로 새로운 정당을 만들고자 한 노력들이 과거에도 있었습니다. 2002년 노무현 후보가 후보교체론에 시달릴 때 만들어진 개혁당과, 실패로 끝난 열린우리당의 실험, 노무현 대통령 서거 후 만들어진 국민참여당이 같은 맥락의 노력들이었습니다.

의미 있는 도전이었지만, 현실정치 속에서 성공하지 못했습니다. 국민참여당 창당 때 저는 그분들의 마음은 십분 이해하면서 반대했습니다. 민주통합당 창당 때도 국민참여당의 합류를 적극 설득했습니다.

그쪽에서도 공감했지만, 진보 정당들과 통합하는 것으로 이미 발을 뺀 상황이어서 성사되지 못했습니다. 저는 그것이 참 아쉬웠습니다. 결국 그것이 마지막 기회가 됐습니다. 그때 함께 통합했으면, 이후 대선 흐름이 달라졌을지도 모릅니다.

제 개인적으로는 유시민 전 장관에게 역할을 미루고 싶었습니다. 저보다 능력 있고, 무엇보다 새로운 정치를 하고자 하는, 그리고 그것을 통해 세상을 바꾸자고 하는 의지를 일찍부터 가지고 있었기 때문입니다. 마지막 기회를 놓친 후 그는 결국 현실정치를 떠났습니다.

저는 처음부터 그의 도전이 이루어지지 못할 것이라고 생각했습니다. 현실정치 속에서 꿈이 꺾이고 말 것이라고 예상했습니다. 아마 본인도 성공을 믿지 않으면서, 그래도 가야만 하는 길이라고 생각했을지 모릅니다.

얼마 전 방송에 출연한 그의 모습을 봤습니다. 손석희 앵커가 "언제 정치로 돌아올 거냐?" 짓궂게 물었습니다. 그는 1초도 망설이지 않고 "다음 생에요."라고 대답했습니다. 아주 편안해 보였고, 얼굴도 정치할 때보다 훨씬 맑아 보였습니다. 부러웠습니다.

저는 거꾸로 거울을 보면, 제 얼굴에서 맑은 기운이 사라진 느낌에 마음이 서늘해집니다.

대안정당을 만들려는 노력이 상당한 성공을 거둔다고 해도, 현실정치 속에서 압도적인 새누리당과 맞서려면 결국은 언젠가 민주당과 힘을 합치지 않을 수 없을 것입니다. 결국 대안정당을 만들려는 노력과 민주당을 혁신하는 노력이 서로 경쟁하지 않을 수 없습니다. 그 두 가지 길을 놓고 저는 민주당을 혁신하는 길 외에 다른 선택을 할 수가 없습니다.

저는 정치를 시작한 지 얼마 안 됐지만, 정신적으로는 김대중 대통령과 노무현 대통령으로 이어지는 민주화 정치 세력의 적통을 잇고 있다는 자부심을 가지고 있습니다. 민주당을, 진화한 민주주의에 부응하는 정당으로 변화시키는 것, 그것이 2017년에 패배를 되풀이하지 않는 길이라고 생각합니다.

많은 시민들이 민주당 갖고는 도저히 안 되겠다고 하는 이유는 크게 두 가지입니다. 하나는 국민들의 삶과 너무 동떨어진 정당이 됐다는 것입니다. 또 하나는 민주당으로는 중도와 무당파, 나아가서는 합리적 보수까지 끌어안는 것이 불가능하다는 것입니다. 그래 가지고는 새누리당을 이길 수 없다는 것입니다.

바로 그것이 민주당 혁신의 과제입니다. 저는 그것이 가능하다는 희망을 가지고 있습니다. 제가 해낼 수 있다는 것이 아닙니다. 민주당이 해낼 수 있다는 것입니다. 민주당이 시민들과 함께하기만 한다면 얼마든지 가능한 일입니다.

뒤집어 말하면 시민들이 민주당과 함께해 준다면 가능한 일이기도 합니다. 시민들이 민주당을 변화시킬 수 있습니다.

지금 민주당에는 묵묵히 제 역할을 다하는 훌륭한 국회의원들이 많습니다. 함께 의정 활동을 해 보니, 바깥에서 생각하던 것과 너무 달라서 깜짝 놀랐습니다. 공부 모임, 포럼, 정책토론회, 민생 활동, 법안 발의, 상임위 활동, 국정감사 준비 등 그렇게 열심히 할 수가 없습니다. 절대로 세비가 아깝지 않은 분들입니다. 모아 놓으면 모래알처럼 제각각이고 지리멸렬해지는 것이 불가사의하게 생각될 정도입니다.

또 박원순 시장, 송영길 시장, 안희정 지사 등 미래의 희망들이 모두 민주당에 있습니다. 시민들이 기대하며 함께할 만합니다. 민주당이 시민들에게 함께할 수 있는 문만 열어 주면 됩니다. 민주통합당 창당 때 약속했듯이, 또 새정치 공동선언으로 약속했듯이 온·오프라인 결합 정당을 만드는 혁신이 바로 그것입니다.

역사는 진보한다는 믿음

많은 분이 힘들어 합니다. 요즘 정치를 보면서 절망감과 무력감을 느낄 만도 합니다. 힘을 가진 측이 마음대로 세상을 움직이는 것처럼 보입니다. 한쪽은 칼자루를 쥐고 있고, 한쪽은 칼날을 쥔 채 옴짝달싹 못하는 것처럼 보입니다.

그러나 그렇게 끝나지 않는 것이 세상입니다. 무도한 힘은 결국 심판받기 마련입니다. 한 시기 여론이나 표피적인 민심엔 오류가 있을 수 있습니다. 하지만 바닥에서 도도하게 흐르는 민심은 한 방향으로 나아갑니다. 구불구불 좌로 우로 굽고, 때론 역류하기도 하지만 끝내는 바다로 향하는 강물과 같습니다.

저와 민주당은 지난 대선에서 실패했습니다. 그러나 그것으로 끝나지 않는 법입니다.

저와 민주당이 다시 희망과 믿음을 만들어 나가고 싶습니다. 필요한 것은 희망입니다. 그래도 역사는 진보한다는 믿음입니다.

끝이 다시 시작입니다.

책을 내는 데 도움을 주신 송준호 우석대 교수, 정철 카피라이터,
신현기 박사, 장철영 사진작가 그리고 심양숙 씨에게 감사드립니다.

1219 끝이 시작이다

초판 1쇄 발행 2013년 12월 10일
초판 8쇄 발행 2017년 5월 18일

지은이 문재인
편집 여미숙 김원영
아트디렉터 정계수
디자인 박은진 장혜림

펴낸곳 바다출판사
발행인 김인호
주소 서울시 마포구 어울마당로5길 17 5층(서교동)
전화 322-3885(편집), 322-3575(마케팅)
팩스 322-3858
E-mail badabooks@daum.net
홈페이지 www.badabooks.co.kr
출판등록일 1996년 5월 8일
등록번호 제10-1288호

ISBN 978-89-5561-690-3 03810